LES LARMES DU VIN

DANIEL PICOULY

LES LARMES DU VIN

roman

ALBIN MICHEL

à Martine

« Je n'aurais jamais écrit ce que je devais écrire
si je n'avais pas arrêté de boire à 30 ans. »

Virginie Despentes

« Après un ou deux verres, oui, tout va plutôt bien,
on croit peut-être qu'on est né avec un déficit de 0,5 g.
L'alcool est dans une large mesure un lubrifiant social,
le dilemme consiste à trouver le bon équilibre. »

Finn Skårderud, philosophe norvégien

In bio veritas

Une lettre m'attend sur le paillasson. C'est louche. Dans mon escalier le courrier n'est pas du matin. La concierge non plus. Pourtant l'enveloppe est là. Seule. Intimidée. Je me méfie. L'enveloppe est rouée par nature. Chez elle, paraître inoffensive est un vieux truc de camouflage. Derrière son allure débonnaire, elle peut cacher le miel ou la ciguë.

La radio du voisin le confirme par la fenêtre. À Washington, une lettre envoyée au Président, contenant une poudre suspectée être de l'anthrax, avait mis en alerte maximum les services de renseignement. « De la blanche à la Maison Blanche. » Après évacuation en urgence du bâtiment et vérification, la poudre n'était que du talc pour bébé. « Pan-pan sur le cu-cul de la CIA ! » À l'antenne, l'humoriste de service avait enchaîné avec une autre fessée, l'invasion du vignoble français par les capitaux chinois : « Péril jaune sur les rouges ! » Les gros rires enregistrés l'avaient encouragé à poursuivre sa correction : « Monopoly chez les

Mikado : soixante-dix-sept châteaux bordelais ont été rachetés par l'empire du Milieu. » Le tout ponctué au silencieux d'un *toum-ploc* ! façon *Tontons flingueurs* pour laisser entendre que déboucher une bonne bouteille à Paris était aussi risqué qu'ouvrir son courrier à Washington. Le tire-bouchon devenait une arme létale.

Je regarde d'un autre œil l'enveloppe sur le paillasson. Elle ne contient peut-être pas la bonne nouvelle que j'attends depuis plusieurs jours. Je suis tombé sur une enveloppe bouchonnée.

Je fais mine de le craindre pour m'offrir du rab de surprise, comme avec le céleri rémoulade de la cantine. Mais le téléphone avait mouchardé : pas de rab, pas de céleri rémoulade, je vais être intronisé chevalier du Tastevin, au prestigieux domaine du Clos de Vougeot en Bourgogne.

Même confirmée par écrit, cette nomination me laisse dubitatif. Il y a certainement erreur. Moi, chevalier du Tastevin ? Le cancre des cépages, l'analphabète des appellations, l'ignare des vignobles, l'incroyant des grands crus ? Moi, le produit naturel d'une famille nombreuse titrée à 13°, où le vin est de table, la table à rallonge, et les grands crus les vins du Postillon ou des Rochers ?

L'expression *vin de table* transforme les autres en des *vins hors de table*, hors de prix et hors d'atteinte pour des gosiers rabotés à l'ordinaire. Pas très étonnant qu'avec un tel pedigree familial, une fois confronté aux vins *hors-tout*, je sois incapable d'en parler dans la langue consacrée des connaisseurs. Une sorte de novlangue de spécialiste que je ne possède pas. Une infirmité qui me rend inapte à mettre *ces mots-là* sur ce que ces grands vins produisent en moi. Sauf à raconter les paysages, orages, tempêtes, mornes plaines, lacs amers et horizons brumeux, qui se peignent à gros traits sous mon crâne. Mon palais est une voûte céleste plus proche de la grotte de Lascaux que de la chapelle Sixtine.

J'avoue, j'envie les Vinci du vin.

Mais je préférerais être un Turner.

Redescendons des cimaises.

Me voilà chevalier du Tastevin : mazette !

Il va me falloir trouver les mots qui vont avec. Pas simple. *Mazette*, justement, est à l'origine un mauvais petit cheval. Comment cette haridelle a-t-elle pu devenir cette exclamation laudative : « Ce Château La Mazette 99, quel vin, mazette ! »

Ça y est ! Me voilà déjà frappé par le mal de Polyphème ou syndrome du cyclope. Cette manie soudaine de ne tout voir qu'à travers un œil unique. Et mon œil du moment, c'est le vin.

Ce syndrome frappe en priorité les nouveaux convertis. Souvent au sortir d'une lecture, d'une rencontre, d'un stage, d'une conférence, un séminaire, une dégustation ou autre révélation d'après-boire.

Moi, c'est une intronisation. À cause d'elle, je ramène déjà tout au vin. Cet inconnu. En bon escroc effrayé à l'idée d'être démasqué, je travaille mon rôle pour m'imprégner de ma nouvelle situation. De mon titre.

Pour commencer, quand on est chevalier du Tastevin, on n'ouvre pas une invitation aussi prestigieuse à gros doigts fébriles, tel un soiffard en manque. On savoure. On en fait une cérémonie.

Ce sera ma première dégustation d'enveloppe.

J'opère dans les règles de l'art. Je la prends en main, la mire. Elle a une élégante robe blanche, sans brillance effrontée, soutenue par une calligraphie distinguée dorée au fer. Le cachet sur le timbre laisse aller des larmes en une vague estompée. À l'intérieur, un carton d'invitation de belle tenue présente un nez fort et charnu. La langue du texte claque verte et drue, je dirais même qu'elle va gaillarde. C'est de la *purée septembrale*, du Rabelais primeur, on me prépare à trinquer avec Gargantua et Grandgousier.

Jugez plutôt :

Le Grand Maître
Les Membres du Grand Conseil
de la Confrérie des chevaliers du Tastevin
Ont l'honneur de requérir et prier
Le Sieur concerné
D'assister aux frairies,
esbatements et réjouissances baillés
Le samedi 23 septembre 2017
en manière de célébration du

CHAPITRE DE L'ÉQUINOXE, DE LA PLUME ET DU VIN

À cet effet devront nos chevaliers
Ainsi que leurs invités
Accourir gaillards, fringants et joviaux en les celliers
Cisterciens de notre chastel ès vignes de Bourgogne
ci-appelé

CHÂTEAU DU CLOS DE VOUGEOT

Salut à tous en notre bon Maître François Rabelais
Smoking, robe de soirée, insigne de l'Ordre

Cette dernière ligne de l'invitation annonce un autre carton, très joueur, rappelant avec humour le code vestimentaire rigoureux imposé pour la soirée :

Afin de partager ce moment d'exception
Pour le plaisir des yeux et l'élégance de la soirée
Smoking et robe de soirée de rigueur
Merci de le rappeler à vos invités.

La consigne est joliment illustrée par la silhouette d'un smoking noir et d'une robe de soirée rouge agrémentée de ces petits rabats qui nous permettaient, enfants, d'habiller des personnages de papier. C'était l'apprentissage inconscient des rôles que nous serions amenés à jouer plus tard et aussi à écrire.

Combien d'écrivains doivent leur vocation à ces *petits rabats d'habillage* ? Et aux bâches des photographes forains. Elles proposaient des mises en scène, avec des bâches à trous, dans lesquelles il suffisait de glisser son visage pour devenir un autre. Ma première autobiographie à trous. L'origine de mes autres biographies romanesques est là : Moi en pompier, Moi en soldat, Moi en maillot rayé de canoteur, Moi en aviateur, Moi en boxeur, Moi en professeur, Moi en smoking : jamais ! Je n'avais ni smoking, ni nœud papillon. Par principe. Je ne portais pas de cravate car mon père la portait trop bien. J'étais prêt à renoncer à l'invitation par fidélité filiale et garde-robe indigente. Mais je me suis souvenu de ce que me disait ma mère quand *j'usais le miroir* à force de me chercher dedans : « Ton père, même avec un sac à patates, il avait l'air d'être en smoking. »

J'ai décidé de relever le défi du sac à patates avec un costume noir trois pièces et une coquetterie aux pieds : des chaussures métisses, biparties noir et blanc pour honorer mes parents. La Paulette et le Roger, la petite Blanche et le grand Noir. Je sais que de là où ils sont, dans les vignes du Seigneur, producteur-récoltant, ils me regardent. « Roger, ton fils aurait quand même pu aller chez le coiffeur. On dirait un cagnagnou ! » Une sorte de vagabond chapardeur, dans le patois de ma Morvandiote de mère.

Si, un jour, j'ai un vin à moi, ce sera « Le Cagnagnou ». Un vin romanichel.

Arrivé au château du Clos de Vougeot, la veille de la soirée d'intronisation, une fois mes options vestimentaires à base de sac à patates arrêtées, je pensais être débarrassé de l'essentiel et pouvoir profiter tout mon saoul du cadre et de la compagnie. Erreur. J'avais le plumage, restait le ramage : le discours.

– Ne vous inquiétez pas, le discours d'intronisation au Clos, ce n'est tout de même pas le Grand Oral de l'ENA… c'est pire !

Celui qui se rassure à m'inquiéter, c'est Eymeric, mon chaperon pour l'occasion. Il s'est autoproclamé *faciliteur*, chargé de m'aider à « décrypter le protocole de la cérémonie, pour en éviter les chausse-trapes, afin d'optimiser l'impact de ma présentation sur l'auditoire ». Un instant, je me suis vu aux prises avec un tableau Excel et un rétroprojecteur récalcitrant dans une réunion commerciale.

Pas du tout.

Eymeric est un amoureux du vin, solide sur ses appuis, la physionomie ouverte à deux battants, bénévole et volontaire, un carnet façon Columbo à la main.

– J'aime aider, surtout pour les discours.

Les discours ! Eymeric m'informe benoîtement qu'il

me faudra prononcer non pas *un*, mais *deux* discours. J'encaisse, mais ça se voit.

– On ne vous avait pas prévenu ? (Si si ! Bien sûr.) Le premier aura lieu en fin de matinée, dans le chai, à l'ouverture du salon Livres en Vignes, sur le mode apéritif. Ne faites pas trop long. À midi, avant le vin d'honneur, c'est dangereux de s'interposer entre des invités et le buffet. Ils ont faim. L'envie peut leur venir de vous passer sur le corps. (Un cocktail est une ruée d'hirondelles.) Sans vouloir vous vexer, votre premier discours n'a aucune importance. (Ça me vexe quand même.) Une partie de l'assistance a soif, l'autre regarde ses messages. Sur l'estrade, les intervenants révisent leurs fiches. (Je n'en ai pas.) Vous ferez semblant d'improviser, mais je connais votre truc. (Lequel ?) Vous ressortirez une histoire dont vous n'aurez qu'à changer le nom de la ville et des personnages. Une sorte d'histoire à trous, comme vos bâches de fête foraine. (Bien vu.) La dernière fois, c'était « Le dragon et le petit ramoneur » à Nancy. (Me voilà démasqué.) J'ai de la famille, là-bas. C'était pour l'inauguration du Livre sur la place. Vous étiez le parrain du salon, cette année-là. J'ai marché. Jusqu'à la fin, je me demandais où vous vouliez en venir. Et *pan !* La chute tombe. Le petit ramoneur dit au dragon : « Tire-toi, il va y avoir un discours ! » La ministre qui passait après vous n'a pas eu l'air d'apprécier votre trouvaille.

Elle n'est pas de moi. Je l'ai piquée à Jean d'Ormesson. Il a raconté cette histoire à la remise de son épée d'académicien à Dany Laferrière, dans le salon d'honneur de l'Hôtel de Ville de Paris. Je n'ai jamais vu un enfant jouer avec un tel bonheur de son épée comme d'un sabre de bois. C'était un Dany en Toussaint Louverture de 10 ans.

– Dépêchez-vous d'utiliser ce dragon avant qu'il ne devienne une de ces blagues éculées qui disqualifient l'orateur.

– Je vais quand même tenter de placer le dragon. Ici, au Clos de Vougeot, il sera cramoisi et ne se nourrira que de harengs rouges.

– Pourquoi des harengs rouges ? Qu'est-ce que ça ajoute à l'histoire ? Je n'ai pas compris le truc derrière.

– Tant mieux. Il y en a un, mais il est hors de question de le révéler.

– Je m'y attendais. Vous avez écrit quelque part : « Les écrivains, comme les prestidigitateurs, ne révèlent que les trucs dont ils ne se servent plus. »

– Exact.

– Vous n'en direz pas plus ?

– Non !

– Alors, revenons à votre premier discours. N'oubliez pas de n'oublier personne ! C'est très important. Chez vous, les écrivains, on a du mal à remercier. Surtout quand il s'agit de citer des marques. Sauf celles de vos maisons d'édition, bien sûr.

Sans commentaire.

– Voilà pour le premier discours, les hors-d'œuvre.

Passons au plat de résistance, le deuxième discours. Le vrai ! Mon préféré. Vous le donnerez pendant la soirée de gala, dans la salle d'honneur. Trois cents invités. Les femmes seront en robe de soirée, les hommes en smoking, et la Confrérie au complet en grande tenue. Du spectacle ! L'entrée dans la salle se fait au son des trompes de chasse.

Je les imagine cuivrées comme une plaque de notaire et embouchées aux barrissements de savane. La cérémonie doit ressembler à un mélange de la montée des marches à Cannes, du jubilé d'Élisabeth II et de l'ouverture du festival de Bayreuth.

– Il faut voir ça au moins une fois dans sa vie. Vous serez aux premières loges, à la table d'honneur avec les deux autres récipiendaires.

Me voilà *récipiendaire*. Un mot qui m'a toujours fait penser à *récipient d'air*. Une sorte de terme cuistre pour baudruche d'estrade, gonflé aux grands airs et au gaz hilarant.

– C'est exactement ça ! Il faut les faire rire. Mettez-vous à leur place. Ils doivent ingurgiter une série de *parlures* indigestes. Le rire, c'est le trou normand des discours. Même s'il est mauvais, au moins, il fait roter.

C'est la première fois que je me vois en Alka seltzer.

– Attention ! On vous attend au tournant, monsieur l'auteur. On a déjà reçu de sacrées pointures avant vous : académiciens, Prix Goncourt, chefs étoilés, journalistes stars, anciens ministres, députés… Chaque année, j'enregistre leurs discours. Un jour, j'en ferai un recueil. J'ai déjà le titre : *Feuilles de vignes.*

– Pas très original.

– Peut-être, mais c'est toujours une feuille de vigne un discours. On fait semblant de se mettre à nu, mais on dissimule l'essentiel. Et ne me dites surtout pas : *Je n'ai rien à cacher.*

Mon chaperon a raison. Je sais de quoi je n'ai pas envie de parler, de quoi je ne parlerai pas, de quoi je n'ai pas le droit de parler. « De quoi en quoi, il se tint coi. » J'ai beau essayer de plaisanter pour dissiper une image, une seule, qui vient de surgir de façon soudaine et incongrue, je n'y parviens pas. Je sais qu'elle va m'obséder tout au long de mon intervention.

– Dans le deuxième discours, je dois parler de quoi ?

– (Il rigole.) De vin !

– C'est vaste et vague et je n'y connais pas grand-chose.

– J'en doute ! Je suis certain que depuis que vous savez pour votre intronisation, vous vous êtes préparé. Vous avez discuté, lu des livres, des articles, vu des films, fait des recherches sur Internet. Franchement, est-ce que vous connaissiez le « Château La Mazette 99 » avant ?

– Non. Et pas plus aujourd'hui.

– C'est normal. Tout le monde le fait. Certains en tirent des anecdotes, un article, une nouvelle, un essai.

Un roman, peut-être ? (Je néglige le point d'interrogation.) Vous avez un projet de texte plus conséquent ?

Le *plus conséquent* est tentant. L'idée m'en est venue. Je l'avoue, Mais elle est risquée. Au Clos de Vougeot, je ne crains pas trop de grand fracas. Face à cette cuvée de spécialistes, si, pendant mon discours, je me prends les pieds dans les cépages, les appellations et les vignobles, je bénéficierai de la mansuétude amusée due au novice humble et respectueux. Que je serai. Mais si je me piquais de vouloir écrire sur le vin du *plus conséquent*, voire de l'exhaustif, cela risquerait de tourner à l'aigre.

Le vin, c'est du football. « Allez les Bleus ! » Une affaire nationale. Une fierté. Face à la prétention d'un bleu-bite comme moi de lui expliquer *son* vin, la France se découvre soixante millions de sélectionneurs-buveurs, vendangeurs d'occasions de but, œnologues du ballon de rouge, entraîneurs de zinc et videurs de coupes. De quel droit oserais-je *la ramener* ? Pour le vin, je ne suis qu'un petit joueur amateur du dimanche matin.

– Parfait ! Ne faites surtout pas semblant de vous y connaître. On ne vous demande pas une leçon inaugurale au Collège de France sur le vin. En face de vous, ils sont tous bac + 5. Ils ont cinq générations au compteur, alors n'essayez même pas. Rappelez-vous l'adage du conférencier : quand vous ne connaissez rien d'un sujet, parlez de vous ! Vous n'en savez pas plus, mais au moins, personne ne peut vous contredire.

Je note.

– Un conseil : glissez des anecdotes, émouvantes ou drôles, vraies ou fausses. Vous saurez faire. Je vous ai lu pour préparer notre rencontre. (C'est déjà beaucoup.) Dans vos romans, il n'y a pas beaucoup de vin, ni beaucoup de vrai. (Je m'insurge pour la forme.) Sauf le nombre d'enfants. Là, vous ne pouviez pas *faire* des enfants à votre mère. (Il se reprend.) Je veux dire en *inventer*. (J'avais compris.) Treize ! (Comme les appellations du côtes-du-rhône.) Treize enfants, étalés sur près de vingt-cinq ans.

– Vingt-trois !

– Quand même, c'est énorme. Ça ne doit pas être facile d'être le dernier…

– La dernière ! Je ne suis *que* le onzième. La treizième, c'est Martine, la douzième, Maryse.

– Ce doit être encore plus difficile pour une fille d'être la dernière. (Je dois avoir l'air de ne pas comprendre.) Pour une fille, c'est toujours plus difficile. Non ? Et encore plus dans une cité. (À quoi il pense ?) Par exemple, rentrer seule tard le soir. (La consigne, si une de mes sœurs se sentait suivie, c'était de faire un signe de la main vers une fenêtre éclairée. N'importe laquelle. Eymeric insiste.) J'ai moi-même une sœur cadette. (Cadette ! Je n'ai jamais utilisé ce mot pour mes petites sœurs.) Elle va bien, rassurez-vous, ce n'est pas ça. Mais ça n'a pas toujours été simple. Quand on est grand frère, on se sent un peu responsable, non ? (Il reste songeur.) Mais qu'est-ce qu'on peut y faire ? (Il change brusquement de sujet.) J'allais oublier : pensez aux citations ! Dans votre discours, il faut en mettre. Les gens aiment bien. Ça fait cultivé.

La citation, c'est comme l'étiquette sur une bouteille, elle permet de parler d'un bon livre sans l'avoir bu.

– N'ayez pas le complexe de l'étiquette. Vous êtes d'origine modeste. On le sait. Le bon vin ne devait pas être l'ordinaire chez vous. (J'en ai déjà parlé.) Et vous craignez de n'avoir que des choses ordinaires à dire sur le vin.

Je n'aime pas le « chez vous » et qu'on s'arrête à la mention VOM (vin d'origine modeste) sur mon étiquette. Qu'on goûte, au moins, pour se faire une idée !

– Vous avez montré dans vos romans qu'on peut avoir une vie ordinaire et en faire quelque chose, et ce qui vaut pour la vie vaut pour le vin. Mais il y a loin de la grappe aux lèvres. (Je vais lui piquer cette formule.) De quoi écrire un essai. Vous êtes tenté ?

– Seulement par la transformation.

– Vous tournez tout à la blague, pourtant, c'est sérieux ce que vous proposez : oser raconter son histoire avec le vin, en espérant que chacun découvre sur lui ce dont il n'a même pas idée. Vous en premier. (Je l'avoue.) En gros, vous dites aux gens : Arrêtez de boire, pour vous comprendre, écrivez ! C'est meilleur pour le foie.

(Lui aussi s'essaye à la blague.) Vous voudriez faire écrire tout le monde. C'est dangereux. Vous connaissez l'adage : pousser à la lecture fabrique des lecteurs, pousser à l'écriture fabrique des concurrents.

Ça me va.

– Admettons que les gens acceptent de se raconter par le vin, de tirer ce fil à travers les origines, la famille, les parents, l'enfance, les études, les amours, les bonheurs, les drames : une vie, quoi ! Je le comprends, ça peut être éclairant : mais vous ? (Quoi, moi ?) Vous avez déjà beaucoup écrit sur votre histoire. (Pas tant que ça.) Vous n'avez pas peur de lasser en vous racontant encore ? (Justement, avec le vin, on ne se raconte pas *encore*, on se raconte *de nouveau.*)

Il s'immobilise. Soucieux. Fronce et compulse son carnet Columbo.

– Pour être précis, vous avez bien écrit : « avec le vin, on ne se raconte pas *encore*, on se raconte *de nouveau* », mais vous avez rayé « de manière plus vraie ». Vous ne croyez pas à la formule *In vino veritas* ? (Pas vraiment. Il n'y a pas plus de vérité dans une bio par le vin que dans une bio sans vin. Il y en a une autre. Une bio, c'est comme le bio, ce n'est jamais 100 % bio.)

Eymeric prend le temps de reformuler :

– En fait, si vous écriviez un texte *plus conséquent* vous ne choisiriez pas, comme titre, *In vino veritas* mais plutôt *In bio veritas.* (Je ne suis pas certain de le comprendre.) Vous avez fait du latin ?

– Seulement dans les pages roses.

– Ça se voit. (Bien aimable !) En réalité, l'expression *In vino veritas* ne dit pas que c'est dans le vin qu'on trouve la vérité, mais plutôt dans le chemin où le vin vous mène : la sagesse ou l'ivresse. (Où Eymeric essaie-t-il de m'embarquer ?) Ce sont deux tentations, dont les extrêmes se rejoignent. Une version vinicole des deux infinis de Pascal. (Ça fume dans le pressoir !) Vous avez fait de la philo ? (Seulement dans une baignoire.)

Au lycée, en terminale, la philo était *ma* matière rêvée. Pendant nos cinquante minutes hebdomadaires, coincées entre le cours de comptabilité et celui de mathématiques financières. La prof de philo était une Démosthène qui n'avait pas encore trouvé le truc des cailloux dans la bouche pour éviter de paraître bègue et bourrée. Un jour plus ou moins sobre, elle nous avait lu la dissertation de Mino, un copain de la classe. Je savais qu'avant l'épreuve, il avait picolé au café. Il claquait des parties au flippeur comme jamais. « La philo, ça me fait flipper. Le flip', ça m'inspire. » Le sujet était : « La découverte est le fruit du hasard. Commentez. » La copie de Mino tenait en une phrase : « Eurêka ! C'est au fond de son tonneau qu'Archimède a trouvé par hasard le théorème de Pythagore : $E = mc^2$. »

– Je ne vous demande même pas si cette anecdote est vraie. (Et pourtant.) Si vous la racontez ici, c'est que vous voulez dire quelque chose avec.

À ce devoir, j'avais eu une sale note à jeun et Mino,

bourré, en avait claqué une *pas dégueulasse* pour « Son illustration savante et drolatique du hasard poétique ». Ça l'avait fait rigoler : « Ma parole, la prof avait encore plus picolé que moi. »

– Vous avez été déçu par votre professeure et vous avez arrêté la philo après cette histoire. (Pas pour celle-là. Pour une autre.) Pourtant, vous n'avez pas essayé de boire pour avoir une meilleure note. Pourquoi ? Vous trouviez que c'était de la triche. Vous le pensiez par honnêteté ou par orgueil ? (Me voilà maintenant sur le divan d'Einstein.) J'ai une question relativement saugrenue. Je peux vous la poser ? (Comment refuser le charme combiné du saugrenu et de la relativité ?) Êtes-vous plutôt chasse ou pêche ?

– Je ne suis ni chasse, ni pêche, mais traditions.

– Évitez ce genre de mauvais esprit dans votre discours. Ici, on chasse beaucoup et on pêche pas mal. D'ailleurs, les écrivains sont plutôt des pêcheurs.

– Vous dites ça à cause de ceux qui tirent à la ligne ?

– Parfaitement. C'est la ligne qui fait l'écrivain, soit vous écrivez comme un pêcheur du dimanche : toujours dans le même coin, tranquille, le pliant sous les fesses, et vous remplissez votre bourriche pépère de gros poissons gras et argentés. Soit vous écrivez… à la palangrotte !

Eymeric croit me surprendre, mais je connais la technique. Le p'pa aimait pêcher de cette manière en Algérie, à Fort-de-l'Eau, sur une barcasse vermoulue : une ligne de nylon enroulée autour d'un morceau de liège et une armada d'hameçons voraces espacés tout le long. « Avec ça, on ne sait jamais vraiment ce qu'on va remonter. » Le p'pa était parfois plus excité et émerveillé par une inscription mystérieuse sur un bidon de tôle rongé au sel que par un beau rouget à bouillabaisse. Le p'pa, c'était le vieil homme et la mer de plastique.

Cette image du p'pa en contre-jour au soleil couchant me laisse songeur. Je n'avais jamais vu l'écriture de cette manière : dériver sur une barcasse vermoulue et remonter sa palangrotte. Écrire à la surprise. Laisser remonter. Ça me va.

– Vous êtes un filou. (Pas tant que ça.) Vous laissez croire que vous alignez des digressions sans importance, alors que chacune est un hameçon monté sur une ligne dont vous êtes le seul à connaître la longueur. (Et encore !) Vous pêchez au vif et vous accrochez une fable à chaque hameçon.

Elle est bien emmêlée sa métaphore, mais l'idée de la fable est plutôt bien vue.

– À ce stade de la préparation de votre discours, pour vous éviter de vous perdre en mer, je peux vous fournir un kit de survie en milieu œnologique. (Je vais devenir le Bombard des chais.) C'est simple, dans ce kit, vous trouverez : un bon mot de Jean Carmet : « La seule arme que je tolère c'est le tire-bouchon », une citation de Brillat-Savarin (Anthelme de son prénom), un proverbe japonais : « À la première coupe l'homme boit le vin, à la deuxième le vin boit le vin, et à la troisième le vin boit l'homme. » (Pas mal.) Évitez les proverbes du genre « Vins de septembre font les femmes s'étendre » ou « Quand l'hôtesse est belle, le vin est bon ». Aujourd'hui, ça ne passerait pas. (Aujourd'hui seulement ?) Selon l'âge de l'auditoire, essayez « La jeunesse est une ivresse sans vin et la vieillesse un vin sans ivresse ». Dites que c'est de Rabelais même si c'est d'Érasme. L'un fait convivial, l'autre cuistre. Surprenez-les ! Nietzsche, par exemple, ça marche bien Nietzsche. On ne s'y attend pas. (C'est sûr.) Il évoque *le besoin de vin*, dans *Ainsi parlait Zarathoustra*. Eh oui ! il était dans sa période italienne ensoleillée : Gênes, Nice... (Nietzsche devant une part de socca et un rosé de Provence ?) Je vous retrouverai la citation. Par contre, si vous pouviez vous dispenser de la théorie fumeuse venue du froid sur le 0,5 g d'alcool manquant dans notre sang dès la naissance. (Théorie qu'on a prêtée à Finn Skårderud, un philosophe norvégien, et qu'il a réfutée ensuite : « Non ! L'homme n'est pas né avec un déficit de 0,5 g d'alcool dans le sang. ») C'était trop tard. Il a fait des dégâts avec ce fameux déficit, qu'il faudrait combler au cours de sa vie pour retrouver un supposé *équilibre naturel.* Cela pourrait être perçu comme une vulgaire incitation à la biture. (Rien que ça !) Un prétexte pour s'autoriser à boire n'importe quoi, n'importe comment, juste pour avoir sa dose d'alcool. *Sa dose !* Vous voyez le rapprochement ? (Bien sûr.) Vous imaginez le ravage ? Ça ferait du vin une drogue, du buveur un drogué et de la boisson une addiction. (Ça se discute.) Vous voulez vous faire lyncher, avant même d'être intronisé ?

Pas vraiment. Mais pourquoi se priver d'une théorie qui fait semblant de prôner la beuverie pour mieux faire l'éloge de la quête, de la mesure et de l'équilibre personnel ?

Dans ce 0,5 g, j'aime voir l'image d'un funambule, un Pierrot lunaire, il avance sur un fil tendu au-dessus du vide. Un long balancier en main, il tangue, penche d'un côté ou de l'autre, près de verser, mais se rétablit, se tient en équilibre et avance…

Un jour béni est sorti en salles *Drunk* (Oscar du meilleur film étranger en 2021) de Thomas Vinterberg, pour donner chair à ce 0,5 g. (Ou comment faire un chef-d'œuvre avec un bobard.) Un choc lumineux d'intelligence, de liberté et d'équilibre qui donne envie de danser comme Mads Mikkelsen dans la scène finale, et d'aller boire un verre en sortant du cinéma.

– Le temps presse pour votre discours. (Déjà !) Laissons de côté images, métaphores et Pierrot, pour revenir à l'essentiel : pensez à remercier les sponsors. Les parrains, si vous préférez. Je sais, chez les intellectuels on n'aime pas trop le côté argent. (Ça le tient, il me l'a déjà dit.) Mais sans sponsors : pas de salons, pas de livres, pas de vin, et pour vous… pas d'intronisation.

Ce serait dommage.

– Côté cœur, n'oubliez pas de dire que vous aimez la région, que vous préférez le bourgogne, et qu'il a été important dans votre vie. Ne racontez pas que vous avez eu l'idée d'écrire votre autobiographie par le vin après une conférence dans un grand château du Bordelais, dont je ne mentionnerai pas le nom (Pourquoi ? Bernard Magrez n'est pas un gros mot.) Le vin est un petit milieu : tout se sait. Y compris que sur le sujet de cette conférence, « Vin et littérature », vous étiez tellement sec que vous avez parlé de vous et du vin aux différents âges de votre vie. D'ailleurs, vous avez été surpris par tout ce que vous avez sorti à cette occasion. (C'est vrai. Une soirée étrange. Dans une ambiance de musée après la fermeture. Des salles désertées. L'obscurité en embuscade. Un escalier sans fin, une odeur de salpêtre, des lueurs tremblées à la chandelle, propices aux confidences et guet-apens.) C'est ça ! (L'inspecteur Eymeric se frappe le front.) Votre petite sœur Martine, un soir tard dans votre cité, la nuit, dans l'escalier, sur votre palier. Cette odeur de vin dans son dos. Cette haleine chargée. (De quoi se mêle-t-il ? Ce sera coupé au montage.) Vous ne pouvez pas, c'est important pour comprendre. (Peut-être.) Vous allez me censurer quand même ? (Silence.) C'est pratique pour vous mais pas très honnête. C'est du blanchiment de mémoire. (Je retiens l'expression.) En réalité, je me demande si vous n'essayez pas de me faire croire qu'il y a quelque chose de caché sous cette couche de blanc. Cette haleine chargée. Quelque chose de secret. D'originel, même. Un peu comme un repentir en peinture. (L'image me plaît.) Alors qu'il n'y a peut-être rien. Vous ne répondez pas ? (Non !) Je n'insiste pas.

Je reprends mes esprits. Je pense à *l'haleine chargée.*

– C'est donc ça. Vous avez peur que pour votre petite sœur, tout revienne en une odeur de vin dans la bouche. (Il est temps d'en finir avec cette introduction. Eymeric devient trop pressant.) Tant pis, je tente une dernière fois ma chance. Ça me tracasse. Pourquoi votre dragon ne se nourrit que de harengs rouges ? C'est en rapport avec le vin ? (Eymeric devient un peu trop malin. Comme un personnage dont l'auteur dit qu'il lui a *échappé*, alors qu'il le tient la laisse courte pendant toute la promenade et le fait mordre à sa place.) L'image est un peu désobligeante pour moi et vous évite de répondre à ma question. (C'est vrai.) Ce n'est pas très fair-play. Vous vous tirez des flûtes. (L'expression tombe pile.) D'accord, je renonce, mais à condition qu'on aille boire un verre après. (Il n'y a jamais de verre d'après. Un verre, c'est toujours avant.) Vos formules ne vous servent qu'à vous donner le sentiment d'avoir le dernier mot. Mais maintenant il est temps de commencer à réfléchir à votre discours, mettre de l'ordre dans vos idées, trier, choisir, rédiger. Vous voulez que je vous aide ?

– Je ne vois pas comment.

– En vous posant des questions. (Je me méfie.) Seulement à la fin, si vous préférez.

– Je préfère.

– Alors, c'est d'accord ?

– C'est d'accord. (On évite de se taper dans la main.)

– Il vous reste une question ?

– Oui, je commence par quoi ?

– (Il rigole.) Soyez original, commencez par le début…

1

La tache de vin

Mesdames, mesdemoiselles et messieurs…

Le début de tous mes débuts a eu lieu le 21 octobre 1948 à la clinique de Villemomble dans la côte du plateau d'Avron. Un véritable traquenard pour parents débutants. La faute à la pente. Elle est si abrupte et vorace qu'à la première sortie du marmot à l'air libre, des parents encore tout neufs et béats se font surprendre. Les deux ravis de la crèche lâchent la barre pour une petite risette et un areu-areu ! « *Clic-clac*, merci Kodak ! » et se retrouvent à courir derrière leur landau fou parti en bobsleigh, prêt à se fracasser contre le premier réverbère accueillant. À l'intérieur, le marmot en cavale à peine né et ballotté à la rude pourrait se demander s'il a choisi la bonne famille pour le conduire dans la vie.

Pas moi. Je ne crains pas l'échappée belle, mes parents ont du métier. De vrais professionnels. Déjà dix enfants au compteur. J'arrive en onzième position. Je suis à peine un événement. Même ma couleur n'émoustille personne. C'est couru d'avance. J'ai deux parents de couleurs différentes, mais à la fin c'est toujours ma mère et ses yeux bleus qui gagnent. Comme les Allemands au foot. Dans cette famille blasée, la seule chose qui occupe les conversations et les paris, c'est de savoir si je vais avoir une *feuille de vigne.*

– Tu vois, Paulette, moi je te le dis : si le Noé, après son déluge, il avait porté une feuille de vigne quand il a pris sa cuite, il y aurait moins de malheur sur terre. Surtout pour ton Roger…

Paulette c'est ma mère, Moi-je-te-le-dis c'est Lucette ma chouchoute, « conçu au pressoir et pondu dans les vignes », qu'elle dit. Ou l'inverse. Mais dans le Mâconnais, ça c'est sûr. Elle fait partie du Club des Commères qui discutent depuis neuf mois autour du ventre de ma mère. C'est par ce club que je sais tout ce qui se passe au-dehors. Roger, lui, serait mon père *espéré.* D'après Lucette, « Pour la mère on sait et pour le père on espère ! ». Je viens d'apprendre que Roger-mon-père sera malheureux si je n'ai pas une *feuille de vigne.* Je ne peux pas lui faire ça, à peine arrivé. Tant pis. Je ne sais pas ce que c'est, mais j'en veux une. Et une grande.

– Moi je te le dis, Paulette, ton gamin aura une feuille de vigne. Ça ment pas le pendule de Marie. (Je le connais. C'est une médaille de la Vierge au bout d'une mèche de dix cheveux. Un par enfant.) Et comme tu vas le faire en lune descendante ton gamin, il faudra traiter sa feuille comme la vigne. (Ça me paraît logique.) Justement, j'ai ce qu'il te faut : tu te demandes ce que c'est Paulette ? (Elle non, moi oui.) De la *corne de bouse*, un produit 100 % naturel. Les plus grands vignobles l'utilisent. Ils ne s'en vantent pas, crois-moi. Et pourquoi ? (Je m'en doute un peu.) C'est de la bouse, bien bouse, qu'on bourre dans des cornes de vache. (Je vais vomir.) On les enterre tout l'hiver et au printemps, *hop !* On en fait de l'engrais et on le pulvérise sur les vignes. Ça sent pas la rose, d'accord, mais moi je te le dis, Paulette, y a pas meilleur pour la vigne, pour le vin et pour la feuille de vigne de ton gamin. Je passerai à la clinique lui traiter la feuille avec mon Fly-Tox. (C'est quoi, ça ?) Faut pulvériser dans les sept premiers jours. Je peux te faire une confidence, Paulette ? (Oh, oui !) Je m'en sers pour mon Raymond. Et ça marche : 100 % naturel !

Avant même la feuille de vigne et la corne de bouse, j'avais entendu parler du vin dans le ventre de ma mère. Un produit dangereux qui laisse des taches. Des taches sur tout. Même sur la peau. J'avais déjà cru comprendre que la couleur de ma peau était un mélange. Si en plus je risquais d'avoir des taches, je passais de la peau au pelage. Pas question d'être confondu avec un koala à cause du vin. Il faudra que je me méfie de lui à l'avenir.

Le vin a débarqué dans ma vie par *la tache de vin.*

Lucette a prévu d'en parler à ma mère. Lucette, c'est un feuilleton. Chaque épisode commence par : « Paulette, j'aurais un truc à te dire » et se termine par « Faudra qu'on en reparle Paulette… ». Sa façon de dire « À suivre… ». J'aime la manière qu'a Lucette de feuilletonner. Même si les épisodes ne sont pas toujours dans l'ordre.

Il y a un autre feuilleton en vue dans ma future famille : la place ! À cause de moi, en passant de dix à onze, on va devenir une équipe de football au complet : onze enfants à caser, plus les parents, un chien, un chat, dans une maison si petite qu'elle tiendrait à l'aise sur un terrain de football, dans la *surface de réparation*. Expression qui laisse entendre que la vie est un sacré chantier !

La place ! Je l'ai tout de suite compris, c'est ce qui risque de me manquer au-dehors. Alors je m'entraîne à en prendre le moins possible dans le ventre de ma mère, le dernier endroit où j'ai pourtant une chambre pour moi tout seul.

Je profite de mes dernières heures de fils unique. Je me suis lové tranquille, bien au chaud de la m'am. Je baigne dans un liquide chambré et nourrissant. Je profite. Je suis comme une poire dans l'eau-de-vie. Le ventre d'une mère, c'est de l'eau-de-vie. De l'eau-de-vie à 37,5°. Dans un alambic clandestin.

On l'oublie, mais on a tous vécu nos neuf premiers mois de vie dans la prohibition.

Le ventre d'une mère, c'est le Chicago des années 20, sans Al Capone. Un jour, à la télévision, je regarderai *Les Incorruptibles*, comme une série télévisée sur ma vie d'avant : ma vie d'alambic. Robert Stack en Eliot Ness, la mitraillette dans une main, la hache dans l'autre, fracassait d'énormes cuves pour libérer l'eau-de-vie retenue prisonnière par des gangsters patibulaires à costume croisé, cravate criarde et chaussures biparties. Eliot Ness était une sage-femme à la hache ! Un libérateur : le Spartacus du single malt de contrebande !

Dans un épisode, les Incorruptibles découvraient le corps d'un homme noyé dans un tonneau d'alcool. On aurait dit un gros bébé retourné dans le ventre maternel.

Jean, Jules, Joseph, mon grand-père, s'y connaissait en alcool de contrebande. Forgeron à Trénelle sur les hauts de Fort-de-France, il a été un Eliot Ness d'avant-Eliot Ness. En 14-18, à la Martinique, il avait été enrôlé dans une brigade d'Intouchables chargée de réprimer le trafic prospère du rhum de contrebande, vendu aux armées par des distilleries clandestines. Cette brigade gênait. Elle avait rapidement été dissoute dans les divers intérêts locaux.

Il est douloureux d'imaginer que la plupart des poilus tombés en montant à l'assaut à Verdun et sur le Chemin des Dames ont eu à la bouche, comme dernier goût de la vie, celui d'un rhum frelaté des Antilles. Mon grand-père en avait tiré une maxime salutaire : l'eau-de-vie est plus dangereuse que la vie.

C'est noté.

Les origines de ma famille trempent dans le rhum de la Martinique. Le vin y est un produit exotique. Pas tant que ça. Quand la m'am est seule avec son ventre et moi, elle me parle de vins mystérieux : les « vins de retour des îles ». Des vins que j'ai commencé par mettre sur le compte d'un délicieux tropisme maternel : une mémoire chauvine et fabulatrice qui fait de cette Morvandiote blanc teint un griot africain antillais. La m'am est un arbre à palabres, sans arbre.

J'avais tort de douter d'elle pour les « vins de retour des îles ». Ils existent. Un docteur en visite de routine en avait parlé avec la m'am. Ce sont de grands bordeaux légendaires embarqués dans le ventre d'un trois-mâts pour leur faire prendre neuf mois de mer à fond de cale. Sur le chemin du retour, le vin est élevé au tangage, maturé à la houle, cinglé aux embruns, orages et tempêtes.

Je me demande si ce n'est pas de là que je tiens ces paysages qui se peignent sous mon crâne quand je rencontre un vin. Moi aussi, je suis un vin de retour des îles qui a bourlingué dans le ventre de la m'am en écoutant des histoires de sirènes. Ces traîtresses chuchotent à l'oreille des marins du bord des chants pour les attirer sur des écueils, les naufrager, s'enivrer avec eux et les dévorer.

Je sens que la m'am me met en garde :

Le vin est une sirène.

Il faut se trouver un mât où s'attacher pour résister.

Je vais devoir me promener dans la vie avec un mât sur moi.

La coutume veut que chaque marin embarqué sur un voilier de retour des îles, les cales chargées de bordeaux, reçoive, quel que soit son grade, un flacon d'une cuvée mythique, « Tentations des mers », qui élève le moindre mousse au rang de capitaine d'escadre. La m'am dit que ce vin de flibuste est d'un « bleu d'ancre ». Dans son ventre, j'apprends la faute d'orthographe poétique.

J'ai hâte d'en faire dans la vraie vie. Pour ça, il faudrait que je la commence. J'ai l'impression qu'il y a beaucoup de choses à apprendre et je ne suis pas très en avance. Le jour de ma naissance, je ne connais du monde du dehors que ce qui me vient par la radio et le Club des Commères. J'écoute et je prends des notes. Pas seulement sur les informations, mais surtout sur la langue. Avec Lucette, je reçois mes premiers cours, car Lucette, elle n'a pas sa langue dans sa poche… surtout quand elle a bu un p'tit coup.

Je note.

Leçon n° 1 : La langue est une petite curieuse. Boire un p'tit coup la fait sortir de sa poche alors qu'elle ferait mieux d'y rester.

Leçon n° 2 : La langue est souple. *Lucette, tu devrais tourner ta langue sept fois dans ta bouche avant de parler…*
Leçon n °3 : La langue est vive. *Je préfère la tourner sept fois dans la mienne qu'une fois dans la tienne !* Avec Lucette, c'est du tac au tac. Elle ne se laisse pas faire. Même les hommes finissent par baisser pavillon. *Tu nous saoules, Lucette ! – Je ne saoule pas, moi, je grise.*

Leçon n° 4 : La langue peut salir. *T'es qu'une tache, Lucette ! – Oui, mais une tache de vin. Et du bon !*

Je note tous ces mots du dehors dans ma tête. C'est

pour ça que ma tête est si grosse dans le ventre de ma mère. Je ne comprends pas grand-chose de tout ça, mais je sens qu'il y a caché là un grand secret. Une langue parlée par les grands pour passer au-dessus de la tête des petits. Une langue qui donne envie de grandir pour la comprendre. Ou de la comprendre pour grandir. Une langue avec laquelle je sais déjà que j'ai rendez-vous.

Je compte sur Lucette *quand elle a bu un p'tit coup* pour être mon professeur. Je voudrais faire *Lucette première langue*. Alors, je tends l'oreille quand elle vient l'après-midi prendre le café avec la m'am. Le plus intéressant, c'est après le pousse-café, quand elle raconte en long, en large et surtout en travers tout ce que son Raymond lui a fait la veille. C'est grâce à Raymond que j'ai découvert l'allusion. Une façon de tourner sa langue dans sa bouche pour dire sans dire mais faire comprendre. Encore plus compliqué que tourner sept fois sa langue dans sa bouche.

Dès le ventre de la m'am, j'ai commencé à m'entraîner. Une sacrée gymnastique ! Lucette est forte en gymnastique de la langue. *Surtout avec Raymond !*

Un après-midi, pendant une de ses visites sans fin, café-petits-beurre-pousse-café-et-re-pousse-café, Lucette s'est branchée sur son sujet préféré après son Raymond : la Vierge Marie. Lucette en parle comme si c'était une copine à elle.

– Moi je te le dis, Paulette, la Marie elle va l'aimer ton gamin. Je le sens.

Pour que je le sente moi aussi, Lucette balançait au-dessus du ventre de la m'am son pendule de Marie. Il s'était balancé d'avant en arrière, donc je serais un garçon et j'aurais une feuille de vigne. J'avais évité de tanguer de gauche à droite, sinon je perdais ma feuille de vigne et la Coupe du monde de football. Le sexe, ça tient à un balancement.

– Faudra pas attendre pour le baptiser, Paulette. Franchement, les limbes, c'est pas une place pour un gosse.

J'aimais bien *les limbes*, c'était doux comme mot, même si je ne voyais pas bien ce que je pouvais aller faire là-bas. J'ai cru comprendre que Lucette parlait des limbes parce que la m'am avait *perdu un enfant en bas âge*. J'avais une mère étourdie. Elle perdait tout. Moi, la m'am ne risquait pas de me perdre. *Je ne la lâcherai pas d'une semelle, je m'accrocherai à elle comme un morpion, je la marquerai à la culotte.* Je notais à la volée des expressions que je ne comprenais pas, mais qui avaient l'air de savoir s'accrocher. Je leur faisais confiance pour ne jamais être perdu par ma mère.

Lucette était une véritable mine d'expressions mystérieuses. Il y en avait une qui revenait souvent et qui semblait l'effrayer. Avec son Raymond, Lucette *vivait dans le péché*. Ça ne devait pas être bien grand le péché. Ils vivaient à quatre dans un deux-pièces.

– Côté intimité chez nous, Paulette, faut pas compter sur les murs pour la boucler, c'est du papier à cigarettes.

Je me demandais de quelle marque étaient les murs de notre maison : Gauloise ou Gitane ? J'avais déjà entendu ces noms, c'est ce que fumaient mon père et mes frères, mais je ne voyais pas le rapport entre Gauloise, Gitane et le péché de Lucette. Elle disait qu'à cause des murs en papier à cigarettes, elle avait toujours peur que ses enfants les entendent quand elle *le* faisait avec son Raymond. Faisait quoi ? Fumer, sûrement.

– Qu'est-ce que j'y peux, Paulette ? Mon Raymond, le bon vin, ça le rend amoureux, et la corne de bouse, je te dis pas… Alors moi, à mon Raymond, je peux pas lui dire non !

C'est à ce moment-là que Lucette parlait du curé de Villemomble : le père Di Stephano. On l'appelait comme ça à cause de son amour du football et du Real Madrid. J'avais hâte d'être inscrit au catéchisme pour jouer au foot avec lui et vérifier que son vin de messe était bien un *Castilla la Mancha*, sa région natale, comme Don Quichotte et Sancho Pança. Deux joueurs du Real.

Castilla de la Mancha ! Peut-être mon premier nom de vin.

Je note.

Pour l'instant, Lucette parle à la m'am, alors j'écoute. Il paraît qu'avec Lucette, *il ne faut pas en perdre une miette.* J'ai l'impression qu'avec les mots, il faut être comme un moineau. Préférer les miettes.

– Dimanche dernier, Paulette, j'ai pris mon courage à deux mains et je lui ai dit au curé gardien de but (avant-centre, en vrai). Ça fait vingt ans qu'on le fait avec mon Raymond ! Il devrait y avoir prescription. (La prescription, c'est une sorte d'éponge à bêtises.) Il a rien voulu savoir. J'ai croqué la pomme, paraît-il ! Le Raymond, il aurait pas aimé se faire traiter de pomme. Bref ! Je me suis pas démontée et je lui ai dit au curé : C'est pas sûr pour la pomme ! Pas folle la guêpe, je m'étais renseignée dans le *Reader's Digest*. La pomme de la Bible, ça pourrait bien être une datte, une figue ou du raisin. C'était quand même plus répandu là-bas que les pommes.

Là-bas, d'après ce que j'ai compris, c'est le paradis. Un endroit de rêve dont on a été chassé, paraît-il, à cause d'Ève, Adam, le serpent et la pomme.

– Je lui trouve un goût de pomme au paradis.

– Y en a.

En 1963, pour mes 15 ans et rien que pour moi, dans la cuisine des *Tontons flingueurs*, on parlera en douce du paradis et de Lucette.

Pour l'instant, le paradis pour moi, c'est *ici*, dans le ventre de ma mère : un paradis dont je vais être bientôt chassé. C'est là que j'ai compris que la naissance est une expulsion. Et sans trêve hivernale ! Un scandale : je vais être expulsé de mon paradis pour un péché que je n'ai pas commis. Ma vie va commencer par une injustice et une dette. Je vais naître en état de légitime défense, avec une ardoise à régler chez l'épicier.

La vie n'est qu'une longue ardoise à effacer. Il faudrait que je note ça, mais Lucette est repartie sur le péché :

– Paulette, dans les sept péchés capitaux, tu sais quel est le pire pour une femme enceinte ?… L'envie !

Ce qu'il y a de pratique avec Lucette, c'est qu'elle fait les questions et les réponses.

– Pourquoi l'envie ? Parce qu'elle laisse des traces… Et sur quoi ?… Sur le bébé. La tache de vin ! Écoute-moi bien, Paulette, la tache de vin, c'est sérieux. Moi, quand j'attendais Frédo, mon quatrième, cinquième si je compte celle qui est partie de la typhoïde, j'ai eu une envie. Comme dit mon Raymond : *Lucette, elle a toujours envie.* Mais là, c'était pire, j'avais une envie… de fraises ! Une envie carabinée, crois-moi.

Moi, je la crois Lucette. Mais je ne comprends pas comment une envie peut être *carabinée*. Comme si on tirait les envies à la 22 Long Rifle. Dehors, ça ne va pas être simple, la chasse au vocabulaire.

– Tu vois, Paulette, y a pas eu moyen, j'ai pas pu résister. Pourtant, je savais que c'était interdit, *dans mon état*, mais j'ai quand même demandé au grand d'aller m'acheter un kilo de gariguettes. Tu te rends compte : un kilo ! En plein hiver. C'était pas donné. Mais qu'est-ce qu'elles étaient bonnes ! Alors bien sûr, ça n'a pas raté, mon pauvre Frédo il est né avec une tache de vin. Là, dans le cou. Une maousse. Ça pardonne pas la gariguette ! T'aurais entendu brailler mon Raymond. Pire qu'au foot quand Villemomble joue contre Le Raincy. Il disait que c'était bien la peine pour lui de s'appliquer à faire un gosse parfait, si c'était pour que sa bobonne lui gâche avec des fraises. S'appliquer, d'accord, faut reconnaître qu'il s'applique à la chose, mon Raymond, mais sa *bobonne* qu'il a dit, tu te rends compte, Paulette ! C'était la première fois qu'il me traitait comme ça, mon Raymond.

De cette histoire d'envie de fraises, pendant que Lucette renifle ses larmes, je conclus que le vin est une tache, qu'il fait brailler les Raymond et pleurer les bobonnes. Tout ça à cause d'une envie de tirer à la carabine. Ça m'inquiétait. Et si ma mère avait envie de cerises ? Il y a un cerisier dans notre cour, paraît-il. Ce n'est pas logique cette histoire de tache. Normalement, une tache de vin, ça devrait venir d'une envie de raisin. Et si la m'am avait une envie de raisin noir, je serais noir ?

Justement, Lucette parle de la couleur :

– Toi, Paulette, t'es tranquille avec ton Roger des îles.

Je croyais que mon père était né à Tarbes. Il y a des îles dans les Pyrénées ?

– Toi, Paulette, si tu as une envie, mettons de bigarreaux. Je dis des bigarreaux parce que c'est de deux couleurs, comme toi et Roger.

Me voilà avec des parents bigarreaux, maintenant !

– Eh ben toi, Paulette, si t'as une envie de bigarreaux, ça se verra même pas sur ton gamin.

Donc, je ne prends pas les taches et mes parents sont de deux couleurs. Je le savais, mais je pensais que les couleurs se mélangeaient et que j'allais être café au lait, pas bigarreau noir avec des taches blanches ou l'inverse.

– Toi, Paulette, t'es une futée. Avec un Roger noir, tu

peux avoir toutes les envies que tu veux. Sur le noir, ça ne se verra pas les taches. Tu vois ce que je veux dire.

Pas moi.

– Ben oui, Paulette, mettons que t'as une envie. Changement de cépage réjouit les veaux ! comme on dit chez moi en Bourgogne. Mettons que tu changes, histoire de voir si c'est plus vert ailleurs, plus gouleyant, toi Paulette, tu peux *faire bigarreaux* avec qui tu veux. Il y verra que du bleu, le Roger.

J'ai du mal à m'y retrouver avec des parents bigarreaux, un père noir qui voit du bleu et une mère qui veut du vert. Déjà dans le ventre de ma mère, je le sentais bien : dehors, ça ne va pas être simple, les couleurs. Et tout ça à cause d'une tache de vin.

Plus tard, quand il m'arrivera de voir une tache de vin sur quelqu'un, je ne penserai pas à l'« angiome plan », cette malformation capillaire qui devient « baiser de l'ange » sur le front et « morsure de la cigogne » dans le cou, mais j'y reconnaîtrai l'envie secrète d'une maman.

Voilà comment le mot « vin », est entré dans ma vie, le mot mais pas la chose. Je n'ai pas eu longtemps à attendre pour la chose.

Au fait, aujourd'hui à 8 h 30… je suis né !

2

Faire bigarreaux

Lucette avait fait ses calculs. Pour que je naisse le 21 octobre, il avait fallu que mes parents fassent *la chose* le 21 février. *La chose*, c'est moi. Pas très valorisant. Même si je suis le fruit d'une victoire au Tournoi des Cinq Nations : celui du XV de France contre le pays de Galles 11 à 3, devant soixante mille spectateurs, « après un match héroïque ». Lucette avait ajouté : « Comme toi avec Roger, à la mi-temps. » Je n'avais pas compris comment on pouvait faire *la chose* à mi-temps.

Lucette, qui lit dans les crampons et le marc de café, avait vu un signe dans le score du match : « Les onze points de la France, c'était pour toi, Paulette, pour ton onzième gosse ! » Autant dire que je l'ai échappé belle. Si Alvarez, notre arrière, avait raté la dernière pénalité, je passais à la trappe. « J'avais choisi la bonne motte, pour poser le ballon. » Il faudra un jour que j'aille au St Helen's Park de Swansea au pays de Galles, il y a là-bas dans le stade une motte de gazon à laquelle je dois beaucoup.

Je me demandais ce qu'avaient bu mes parents pour fêter « la victoire héroïque de la France ». Sans le savoir encore, ils célébraient *la chose* et sa transformation en moi, neuf mois plus tard. Incroyable : ils ne se souvenaient plus ! Mes parents avaient oublié le jour où ils m'avaient *chosé*, et ce qu'ils avaient bu. Un verre, d'accord, mais de quoi ? C'était quoi mon vin de conception ? « Tu ne crois quand même pas qu'on t'a fait en regardant l'étiquette ! »

La m'am avait bien essayé de se souvenir : « En février 48, il neigeait, c'était peut-être un vin chaud. Très chaud. Ton père m'a surtout parlé de touche, d'introduction en mêlée, de débordements, de placage, d'en-but, d'essai et de transformation entre les poteaux. » J'ai tout de suite compris que j'aimerais le rugby. Un sport avec autant de vocabulaire sous le maillot ne pouvait pas être mauvais.

Résultat : mon vin de conception est un vin chaud anonyme. Pour égayer, Lucette proposait bien des noms évocateurs : un chambertin-clos-de-bèze, ou un chambolle-musigny premier cru derrière-la-grange, mais la m'am n'avait pas apprécié. Chez nous, on choisit ses mots pour parler de la chose. C'est trop personnel. On n'utilise pas des mots usagés. « On ne boit pas dans le verre de l'autre sans le rincer. »

Dans ma famille, à cause des deux couleurs des parents et du cerisier dans la cour, *faire la chose* se dit *faire bigarreaux*. Un point c'est tout. Marcel Proust donnait raison à la m'am. Dans *Du côté de chez Swann, faire catleya* n'était qu'une façon snob pour Odette de *faire bigarreaux* avec Swann dans un fiacre. Mais au moins, chez Marcel, on soignait le fiacre pour les transports amoureux.

Je sentais que j'avais un rendez-vous galant avec les mots. Il ne fallait surtout pas que je sois en retard. Ce 21, à 8 h 30 du matin, je me suis laissé convaincre de naître. En réalité, j'étais bien obligé, sinon je gâchais le champagne prévu pour fêter ma naissance. Ce devait être le 21, pas le 20 ni le 22, mais le 21 pile. Tout ça à cause d'un pari de Black Jack, mon parrain.

C'est un dingue de jeux et surtout de paris. Il peut parier sur n'importe quoi et j'étais son dernier *n'importe quoi*. En étudiant les dix dernières performances de ma mère, il avait parié avec mon frère Gérard sur mon poids : entre 3,5 et 4,7 kilos, et pour la taille, de 48 à 56 cm : j'allais être un bébé élastique. Mais le plus important pour mon parrain, c'était mon jour de naissance : « Gérard, 10 contre 1 qu'il arrive le 21 ton frelot. Le 21, c'est mon porte-bonheur. Je me suis fais un paquet, avec Cerdan. »

Black Jack se vantait d'être le seul à avoir joué Marcel Cerdan gagnant dans son combat contre Tony Zale, le 21 septembre dernier. Alors que chez moi tout le monde était certain qu'il serait champion du monde, malgré sa défaite contre Delannoy en mai dernier. « C'est un Belge et c'était un 23, ça ne compte pas ! »

Le jour du match, j'avais suivi le combat de Cerdan contre Zale, installé en fauteuil de ring, dans le ventre de la m'am. J'écoutais à la radio la rencontre commentée en direct du Roosevelt Stadium de New York par Pierre Crénesse. Plus tard, je serai Pierre Crénesse.

Pendant le match, je crois que j'ai donné plus de coups de pieds à la m'am que Cerdan de crochets du gauche à Tony Zale. Au onzième round, il y a eu des cris. « Zale est à terre ! Zale ne se relève pas ! Il est K.-O. » Non ! Zale est sauvé par le gong ! Pendant la minute de repos, il y a eu un long silence. La minute durait. Le silence encore plus. C'était la première fois que j'avais l'impression d'être oublié par ma famille. La cloche a sonné. C'est l'appel du douzième round. Rien. Pas un bruit côté famille. Ils sont partis. M'ont abandonné : je suis un orphelin prématuré.

Et, tout à coup, un énorme vagissement. Ça fait du boucan, une victoire quand ça naît. La m'am a sauté, son ventre a sauté, j'ai sauté, des bouchons ont sauté. À l'oreille, c'est du champagne. Marcel Cerdan est champion du monde ! Et ça braille, ça chante, ça danse, ça s'étreint. Est-ce qu'ils se rendent compte de ce que c'est une victoire de Cerdan quand on est dans le ventre de sa mère ? J'ai failli mourir étouffé, un 21 septembre 1948 : un mois avant ma naissance.

Le p'pa n'avait pas mis « le champagne au frais » pour la victoire de Cerdan. Question de superstition et de frais. Il n'y en a pas chez nous. De la superstition, oui, mais pas de frais. Ni glacière, ni Frigidaire. Seulement un grand baquet en zinc qui servait à nous ébouillanter, mes deux petites sœurs et moi, quand nous prenions notre bain dans la cour, mais aussi à rafraîchir les bouteilles les jours de baptême, communion, mariage ou anniversaire. Et il y en avait souvent. Chez nous, le baquet ne chômait pas.

Cette manie familiale de noyer les enfants ou les bouteilles dans un même baquet s'appelle « jeter un litron aux poissons ». À l'origine, l'expression vient d'un copain du p'pa pour parler de la bouteille attachée à une ficelle qu'on met à fraîchir dans la rivière pendant une partie de pêche en bord de Marne. Il paraît que les poissons malins viennent lire l'étiquette pour savoir s'ils vont finir démocratiquement en carpe au vin blanc Gévéor ou plus noblement en brochet sauce pommard.

J'avais hâte d'aller à la pêche avec le p'pa juste pour qu'il me confie la responsabilité du litron aux poissons. Le soir, je l'écouterais raconter à la m'am les poissons « longs comme ça » qu'il avait ratés : « La faute au Gévéor ! Sont pas folles, les carpes. Tu vois, Paulette, il faudrait qu'on achète du pommard. Avec ça, je te ramène de la carpe, long comme ça ! » Ce à quoi la m'am avait rétorqué (j'aime bien rétorqué) qu'il suffirait de mettre du Gévéor dans une bouteille de pommard et qu'elles n'y verraient que du bleu, les carpes.

Depuis, pour moi, les buveurs d'étiquettes sont des *carpes bleues*.

Le p'pa se vantait à la pêche et à la chasse, mais Black Jack se vantait tout le temps. Chez moi, on lui laissait faire le Tartarin. « C'est son plus petit défaut ! » Quand j'entendais ce qu'on disait de lui, je ne voyais pas pourquoi mes parents me l'avaient choisi comme parrain. Il était, en plus de vantard et vaguement maquereau, un joueur invétéré qui avait, paraît-il, une chance de cocu au blackjack. Un jeu de cartes où, si j'ai bien compris, on gagne quand on fait 21. « Tu peux préparer la monnaie, Gérard. Je suis sûr de moi. Le gamin naîtra le 21. Les cartes comme les nanas, j'en fais ce que je veux. » Comme si les cartes et les nanas allaient me forcer à naître le 21 pour que Black Jack gagne son pari avec mon frère. J'avais encore besoin de quelques jours pour me faire à l'idée d'arriver dans une famille où on joue les gosses aux cartes.

Ce n'était pas très malin de m'obliger à sortir le 21. Je les avais entendus dire que si j'arrivais trop tôt je serais un prématuré. Une sorte de poussin pas fini, même pas un poussin, plutôt un œuf à la coquille fragile, qu'on devrait mettre au chaud dans une couveuse, sous peine de ne pas éclore. À cause de ce 21, à peine né, ils allaient me sortir et me faire attraper un chaud-froid, une pleurésie, une pneumonie, et m'envoyer au sanatorium du plateau d'Assy comme le p'pa. Tout le monde s'en moquait que je me retrouve dans un transat face au massif du Mont-Blanc avec un bol de soupe, une couverture sur les genoux et un verre de vin chaud à la cannelle le dimanche. Je me demande s'il y avait de la cannelle dans mon vin chaud de conception.

Plus rien ne comptait pour cette tribu d'assoiffés, sauf le champagne. À la clinique, le mot avait fait pétiller toute la chambrée autour de la m'am. Il y en avait du monde ! Ce qu'il y a d'étrange avec une famille nombreuse, c'est son talent pour se multiplier au moindre événement.

Famille nombreuse, famille oublieuse. La mienne me bradait pour une coupe. Et pas n'importe laquelle. Normalement chez moi on était plutôt mousseux, le champagne du pauvre, ou Asti spumante, le mousseux des Italiens. C'était une question de moyens et aussi de goût, mais c'était surtout une question de bruit. Chez moi, pour une naissance, le bruit c'était le plus important. « Un gosse quand ça naît ça braille et un bouchon ça pète. »

Mon futur parrain n'était pas d'accord. « On n'est pas des gadouilleux ! » Il voulait que ça pète, mais que ça pète chic. Que ça pète en liège, pas en bouchon en plastique. Il n'y avait pas à discuter, Black Jack avait prévenu : « Pas de mousseux pour le morveux ! » Pourtant, ça n'aurait pas dû le gêner. D'après Josette, ma grande sœur : « Il fait que de la mousse, le Black Jack, c'est tout ! » ; pour elle, en plus d'être un flambeur, c'était un frimeur, le genre à vouloir péter plus haut que son cul. Je ne voyais pas comment on réussissait ça. N'empêche qu'à la clinique tout le monde avait dû s'incliner. Il était mon parrain. « Paulette, tu mets le gamin au chaud, moi je mets le Moët au frais. » C'était mieux que l'inverse.

On avait les mouettes, restaient les astres, l'Adrienne et l'astrologie. Tout avait affaire avec l'astrologie d'après l'Adrienne, une autre copine de la m'am. « Vierge ascendant Vierge », comme elle se présentait, même si certains la trouvaient « Cinglée ascendant Cinglée ». Pour Adrienne, tout était dans les astres dès la naissance. Si elle avait raison, ce n'était plus la peine de se faire du mouron. Il suffisait de lire son horoscope du jour pour savoir ce qui allait nous arriver. Si ce n'était pas le cas, c'était la vie qui se trompait, pas l'horoscope.

L'Adrienne avait débarqué à la clinique dès la première heure pour connaître celle de ma naissance.

– Attention, Paulette, l'heure exacte.

– Tu crois que je l'ai fait en regardant la pendule ?

La m'am avait déjà utilisé cette formule pour l'étiquette sur une bouteille. J'ai une mère qui aime les répétitions. Ce qui explique notre famille nombreuse.

– Plaisante pas, Paulette. C'est important pour le thème astral de ton gamin. Quelques minutes, ça peut changer toute sa vie !

La m'am a dit :

8 heures *pile*.

– T'es sûre, Paulette ?

– Sûre, la pendule a sonné juste quand le gamin a eu sa tape sur le cul. Il a crié comme un putois. On aurait dit que j'avais pondu un coucou suisse.

Ma mère ne parle pas comme ça, mais j'avais la tête en bas à ce moment-là. Je crois plutôt que la m'am a dit une heure au pif. Pas pour que j'aie une vie au pif, une vie à gros nez, une vie d'enrhumé, une vie au hasard, une vie de tartine beurrée qui ne tombe jamais du bon côté, une vie au petit bonheur la chance (même si j'aime bien l'expression). Non, la m'am a dit ça pour que je n'aie pas à traîner tout le temps un bout d'heure pas finie, dans une vie où il me manquerait toujours cinq minutes pour faire une heure. Naître à une heure pile, ça évite d'avoir l'impression de manquer. Elle est comme ça, la m'am : elle pense à tout dès le début.

– Franchement, Adrienne, les astres ne vont pas nous faire une pendule si l'heure n'est pas exacte.

La m'am est fâchée avec tout ce qui porte des aiguilles et une casquette, depuis que son père, employé aux chemins de fer, et qui ne buvait qu'un doigt de porto le dimanche, avait fait descendre sa propre femme du train, parce qu'elle n'avait pas la bonne heure sur son billet.

Depuis ce jour, la m'am essaie de faire tourner les heures en bourrique en menant plein de choses en même temps. Ce matin, elle a fait un enfant, moi, d'accord, mais elle a aussi rassuré la sage-femme débutante qui a moins d'accouchements qu'elle, s'est excusée pour le dérangement, a remercié l'infirmière d'avoir bien mis une aspirine dans l'eau des roses, demandé à Roland s'il avait trouvé ses lames de rasoir rangées dans le placard de la cuisine, à Évelyne sa barrette-papillon dans la travailleuse, à Serge son pied à coulisse pour aller à son centre d'apprentissage, et…

Pan !

Une bouteille de champagne pète comme à Mardi gras. Une bouteille ! que dis-je ? « Un magnum ! » se vante Black Jack. On le calme. Le magnum, c'est douze verres : ce sera trop court pour la tribu, le jéroboam, vingt-quatre, on s'approche, et le mathusalem, quarante-huit, c'est la bonne pointure.

– Hé ! Je suis pas Crésus, moi !

Entre Crésus, le plus riche, et Mathusalem, le plus vieux, il allait falloir en lire des bibles pour boire une coupe de champagne intelligemment !

Black Jack, mon parrain tonitruant, n'était pas une épée, paraît-il. Pourtant, il était entré en fanfare dans la chambre, le magnum brandi comme le fleuret de Serge Lifar dans son duel contre le marquis de Cuevas, en mars dernier. « Attention, à la fin de l'envoi, je touche ! » Black Jack tente une fente avant, glisse et se prend les pieds dans celui d'un chariot repas, dérape sur le linoléum, trébuche, laisse échapper la bouteille, elle vole dans l'espace comme un spoutnik soviétique, s'éclate contre le mur à crucifix, façon fusée américaine à cap

Canaveral, et baptise l'assemblée comme pour le lancement du *Normandie* au chantier de Saint-Nazaire. Tout ça n'est pas d'époque, mais très réussi. Aussitôt des coupes, des flûtes et des verres en Pyrex sortis de nulle part sont jetés comme des bouées pour sauver le champagne du naufrage. C'est le *Titanic* sans les glaçons.

Mon parrain claironne :

– Allez, cul sec !

– Non ! Pas avant…

La parole du p'pa a stoppé net la levée de coudes. On reste figé : pas avant quoi ?

– Pas avant les oreilles.

Traduction : pas avant que la m'am ait trempé un doigt dans sa coupe de champagne rescapé et le passe derrière mon oreille. L'oreille gauche, je crois. « Pour qu'il y ait dans ta vie plein de champagne, pour plein de moments heureux. » Ça me fait frissonner. C'est peut-être ça qu'on appelle « mettre la puce à l'oreille ». Intriguer, dès la naissance. Dire qu'il y a quelque chose de bon à découvrir. Quelque part.

Au p'pa, l'oreille droite. Il y glisse un silence comme il sait si joliment le faire. Du silence à grands coups. Un silence de chaudronnier. Son silence aussi me met la puce à l'oreille. Il y en a des choses à découvrir dans le silence.

Une goutte sur les lèvres et une dernière sur le cœur. Elle complétait ce qu'on appelait chez nous « les quatre gouttes du bonheur » ou « les quatre fois bonheur ».

Il y en avait une cinquième. Seulement pour Black Jack. Ostensiblement, il s'était frotté la poche du pantalon : « Ça marche aussi pour les sous... »

Le 19 août 1997 à 8 heures, Marie est née. Son champagne à elle, c'est le champagne Demoiselle. Je l'ai choisi pour le nom, la forme de la bouteille, sa finesse, sa grâce, son élégant torsadé. Je me disais que ma fille en hériterait peut-être. Elle en a hérité. Et plus encore. Je resterais émerveillé par la finesse de ses attaches et la force de ses attachements. Je me découvrirais vexé qu'elle me batte si tranquillement au Memory et au jeu des arômes, « Le nez et le vin ». Je lui dois la découverte d'un mot, « anosmie », cette perte de l'odorat, que je mets aussitôt et injustement sur le compte d'une éducation mono-saveur : « le goût de brûlé » de la m'am, sa grand-mère, mamie Paulette, qu'elle ne connaîtra pas.

Quand je vois une bouteille de champagne Demoiselle, je ne vois pas une bouteille de champagne, mais une nuit d'été douce, un taxi qui attend dans la rue, la maternité déserte, les Diaconesses, dans le XIIe. Cet arrondissement endormi ne sait pas encore qu'il aura l'honneur d'être sur la carte d'identité de ma fille pour la vie.

Ah, l'insouciance du XIIe !

Je suis né dans le XIe, ma fille dans le XIIe. J'ai toujours aimé trouver des signes dans les chiffres.

Mais je ne veux pas pour elle du « pendant astral » de l'Adrienne. L'idée (déjà expliquée, désolé, mais il est des idées qui sont dures de la feuille), l'idée, donc, que les grands événements arrivés dans le monde, pendant que Marie était dans le ventre de sa mère, se retrouveront dans sa vie, sous une autre forme. Je préférerais pour Marie une vie bien à elle. Une vie unique. Pas une vie au papier carbone. Un avatar.

Devant la porte de la clinique, je me demande quel a été, dans ma vie, *le pendant astral* de l'assassinat de Gandhi, de la grande grève des mineurs du Nord, de la création d'Israël, de l'invention du transistor ou de la télévision couleur, de la dévaluation du franc de 23 %, de la victoire de Cerdan, « le bombardier marocain », sur Tony Zale, du triomphe de la famille au Goncourt de 1948, grâce au K.-O. que *Les Grandes Familles* de Druon inflige à *Vipère au poing* de Bazin.

Ça, peut-être…

Je trouve enfin la sonnette, qu'on m'avait bien demandé de ne pas utiliser. J'appuie et j'appuie encore. Je revois l'enfilade, les salles aux noms d'îles, comme dans une chanson de Laurent Voulzy, « Belle-Île-en-Mer, Marie-Galante », et j'entends les paroles : « Café / léger /, Au lait mélangé », parfait pour une arrière-arrière-petite-fille de Martinique. Même si, avec le temps, on a beaucoup mélangé dans la famille : grand-père noir, père mulâtre, moi quarteron, ma fille octavone. J'arrête là, après c'est Toblerone.

La maman est blonde et bleue, courageuse, déterminée, Marie est née en face de Sainte-Lucie, par temps calme, elle n'a pas crié, pas braillé, elle a sûrement jugé ça déplacé, ou trop commun, elle était une évidence, alors je n'ai pas fait sauter le bouchon. « Pas braillé, pas pété ! » Mais bien sûr les quatre gouttes de bonheur, au champagne Demoiselle, bien sûr les mots tout au creux, bien sûr le silence de chaudronnier, mais ça… c'est secret.

3

21, v'là le champagne !

Il y a des secrets dans ma famille, et des mystères aussi, comme le choix de mon parrain par exemple. Pourquoi lui ? Pourquoi Black Jack ?

Ce 21 octobre a été un Jeudi noir pour lui : « Black Friday pour Black Jack ! » Dans son vol plané légendaire à la clinique de Villemomble, il s'est brisé pas loin de vingt et un os, osselets, côtes ou vertèbres. On a dû reculer la date de mon baptême et attendre qu'il soit remis en état.

Le jour dit, toute la famille attend à l'église Notre-Dame d'Espérance. Black Jack n'arrive pas. Je me vois déjà sans parrain privé de baptême et menacé par les limbes dont parlait Lucette : une sorte de salle des pas perdus à perpétuité, pour nouveau-nés oubliés.

Mais Black Jack finit par apparaître. Il est entré flambard dans l'église, bandé-plâtré en momie égyptienne. C'est Ramsès II échappé des urgences.

– 21, v'là le champagne !

Black Jack tient à la main une bouteille de Moët, enrubannée de bleu-garçon, et au bras une « morue rose saumon », dixit mes grandes sœurs dont je découvre le doux fiel.

Mon parrain déclare qu'il veut que je sois baptisé au champagne. « L'eau, c'est pour les malades ! » J'imagine déjà le bouchon aller péter le vitrail de saint Antoine de Padoue, « grand voleur, petit voyou ». Je ne savais pas alors que plus tard, je retrouverais ce saint chapardeur au catéchisme du jeudi à Notre-Dame d'Espérance, à propos d'une sombre histoire de vin de messe et de burettes disparues.

J'avais tenté d'expliquer à Di Stephano, notre curé footballeur, que je n'étais pour rien dans cette transmutation du vin de messe en Vichy-fraise. Et que je réfutais ces accusations infondées. (J'aime bien *réfuter.*) J'avais dénoncé saint Antoine de Padoue, petit voleur et grand voyou. Un saint multicarte, protecteur du Portugal, des marins, des naufragés, des prisonniers, des pauvres, des personnes âgées, des animaux, des opprimés, des femmes enceintes, des affamés, des cavaliers, des Amérindiens, et surtout, saint patron de la stérilité. Je l'ai toujours soupçonné d'en vouloir à ma mère pour avoir fait tous ses enfants sans lui allumer un cierge. Pour saint Antoine, on était treize gosses gratuits.

Le Vichy-fraise n'est peut-être pas une boisson divine, mais elle reste une boisson mystérieuse et même sulfureuse. Elle provoque des réactions étranges et même une sorte de gêne quand quelqu'un en commande un au café où le p'pa m'emmène après le match de foot du dimanche. On se demande pourquoi, connaissant le passé du mot « Vichy », quelqu'un se déplace dans un café d'Orly, mairie rouge de rouge, se plante au comptoir et lance à la cantonade : « Garçon, un Vichy-fraise ! »

Mon frère Gérard, qui collait des affiches pour le Parti, m'avait expliqué que c'était une sorte de code pour les nostalgiques de Vichy et de Pétain : une provocation. Ils attendaient qu'on leur fasse une remarque : « On regrette le Maréchal, mon gars ? », pour pouvoir rétorquer (le vichyste aussi aime rétorquer) : « Quoi, on ne peut plus boire ce qu'on veut maintenant, en France ? On n'est quand même pas en Russie ! »

Il y avait tout ça dans un Vichy-fraise. De quoi écrire une thèse, « Vichy-fraise et réconciliation nationale », en évitant de se demander, par exemple, ce qu'est devenue du côté de Beaune la parcelle offerte en 42 au Maréchal. « Allez, on trinque ! » au fil du temps, le Vichy-fraise est passé de la provocation à la nostalgie. On n'en voulait plus qu'à sa couleur. Vite fait au zinc, le Vichy-fraise pouvait prendre la vague apparence d'un côtes-du-rhône privé de soleil ou d'un rosé surexposé. Du Canada Dry d'avant le Canada Dry. Une boisson malade pour mal portant, dont le cœur voudrait bien, mais le foie ne peut plus. Celui qui buvait un Vichy-fraise apparaissait maintenant comme un rangé des comptoirs et de l'apéro au 4-21 sec, un relaps du gorgeon qui a renié sa foi, mais veut garder l'église, son bar et les copains.

Un jour, loin de chez moi, j'ai commandé un Vichy-fraise. Pour voir. Le serveur, surpris, m'a fait répéter, puis m'a regardé comme un lanceur de tendance sur YouTube et m'a proposé, avec sérieux, d'ajouter une olive et de prendre un selfie pour le poster.

À l'époque du foot à Orly, je guettais les réactions du p'pa au comptoir, quand on servait un Vichy-fraise près de lui. À Nevers, pendant la guerre, il avait subi les interrogatoires à la baignoire des Allemands ou de la Milice. Je ne suis certain que de la baignoire. Je me demandais à quoi il pensait quand il buvait sa « p'tite côte sans faux-col », pendant qu'à côté de lui un type silencieux à béret noyait peut-être du rouge FFI au fond de son verre de Vichy.

– Alors, mon Frédo, il est comment ton Pétain-fraise ?

– Bouchonné !

Le jour de mon baptême à l'église Notre-Dame d'Espérance à Villemomble, Black Jack avait donc essayé de soudoyer le père Di Stephano pour qu'il me baptise au champagne. « Tu veux en faire un gosse de riches ! » Si ça suffisait pour que le p'pa n'ait plus besoin de se tuer en heures supplémentaires, j'étais d'accord. Mais le curé avait été intraitable : « Je ne vendrai pas le baptême pour un plat de lentilles au Dom Perignon. »

Il paraît que le Dom en question est un moine, un bénédictin, même, et qu'il est l'inventeur du champagne du temps de Louis XIV. Champagne et bénédictine, ils ne devaient pas s'ennuyer au monastère, les « frères noirs », comme on les appelait. Si un jour j'entre dans les ordres, je veux être « frère noir ».

C'est le père Di Stephano qui nous racontait toutes ces histoires. Il m'avait donné envie d'aller au catéchisme, pas seulement pour y jouer au football, boire du chocolat chaud à la cannelle et voir des films de Laurel et Hardy, mais surtout pour les paraboles. J'aime le mot. Il semble descendre du ciel en parachute ou se balader en hélicoptère comme dans le *Roma* de Fellini.

Plus tard, je veux bien faire curé un jour par semaine, pour les histoires, mais il paraît que la foi, c'est un plein-temps. Je ne serai donc jamais un curé du jeudi, ni un gosse de riches baptisé au champagne. Pourtant mon parrain est sûr de lui. Prêt à dégainer : « Personne ne résiste à Black Jack ! » Il avait déjà ôté le muselet et retenait le bouchon, du pouce sur la collerette. (J'adore *muselet* et *collerette.*)

Le champagne voulait me baptiser. Il poussait fort. Et ça a pété, giclé, débarbouillé Black Jack et dessalé sa morue. Pour colmater, Black Jack avait plongé son index dans le goulot et le doigt était resté coincé. Il avait beau, il avait beau : c'était coincé.

La scène sera rejouée sept ans plus tard dans *Sept ans de réflexion*. Le film est entré dans l'histoire par la bouche d'aération du métro sous la robe de Marilyn (une sorte de micro-oxygénation).

Une autre scène mérite d'entrer dans le grand livre du *Vin au cinéma*. Celle où Tom Ewell, l'encéphalogramme plat du sex-appeal masculin, Monsieur Personne 1955, se retrouve dans la même posture fâcheuse que Black Jack en essayant d'impressionner Marilyn Monroe en candide ravageuse dans le rôle de la *girl next door*. Un modèle de scène où le sexe est mis à l'index dans le goulot, pour mieux le montrer. À l'époque, il faut ruser avec le code Hays qui veille aux bonnes mœurs cinématographiques. Tom Ewell, en endive libidineuse, devient la métaphore à peine voilée de la concupiscence coincée, d'un type coincé qui aimerait bien coincer Marilyn, mais qui se fait coincer, l'alliance au doigt. La scène a le mérite de rappeler à chacun au moins une ouverture catastrophique de bouteille de champagne. Là, le rôle est tenu par du Piper-Heidsieck. Avec Marilyn Monroe, par contrat, c'était toujours du Piper-Heidsieck : sa seule fidélité.

Black Jack s'impatiente. Son doigt toujours coincé dans le goulot, il résiste à sa morue qui tire sur la bouteille comme pour lui ôter ses bottes. De guerre lasse, Black Jack déchausse, le champagne n'attendait que ça et gicle sous la nef, jusque dans le bénitier de l'entrée. La légende de Notre-Dame de l'Espérance raconte qu'à la messe du dimanche suivant, sous l'emprise du Malin, les grenouilles de bénitier pompettes se mirent à crier au miracle et à chanter des chansons pas très catholiques.

J'avoue que je ne me souviens pas des paroles. J'étais trop occupé à essayer de ne pas être noyé par le curé. Furieux contre Black Jack, il me lavait à grande eau de tous les péchés du monde. Le jour de mon baptême, n'importe qui aurait pu gagner la médaille de sauvetage rien qu'en me tirant des mains du curé naufrageur.

Après cet épisode, mon ex-futur parrain a disparu. Pour toujours. Black Jack a été mon parrain d'un jour et il ne me reste de lui que son prénom. Et encore, je n'en suis pas certain. Quant à ma marraine, on a mis du temps à m'avouer que c'était la *morue rose*. Je n'ai même jamais su son prénom. J'ai une marraine sans étiquette. « Tu ne perds rien, c'était du vrac. »

Aux élections municipales, je ne peux pas m'empêcher de voir les candidats « sans étiquette » comme du vrac.

Reste une question : pourquoi une morue et un maquereau comme marraine et parrain ? « Parce que tu as été conçu un 21 février sous le signe du Poissons. » C'est l'explication d'Adrienne, l'astrologue de la famille. « Nous avons tous deux signes : un pour la conception et un autre pour la naissance. Toi, tu es un Poissons-Balance. – Qu'est-ce que je peux faire avec ça ? – Poissonnier. »

J'ai fini par comprendre le choix de la m'am et du p'pa quand un jour, j'ai entendu le curé rappeler ce qu'était un parrain ou une marraine : quelqu'un qui sera mon responsable spirituel, tout au long de ma vie, et qui pourra même être chargé de m'élever au cas où mes parents disparaîtraient. Je ne voyais qu'une explication : pour éviter à Black Jack et à la morue sans étiquette d'avoir à m'élever, le p'pa et la m'am avaient décidé de ne jamais disparaître, d'être immortels. C'était malin !

Je suis injuste avec Black Jack, en plus de parents immortels, son magnum de champagne m'a fait découvrir quelque chose d'important : quand on naît en 1948, on arrive trois ans après la bataille, c'est-à-dire la guerre. Trois ans après quatre années de restrictions sévères, et pour le p'pa et la m'am, dix gosses à nourrir. La m'am disait souvent : « Pendant la guerre, c'était au choix : rutabagas ou truffes du Canada. » À 15-16 ans, j'avais voulu savoir quel goût avaient les deux. La m'am m'avait servi une assiette partagée.

– À gauche, les rutabagas, à droite, les truffes du Canada !

– Mais, m'am, c'est pareil !

– Eh oui ! Pendant la guerre, la truffe du Canada, c'est le nom qu'on donnait aux rutabagas du dimanche. Avec ça, au moins, tu avais le choix.

Il est des mots qui donnent un meilleur goût aux choses. Même si pas mal de cartes de restaurant en abusent et certaines dégustations de vin en usent jusqu'à l'ivresse. Peut-être parce qu'ils craignent qu'un jour on manque de mots et qu'il faille distribuer des cartes de rationnement pour parler du vin.

– Désolé, pour ce puligny-montrachet, vous n'avez plus droit qu'à un adjectif !

Cette histoire de carte de rationnement me titille. Comment mon parrain a-t-il pu en récupérer pour du champagne ? Il faut que je demande à la m'am.

– Quand je t'ai mis au monde, il y avait encore des tickets de rationnement.

– Comme pendant la guerre ?

– Parfaitement ! Pour le sucre, l'essence, le café, et on allait à la boulangerie avec une carte de pain. Les restrictions, ça ne s'arrête pas au coup de clairon de l'armistice. On a commencé à respirer seulement quand les Américains nous ont donné des sous.

– Le plan Marshall, m'am ! Il a été signé six mois avant ma naissance. Deux milliards sept de dollars dans mon berceau. Merci, Oncle Sam !

– Fais pas ton intéressant. Sans les Américains, je sais pas comment on aurait fait. À cette époque, c'était plus facile pour certains profiteurs de trouver du champagne que pour nous autres de dénicher du lait et des œufs.

– Le marché noir ?

– Ton père disait en rigolant : « J'ai la couleur mais pas le marché. »

À écouter la m'am, je réalise que je ne connais rien du monde dans lequel je suis né. Le monde de mes parents.

– Pour ton parrain, je préfère pas savoir ce qu'il a dû trafiquer pour dégoter du champagne, et un magnum en plus !

– C'était bien du Moët & Chandon ?

– Peut-être, mais j'ai pas eu le temps de voir. Elle a fini dans le mur.

– Et mon parrain ?

– Lui aussi. On l'a jamais revu. C'était un copain de maquis de ton père. Mi-maquis, mi mal-acquis. Pendant trois ou quatre ans, on a reçu une bouteille pour ton anniversaire. Ça venait de l'étranger, d'un peu partout, mais d'Argentine, surtout.

– Qu'est-ce que vous en avez fait ?

– On les a bues.

– C'était quoi ?

– Ça dépendait. Pas du champagne, en tout cas. Du vin. Et du bon !

– Il venait d'où ?

– Si tu crois que je me souviens de ça. Mais c'était toujours des vins comme lui : bizarres.

Incroyable ! La m'am ne se souvient pas quels vins *bizarres* j'ai reçus pour mes anniversaires. Alors, je les ai imaginés. Pour mes un an : un vin de glace, le « Yéti », fait à partir de raisins vendangés sous la neige. À mes deux ans : une bouteille de « Sherpa », un vin de l'extrême qui pousse à plus de 5 000 mètres d'altitude sur une pente à 30°. Pour mes trois ans : « Hoggar », un vin récolté à dos de chameau, au milieu du Sahara, avec une rose des sables sur l'étiquette. À quatre ans : « Abysse », une amphore d'un vin sous-marin récolté en bathyscaphe dans la fosse des Philippines, à déguster avec palmes, masque et tuba. Pour mes quinze ans, un vin de cinéma : « Les Tontons », un vin voyou sulfaté rouge sang premier cru et blanc de noces, du 24°/seconde, trois cépages royaux du Volfoni sicilien, du Naudin rustique et du Folace-follasse. Robe de deuil, bouquet chrysanthème et cordite, nez de bourre, pif, Audiard en bouche et palais de justice. Silencieux au débouché.

Ces vins bizarres auraient tout changé, si je les avais connus. J'avais de quoi rêver. Je serais devenu trappeur chasseur d'ours au Canada, méhariste, scaphandrier, sherpa dans l'Himalaya, cascadeur ou vendeur de tractopelles à Montauban.

Pour mon anniversaire, seul sous ma tente chahutée par le blizzard, j'aurais ouvert une bouteille de l'extrême. Ma famille et mes amis n'auraient pas eu à se poser de questions pour mes cadeaux. Au lieu d'un pull noir ou d'un pull noir, j'aurais eu une bouteille d'extrême rouge, d'ultime blanc ou de curieux rosé. Mais la m'am ne se souvient pas. Dommage. Rien que par son nom, son étiquette, sa provenance, un vin peut déclencher une vocation ou au moins un rêve. Rien que pour ça, risquez-vous sur le bizarre !

Ce 21 de malheur pour Black Jack, la chambrée a trinqué à son prompt rétablissement. Les hommes sont allés fumer dehors, les femmes sont sorties prendre l'air et faire semblant de causer chiffons. En réalité tout le monde cherchait un prétexte pour se sauver et éviter l'Adrienne quand elle partait en vrille dans sa margarine astrale, ses prédictions étoilées et autres thèmes sans latin ni grec. À ce moment-là elle devenait « la sorcière Désastre ». Un surnom donné par mon frère Michel. Elle se disait bohémienne sans roulotte, diseuse de bonne aventure, tireuse de cartes. Elle lisait dans les lignes de la main, le marc de café, les os de poulet, les poils de pubis et les mégots de cigarette.

Avant ma naissance, l'Adrienne voulait absolument parler en tête à tête avec la m'am d'une question très importante me concernant. Une question vitale même : mon horoscope !

– Attention, Paulette, pas celui des journaux, qui raconte n'importe quoi, mais le vrai : l'horoscope rouge ! Celui de Mars, de la planète rouge. L'astre du sang et du vin ! Mars, ça me donne soif. Paulette, tu as le droit à un petit coup ?

– La sage-femme a dit que c'était pas bon pour le gamin. Elle a parlé du S.A.P.

– C'est quoi, ça ?

– Le Syndrome alcoolique prénatal.

– La cuite du fœtus ? Tu y crois, Paulette ?

– Faut bien.

– Alors, tant pis, je boirai pour deux.

Même seule, l'Adrienne buvait pour deux. Elle a sorti de sous ses jupes deux flasques argentées.

– Je t'avais trouvé de l'abricotine.

J'avais entendu dire que c'était la liqueur préférée de la m'am. Ça lui avait manqué pendant qu'elle m'attendait, de ne pas pouvoir en boire une lichette de temps en temps. Moi, ça ne m'aurait pas gêné. Au contraire. J'avais envie de découvrir tout ce que la m'am aimait. En direct : d'elle à moi. Sans intermédiaire. Du producteur au consommateur. La m'am et moi, on est en circuit court.

Pas l'Adrienne, malheureusement.

Je vais essayer de résumer son histoire d'horoscope rouge. Ce ne sera pas simple. C'est fou ce qu'il peut y avoir comme intermédiaires dans les astres.

4

Le goût de banane

– Paulette, écoute. Je te lis l'horoscope de ton gamin. C'est celui du jour de sa naissance. Il faudra le garder.

Pas la peine. J'avais entendu dire que mon père était allé acheter tous les journaux et magazines datés de ce jour-là, comme le veut la tradition familiale. Il les rangera dans une valise avec deux bouteilles de vin millésimé 48. Une pour rappeler son Tarbes natal. Elle a été achetée aux Vins des Pyrénées à Paris dans une maison de la rue Beautreillis, la bien-nommée à cause des treilles qui y poussaient, paraît-il.

Pour honorer son Morvan, la m'am a choisi un bourgogne vézelay blanc. Sûrement à cause de la basilique Sainte-Marie-Madeleine et de la manie ruineuse qu'elle entretenait de nous arrêter pendant les vacances dans chaque église pour y allumer un cierge.

Le p'pa ne l'accompagnait jamais. « Trop froid, là-dedans ! » Il avait rapporté du sanatorium du plateau d'Assy un poumon tout neuf. Cet *échange standard* servait d'excuse à ce mécréant CGT pour ne pas suivre la m'am dans ses visites humides et glacées au bon Dieu. « Ma foi a des rhumatismes. »

Pendant que la m'am incendiait l'église et gavait le tronc, le p'pa en profitait pour faire une sainte tournée au café du village. « Un cierge, un canon ! » Ce n'était pas une formule. À chaque cierge de ma mère, mon père découvrait un saint local. « Cachez ce saint que je ne saurais boire ! » Sa formule pour trinquer au gré des régions, avec tout un chapelet d'évangélistes de comptoir : saint Émilion, saint Amour, saint Aubin, saint Chinian, saint Saturnin, saint Nicolas de Bourgueil, saint Hippolyte ou Nuits-Saint-Georges. La m'am disait que tout ce saint frusquin n'arrangeait ni son foie ni sa foi. De son fameux sourire classé grand cru, le p'pa obtenait son absolution.

Ces visites d'églises avec la m'am et mes deux petites sœurs m'ont protégé du vin trop précoce, que j'aurais fini par boire avec le p'pa, pour faire l'homme. Quand parfois, au retour, le petit vin local et notre Traction ne supportaient pas les virages et que le saint Christophe du tableau de bord ronflait comme un gendarme, la m'am effleurait à peine la main du p'pa : « Roger ! » Cet effleurement magique le guérissait aussitôt des écrouelles, têtes-à-queue et autres tonneaux, il levait le pied du champignon. Cette amanite phalloïde automobile.

Dans cette tournée des autels et comptoirs, la m'am avait voulu voir Vézelay et on avait vu Vézelay. Bien avant que Brel et son « Chauffe Marcel ! » (hommage à Marcel Azzola) soient devenus dans les cafés de Vesoul et d'ailleurs une formule pour dire au patron de recharger les canons.

À Vézelay, la m'am voulait visiter la basilique de la canonissime sainte Marie-Madeleine. Le terme *canonissime* est réservé à ce qui respecte à la fois le droit canon et les canons de beauté. Ce qui, de l'avis de ses contemporains, est le cas de Marie-Madeleine, « pécheresse repentie qui pleure à la mort du Christ et sa résurrection », dixit le père Di Stephano.

À Vézelay, dans les salles d'exposition des caves à vins, j'ai découvert la poésie rêveuse des étiquettes de grands crus. Une poésie d'étagère où l'écoulement d'un bourgogne Coulanges-la-Vineuse me ramenait à Marie-Madeleine. Elle devrait être élue « Sainte pleureuse des larmes du vin » qu'il serait ni très chrétien ni très poétique de réduire à une *différenciation des interférences liquide-gaz.*

Les larmes du vin sont des larmes sans chagrin ni larmes.

Je dois à Vézelay, au bourgogne et à Marie-Madeleine un moment mystérieux et magique : le dévoilement. Cet éclair où on comprend une expression. Il est à l'opposé du moment où on comprend un vin : l'un vous dépossède du mystère, l'autre l'entretient.

L'expression « pleurer comme une Madeleine » m'est restée incompréhensible jusqu'au jour où, en trempant une madeleine dans mon café au lait, je l'ai vue pleurer dans mon bol. Alors, j'ai compris comment Proust, qui a élevé l'amnésie au rang de grand art, avait retrouvé la mémoire de son enfance en voyant pleurer une madeleine dans sa tasse de thé.

À Vézelay, j'ai eu la révélation : « pleurer comme une Madeleine », ce n'est pas pleurer comme un petit gâteau traditionnel lorrain aux œufs en forme de coquillages, mais pleurer comme Marie-Madeleine aux pieds du Christ. Bien plus tard, quand j'ai appris que la madeleine de Proust était une biscotte, cette tranche de pain passée par deux cuissons, je l'ai trouvé malin et inspiré, le Marcel. Il avait compris que *pleurer comme une biscotte* n'avait aucun avenir littéraire et qu'il valait mieux tremper ses souvenirs dans le sacré.

C'est noté.

– Paulette, tu m'écoutes pour l'horoscope ou non ?

Non ! Moi non plus. Je n'ai pas terminé d'inventorier le contenu de ma valise de naissance. Une fois remplie des journaux du jour et des deux bouteilles des mémoires familiales, elle est cadenassée, rangée au grenier et ne sera ouverte que le jour de mes 20 ans.

Beaucoup de parents préparent ce genre de *colis du premier jour* pour marquer la naissance de leur enfant. Je les mets en garde : attention aux souris !

Le 6 juin 1962, pour les 20 ans de mon frère Serge, on a ouvert sa valise. Les journaux étaient en miettes et les deux bouteilles avaient disparu. On accusa les souris.

J'imaginais, comme dans un dessin animé, une joyeuse bande de souris grises en goguette, guillerettes et pompettes, trinquant à la santé de mon frère en lisant le journal du 6 juin 42 : « Bataille décisive entre la flotte américaine et la flotte japonaise à Midway… Un convoi de mille juifs est parti de Compiègne vers Auschwitz… » Elles ont dû dégriser, les souris.

– Paulette, franchement, tu m'écoutes ?… Non ! Tant pis, je te lis quand même l'horoscope du jour de naissance de ton gamin dans le journal. (On peut sauter, je ne crois pas à ce genre d'horoscope.)

– « Amour : L'occasion de rencontrer l'amour de votre vie. »

C'est fait. J'ai rencontré la m'am.

– « Argent : Un revers de fortune » vous a mis à sec. Réagissez !

Naître, c'est être à sec pour la première fois et vivre, c'est réagir.

– « Santé : Votre état physique sera bon, dans l'ensemble… »

3,2 kilos, 54 cm : une performance moyenne pour la m'am.

– « Argent : Vous toucherez la fortune, mais elle s'évanouira. »

On a posé un louis d'or sur mes lèvres, mais on l'a repris aussitôt : « Faudrait pas qu'il s'habitue à l'argent facile, ton gamin ! »

– « Chance : Le 140 vous protège. »

C'est la vitesse au compteur de notre Traction Citroën, mais c'est surtout l'effleurement de la m'am qui me protégera.

– « Citation : "Ne vous brûlez pas les doigts à moucher la chandelle d'autrui" (proverbe italien). » Dis donc, Paulette, les Italiens sont meilleurs en proverbes qu'en champagne.

J'ai très tôt compris qu'en matière de football et de vin, la vie, c'était un match France-Italie.

– Tu te rends compte, Paulette, de ce qu'ils font gober aux gens avec leur horoscope bidon ? Maintenant, moi je vais te donner son vrai horoscope à ton gamin : son horoscope rouge. J'aurais dû l'appeler « horoscope lie-de-vin », vu que c'est rapport au vin, mon horoscope, sauf que « lie-de-vin », ça fait pisseux. (Moi, j'avais compris *lit de vin*, un endroit pour cuver pendant la sieste.)

– Tu te souviens, Paulette, de ce que je t'ai expliqué sur le vin et les planètes ?

Non ! La m'am n'écoute pas l'Adrienne quand elle part en vrille dans les vignes du Seigneur après une série d'abricotines. À la clinique, la m'am s'occupait de moi à plein temps. J'étais encore fils unique à cette époque. J'en profitais. Mais j'écoutais l'Adrienne par politesse.

Dans son « astrovinologie » (c'est comme ça que l'Adrienne parlait de cette science qu'elle était la seule à posséder), les douze signes astraux correspondaient aux seize vignobles de France. Le Gémeaux et la Balance comptaient double et correspondaient à deux vignobles chacun. Quand on faisait remarquer à l'Adrienne qu'on n'arrivait qu'à quatorze, elle répondait que deux vignobles avaient été *bannis des astres* pour avoir joué au plus malin avec la Nature. En clair, ils avaient trafiqué leurs vins avec des mélanges interdits, des ajouts de sucre et même de banane.

Pour le sucre, Adrienne a fait sa Madame Je-sais-tout du *Reader's Digest.* Elle a expliqué à la m'am la chaptalisation, inventée par un certain Chaptal. (Ça tombait bien.) Je reste étonné de la chance qu'ont les inventeurs d'avoir un nom qui tombe pile sur celui de leur invention. Je me demande comment il aurait fait Braille, s'il avait inventé la poubelle, si Poubelle avait eu l'idée de la montgolfière, et les frères Montgolfier du Colt 45. Je ne vois pas ce que je pourrais inventer avec un nom comme le mien. À part des histoires.

Adrienne ne lâche jamais une idée. Elle revient à Jean-Antoine Chaptal, un drôle de zèbre d'après elle. Comte dans le civil, ministre réussi et médecin raté.

– Tu te rends compte, Paulette, que pendant qu'il faisait l'autopsie d'un gamin, il s'est réveillé, le mouflet ! (Pas crédible.) Moi, j'aimerais pas être autopsiée de mon vivant ! Il devait avoir trop picolé ce jour-là. Pour se faire pardonner, il a écrit un livre, *L'Art de faire, de gouverner et de perfectionner les vins*. Et tu sais ce qu'il lui a offert en récompense, Napoléon ? Des vignes ? Non : des champs de betteraves ! C'est avec ça qu'on fait le sucre.

L'Adrienne se claque les cuisses à s'en décrocher la mémoire. Ça nous fait une pause à la m'am et moi.

– Et je te parle pas de François Rozier, son acolyte. (Si ! elle va en parler, c'est sûr.) C'était un abbé, un peu comme Dom Pérignon, le genre à s'intéresser au vin pour éviter d'aller à la messe. N'empêche qu'avec Chaptal, *ils ont changé la face de l'industrie viticole.* (Elle cite sûrement le *Reader's.*) Tu te rends compte, Chaptal est mort dans la misère et Rozier sous la Révolution, sans même réussir à se faire guillotiner. C'est un peu ballot de passer à côté de son destin. Mais quand les planètes veulent pas, elles veulent pas !

J'aime bien les histoires de l'Adrienne, mais je ne sais toujours pas ce que c'est que la chaptalisation.

– C'est comme tout, Paulette. C'est une question de dosage. Un peu de sucre pour gagner un petit degré par-ci, par-là, c'est bien : tu perfectionnes. Ça marche. Alors t'es tenté, t'ajoutes des trucs et des machins, c'est pipette et bec Bunsen, le nécessaire du parfait petit chimiste. Et je ne te parle pas de la banane ! (Si, elle va en parler.)

En attendant, je me demande si l'écriture, ce n'est pas la chaptalisation du réel.

Ça ne me réussit pas, moi, la banane.

Passons.

Non ! La banane, il faut en parler. Elle est partout à travers le « goût de banane » (que certains pisse-clairet, jaloux et envieux, tentent de ramener à une vulgaire molécule d'acétate d'isoamyle). Erreur. Le goût de banane formé pendant la vinification est le produit d'un art : la bananologie. Il fut développé par Jean, Jules, Joseph, mon grand-père né à Fort-de-France, formé au rhum trafiqué de 14-18 et installé à Tarbes par la guerre et l'amour. Il était capable de repérer dans un verre une trace de banane à l'œil. « La banane, ça se voit ! »

La m'am, grande conteuse créole du Morvan, raconte comment mon grand-père a répandu la bananologie dans les Pyrénées, le Bordelais et au-delà. Il avait fait son service militaire à l'Arsenal de Tarbes, véritable tour de Babel à l'époque, qui réunissait douze mille travailleurs venus de tout l'empire colonial français pour fabriquer des armes.

Après la guerre de 14, ils sont allés, par un juste retour des choses, porter dans tout l'empire le goût de banane qu'on retrouve dans le vin des anciennes colonies françaises : en Indochine, à Madagascar, en Afrique. Un livre reste à écrire : *Le Vin sous l'empire de la banane !*

J'aime encore plus l'idée que, grâce à la science de mon grand-père, il y a un peu de Martinique dans les vins d'ici. Ne dit-on pas que « le beaujolais est un rouge banane » ?

J'avoue qu'au moment de la mise en bouche d'un vin inconnu, je cherche le goût de banane comme une trace de mes origines. Je ne suis pas le seul. Chaque troisième jeudi de novembre, la France entière recherche mes origines, une trace de banane, dans le beaujolais nouveau. La banane dans le beaujolais nouveau, c'est un peu comme la pomme dans *Les Tontons flingueurs*. Il faut pouvoir dire : « Y en a ! »

Il y a de la Martinique dans le beaujolais. Les monts du Forez sont des mornes où des vignerons marrons, vignerons rebelles, descendants des glorieux scieurs de long, se réfugièrent dans un ultime acte de résistance, à l'abri de la forteresse médiévale du château de Couzan. Là, ils produisirent le premier beaujolais primeur qui devint, par l'ancestrale magie vaudoue du marketing, le beaujolais nouveau. Je l'aime surtout pour son tonneau posé sur le comptoir comme la proue d'une locomotive de Far West, qui semble dire : *Have a nice trip !* « Un trip au beaujolais, ça doit faire mal à la tête. »

En octobre 2001, j'étais le parrain de la dix-septième Fête du livre de Saint-Étienne. Un salon populaire où je me sentais bien. C'était au moment de mon anniversaire. J'ai reçu un maillot des Verts floqué à mon nom, comme la cuvée côtes-du-forez. J'ai encore le jéroboam dans ma cuisine. J'étais fier et même impressionné quand j'ai croisé l'Ange vert : Dominique Rocheteau. Amateur de foot ou pas, on a tous une écharde de chêne au cœur depuis la défaite à Glasgow de l'ASSE contre le Bayern en finale de la Coupe d'Europe et le mythique « Ah ! si les poteaux avaient été ronds ! ». De ces mots qui, mieux qu'une victoire, vous font entrer dans la légende.

Bien sûr que chez nous, ce 12 mai 1976, vers 22 heures, on a ouvert le champagne. La France a du talent pour la défaite héroïque. Une défaite au méchant goût de poteau. Une défaite au goût de chêne.

Pas le côtes-du-forez 2001. Quand j'entre dans le chai pour sélectionner le vin de la cuvée, je suis sidéré par l'hommage rendu à mon chaudronnier de père : les cuves alignées sont en inox ! Comme si le chêne était devenu une malédiction locale.

Après dégustation, le p'pa y serait allé de son conseil de chaudronnier : « Ils ont trop chargé en copeaux de chêne, il faudrait rajouter des copeaux d'inox. »

Aujourd'hui, quand je rencontre un vin *un peu trop chargé*, je pense au p'pa et je me dis : « Ça manque d'inox. »

Le tonneau de beaujolais posé sur le zinc, et sa bouille de locomotive de Far West, évoque une autre locomotive, un autre parrainage, une autre dégustation. Plus douloureuse. Celle de la cuvée de la Journée du livre de Sablet, 2017. Je suis arrivé en retard. TGV bloqué en gare. Changement de train. Il ne reste plus que trois vins sélectionnés par les vignerons. Le numéro onze est là. Je le choisis. Moins pour son goût, même si je l'aime cette AOC villages, classée, s'il vous plaît ! Côtes-du-rhône-villages. Mais j'ai besoin d'un vin porte-bonheur. Protecteur. Pour le jeune migrant grimpé sur la locomotive du TGV, électrocuté et hospitalisé. Il m'en reste un goût coupable. Je l'avais croisé sur le quai. Égaré. Désemparé.

Ce tonneau de beaujolais nouveau m'a éloigné de l'Adrienne et de son astrovinologie. Pour une fois et pour ce garçon, j'ai envie de croire qu'une planète rouge a veillé sur lui.

D'après l'Adrienne, il y a eu dans certains vignobles français de la banane clandestine. Des régimes de fond de cale avaient pollué par inadvertance des crus trop sensibles à l'exotisme. J'aurais bien aimé connaître ces vignobles félons, mais l'Adrienne ne pouvait révéler le nom des réprouvés. Elle craignait d'être frappée d'un coup, de mildiou, botrytis, oïdium, black-rot et des sept plaies d'Égypte. Elle avait une formule mystérieuse pour en dire plus : « La banane dans le bordeaux, c'est le boomerang du commerce triangulaire. »

De l'astrovinologie de l'Adrienne, j'avais retenu que tout au long de ma vie le vin serait un visiteur toujours bienvenu et surtout mesuré, puisque j'étais d'un signe à deux vignobles, un par plateau de la balance : la sagesse et l'ivresse.

J'ai pensé aux deux plateaux de cette balance quand, cinquante ans plus tard, j'ai reçu comme récompense mon poids en vins côtes-du-rhône au Salon du livre de Sablet dans le Vaucluse.

Ce jour-là, je ne pesais plus en kilos de plumes ou kilos de plomb, je pesais en kilos de rasteau, vacqueyras, gigondas, château-neuf-du-pape, vinsobre, cairanne, beaumes-de-venise. Je sentais ma colonne vertébrale descendre la vallée du Rhône. C'était comme une radiographie de mes goûts. Je me voyais à travers. Comme quand, gamin, je passais de longs moments silencieux devant la vitrine de la Boutique bleue à Villemomble, fasciné par un « *Visible Man* ». La maquette très réaliste en plastique transparent du corps d'un homme qui laissait découvrir les organes à l'intérieur.

Lauréat, assis sur un plateau de la balance, je me demande quel vin pèse mon foie, mes reins, mes poumons, mon cœur. Le château-neuf-du-pape pour sonder les reins, le vinsobre pour ménager mon foie ou le beaumes-de-venise pour apaiser les tourments du cœur.

Chacun devrait s'essayer à dessiner un de ces croquis de leçon d'anatomie, sur lequel chaque organe serait relié par une flèche à un vin. Ainsi l'amateur de vin serait représenté en saint Sébastien.

À Sablet, on s'impatiente. C'est bien beau les discours officiels, mais la pesée doit commencer. C'est l'heure de la mise en caisses. Le contraire d'une mise en bière. Ici on n'enterre pas, on révèle un talent.

Jamais lauréate ou lauréat d'un prix littéraire n'est autant scruté qu'à Sablet. Soupesé et converti en caisses. « Ben dis donc, cette année les vignerons vont le sentir passer ! » ou « Là, avec une caisse, ça s'envole ! ».

Les esprits méfiants suspectent le jury d'avoir à sa disposition les mensurations des candidats et qu'entre deux ouvrages d'égal intérêt, au moment de trancher, ils jetteront un œil sur les fiches et pencheront pour « le gracile du trait et la légèreté de style ». D'autres imaginent les sélectionnés s'empiffrer à la Grandgousier les jours d'avant, pour tenter d'arracher un côte-rôtie à la balance.

La balance de Sablet est comme le tribunal d'Osiris où le cœur et la plume doivent s'équilibrer pour accéder à la vie éternelle.

Chaque année, le miracle se reproduit. Les plateaux s'équilibrent, le côtes-du-rhône accède à la vie éternelle et chacun souhaite le même sort à la plume lauréate.

Désormais, au même endroit, je vois l'image d'une grande plume disparue en 2016, celle de Malek Chebel, l'auteur de *L'Anthologie du vin et de l'ivresse en Islam*. Le vin sans interdits. Ce fut son dernier été à Sablet.

J'aurais aimé que, le temps du salon au moins, on donne son nom à un lieu dans le village. Un jardin éphémère. Le sien. Lui n'aurait peut-être pas aimé. Qu'il ne s'inquiète pas, de considération en tergiversation cela ne s'est pas fait. Je le regrette.

On nous confondait : « Vous êtes Malek Chebel ? – Non, je suis son frère. » On en jouait, pour conclure sur le mode conciliant : « Disons qu'on se ressemble comme deux gouttes de Sablet. »

Être confondu ne m'a pas toujours amusé, surtout

quand j'étais dans le ventre de ma mère. « C'est pas possible, ce gamin, on me l'a changé à la clinique ! » J'entendais des histoires terribles d'enfants enlevés ou échangés. Je surveillais mon bracelet d'identité, pour vérifier que j'étais bien moi. (Le même geste plus tard, la même inquiétude, avec mon bracelet-montre, en faisant semblant de chercher l'heure.) J'avais hâte de rentrer pour vérifier si c'était bien chez nous. Tout ça parce que la m'am, pour la première fois, ne faisait pas son enfant à la maison, mais à la clinique.

Elle avait attendu le onzième… Moi !

Pourquoi ?

Qu'est-ce que ça cache ?

5

La part des anges

La m'am a expliqué à Lucette pourquoi elle m'avait fait à la clinique et pas à la maison comme d'habitude :

– J'avais peur d'être rouillée. Ça faisait six ans que je n'avais pas fait d'enfant.

Incroyable ! La m'am se comparait à une machine à faire des bébés qui se serait grippée à force de ne pas fonctionner. La m'am craignait de faire un gosse tout rouillé. Et ce serait tombé sur moi.

Voilà pourquoi je vais être le premier de la famille à naître à la clinique : une histoire de rouille inadmissible dans une famille où la m'am avait eu deux maris chaudronniers. Une sorte d'histoire d'amour avec la tôle.

– Si c'est pour dire des bêtises pareilles, c'est pas la peine d'écrire.

– Tu as raison, m'am. Je retire la rouille.

Pour éviter de prendre une calotte par la m'am, je dois rappeler qu'elle a d'abord fait neuf enfants avec un premier chaudronnier et premier Roger, avant *de tomber veuve* à 28 ans (c'est comme ça qu'on dit) et d'épouser un deuxième chaudronnier et deuxième Roger : le p'pa. Le genre de gars, même pas ivre, qui ne voit pas où est le problème d'épouser le jour de ses 21 ans une veuve avec neuf enfants. J'apprends qu'il est une ivresse supérieure à toutes les ivresses : l'amour.

– C'est pas un peu cucul la praline comme façon de le dire ?

– Si, m'am, mais j'aime bien quand tu dis cucul la praline.

La m'am et le p'pa vivaient pour ainsi dire à la campagne à Varennes-Vauzelles dans la Nièvre, pays du pouilly-fumé. Que mon père appelait *pouilly-boucané,* en référence aux pirates et boucaniers de la Martinique. Cette appellation mystérieuse peut expliquer la passion exclusive de la m'am pour le goût de brûlé, dont elle avait l'habitude d'assaisonner tous ses plats, au point que j'ai toujours cru que ce goût de brûlé était une épice de sa composition.

– Ça, tu l'as déjà dit.

– Pourquoi, ce n'est pas vrai ?

– Si, mais arrête. Je vais passer pour quoi, moi ?

– Une maman.

Autre habitude : la m'am faisait ses enfants à la maison. « Moi, je livre à domicile. » J'imaginais les gosses comme des colis et la m'am en facteur des PTT. Une sorte de cigogne qui ne connaissait qu'une adresse : la nôtre.

La m'am avait inventé un service de courrier rapide, ses dix premiers enfants étaient passés *comme une lettre à la poste*. J'imaginais des frères et sœurs extra-plats, regonflés d'une simple tape sur le cul à l'arrivée. Ils étaient postés avec des timbres différents pour chacun, qu'on collait ensuite sur la première page de leur carnet de santé. On était une famille de timbrés.

J'ai longtemps surveillé l'ouverture des colis à la maison. Des fois qu'on nous livre par erreur une petite sœur ou un petit frère extra-plat. Un petit N'pai (N'habite pas à l'adresse indiquée) que j'imaginais africain et qu'on aurait vite retourné à l'envoyeur avant que la m'am ne l'adopte. Une autre manie de ma mère : l'adoption expresse d'un enfant à l'air triste.

Les colis reçus m'inquiétaient, mais, plus encore, les colis envoyés par la m'am. C'était toujours pour un de mes frères partis au service militaire en Algérie, pendant les *événements*.

J'apprends à 10 ans que mes frères pouvaient partir soldats, se battre, avoir peur, vouloir rentrer, être blessés et même mourir à la frontière tunisienne, mais pas à la guerre, seulement pendant des *événements*. C'est moins dangereux dans *Cinq colonnes à la une* à la télévision, quand le général de Gaulle rassure Alger : « Je vous ai compris ! » Elvis Presley, lui, rassure l'Amérique : « Love Me Tender ». Il fait son service militaire en Allemagne dans sa villa de Bad Nauheim, avec son père et son grand-père. Pas de chance, l'armée française n'a pas pu trouver une villa assez grande en Algérie pour accueillir notre famille.

Faute de villa, la m'am fait des colis à mes frères : cigarettes, savon, dentifrice, lames de rasoir, lait concentré, biscuits, petits porte-bonheur et un *truc* secret, pour passer en douce du bon vin. (Un truc de chaudronnier jamais dévoilé, au cas où *les événements* reviendraient un jour.)

Mes frères disaient que ce n'était pas vraiment nécessaire de leur faire prendre le risque du mitard. Il y avait de très bons vins, en Algérie, mais ils « tapaient fort ». Le plus connu était le sidi-brahim. Un vin costaud qui portait le nom d'une bataille contre l'émir Abd el-Kader en 1845.

Mon frère Roland, avec d'autres bidasses, avait visité en permission une cave à Boufarik. On leur avait expliqué que le vin d'Algérie, pendant les années 1860-1870, avait sauvé le vin de France du phylloxéra, un insecte térébrant, *qui perce des trous*. (Pas facile à caser.) Le vin d'Algérie servait à doper les vins du Midi *un peu pâles des genoux*. Mais à force de travailler le sujet, certains vins de là-bas étaient devenus aussi bons, voire meilleurs, que certains vins d'ici. Mes frères le pensaient, mais ne pouvaient ni le dire ni encore moins l'écrire. Le vin d'Algérie était classé « secret défense ».

En permission, Roland avait rapporté dans son paquetage une bouteille précieuse : un château-tellaghmédéa. C'était un cadeau pour André, le curé chaudronnier, copain de travail du p'pa à Air France. Il venait de temps en temps manger la soupe à la maison. Ma mère le regardait comme un saint de tous les jours et mes sœurs comme un fiancé impossible. Selon lui, le tellagh rapporté par Roland était un vin qu'on buvait chez les moines du monastère de Tibhirine. Des trappistes. « Ils travaillent la terre, comme nous la tôle avec Roger. »

Chez André, une chose émerveillait : son écriture. Il était calligraphe par passion, capable même d'écrire en lettres gothiques. Un soir, pour faire plaisir à la m'am, il avait inscrit l'adresse d'expédition du colis à un de mes frères en Algérie. Elle était tellement élégante et paraissait si savante que ma mère avait eu peur que le colis n'arrive jamais. « Ils vont le garder pour eux, à la poste. » Par sécurité, la m'am avait fini par doubler l'adresse avec une version écrite *en normal.*

Ce qui était le plus dur pour la m'am, c'était d'écrire la mention « Expéditeur ». Sans le dire, la m'am avait peur d'une autre mention, « Retour à l'envoyeur », signe que *quelque chose serait arrivé*, là-bas, à un de mes frères.

J'avais lu dans un *Paris Match* qu'aux États-Unis, une jeune admiratrice d'Elvis Presley s'était fait expédier dans une caisse à « Graceland, 3764 Elvis Presley Boulevard, Memphis Tennessee ». J'avais imaginé l'imiter pour être envoyé à mes frères. L'admiratrice d'Elvis avait failli mourir asphyxiée. J'avais renoncé.

Dommage. Peut-être qu'en oubliant d'indiquer l'adresse de l'expéditeur, 93, avenue Meissonier, Villemomble, 75 Seine, ils n'auraient pas su à qui renvoyer le colis, et ils auraient dû me garder en Algérie. Ça aurait été facile de me caser. Avec ma tête, il paraît que je ressemble aux gamins de là-bas.

J'ai pu le vérifier pendant l'été 1960 à Fort-de-l'Eau, un paradis à 15 km d'Alger. J'y découvre plutôt l'Orangina que le sidi-brahim, même si je garde en mémoire l'image, au couchant, de l'infini des coteaux comme des tapis berbères noués fin de plants de vignes qui paraissaient être là depuis toujours. Bien avant Rome, du temps où l'Algérie était le grenier à blé de l'empire. Je ne sais pas pourquoi, je n'imaginais pas qu'on puisse faire pousser du blé en Algérie. Peut-être à cause des *plaines de la Beauce*, dans mon livre de géographie.

Dans l'Algérie de mes 12 ans, à Fort-de-l'Eau, j'ai appris que les bébés pouvaient naître dans une petite chambre bleue, au fond d'un couloir bleu. C'était là où nous logions. J'avais vu une jeune fille y entrer, son bébé dans le ventre, et en ressortir avec le bébé dans les bras. Entre les deux, il n'y avait pas eu de youyous, et on n'avait pas fait sauter de bouchon de champagne. Le genre de bruit qui, à l'époque, provoquait la panique. Jamais avant je n'aurais pu imaginer qu'un bouchon de champagne qui pète puisse ressembler à une détonation.

Si j'étais né, comme les dix autres enfants de la m'am, à la maison, il n'y aurait peut-être pas eu de champagne, ni même de mousseux. La m'am m'aurait fait comme ça, sans chichis, entre une soupe aux légumes et un clafoutis brûlés. Le soir en rentrant de l'usine, le p'pa aurait fait l'étonné en me découvrant sur la table de la cuisine. « Tiens, Paulette, il y a un p'tit garçon dans les épluchures ! Ça s'arrose. » La famille aurait sorti les verres en Pyrex avec le 11 au fond. Mon chiffre porte-bonheur. Ils auraient trinqué au p'tit blanc, au gros rouge ou avec une bouteille *de derrière les fagots*. Une expression qui m'avait fait espérer qu'on habite au fond des bois, la maison du Petit Poucet.

À cause de cette histoire de naissance à la clinique, j'étais inquiet. Inquiet avant : pourquoi pas à la maison ? Inquiet après : pourquoi avoir *pris un jour* ? Normalement, la m'am ne s'arrêtait ni avant ni après une naissance. C'était à se demander si elle se rendait compte qu'on était un de plus à table. Alors, pourquoi changer ses habitudes avec moi ? Qu'est-ce que ça cachait ?

Des anges !

Mon père avait 28 ans à ma naissance et une équipe de foot complète sur les bras. Ça en faisait des épaves de voitures à retaper pour mettre du beurre dans mon biberon ! Du beurre, pas de la gnôle ! J'avais entendu dire qu'on pratiquait ce genre de sport pour endormir les enfants. Moi, je ne voulais pas dormir. Je voulais tout voir, tout écouter, ne rien manquer. Je n'avais pas été mis au monde pour faire la sieste.

Pas de gnôle. J'avais eu mon compte d'eau-de-vie dans le ventre de la m'am. De la vraie. Je n'en voulais pas d'une frelatée, comme si on essayait déjà de m'habituer à perdre des degrés.

Je voulais garder ma *part des anges.*

L'expression m'intriguait. Le dictionnaire croit qu'il s'agit de *la partie du volume d'un alcool qui s'évapore pendant le vieillissement en fût.* Ce qui prouve une seule chose : le dictionnaire ne connaît pas la m'am, qui, elle, s'y connaît en anges.

Quand on est enfant, les grands pensent que nos oreilles n'ont pas encore poussé et parlent comme si on n'entendait rien. Grâce à cette illusion, j'avais entendu une *discussion entre femmes* dans la cuisine. Elle disait que, pendant les six ans où la m'am avait été *rouillée* et n'avait pas eu d'enfant, elle avait *fait des anges.* J'avais sûrement mal compris. Le seul ange fait par la m'am, c'est moi.

L'arithmétique jalouse n'est pas d'accord. Pour elle, les anges, ce n'est qu'un simple problème de piquets et d'intervalles.

« Prenez une feuille : Sachant qu'une mère réalise un enfant tous les quatorze mois (l'intervalle) et qu'elle n'en a pas produit entre le 6 juin 1942 et le 21 octobre 1948, calculez le nombre d'anges que cette mère a faits. (les piquets). »

Quatre !

Quatre anges.

C'est la première fois que je les compte. La première fois que je vais jusqu'à les représenter sur un schéma.

Une feuille à petits carreaux. Je pourrais même leur donner une date de naissance. Un sexe. Deux filles et deux garçons pour respecter l'équilibre. Des prénoms. J'aime bien Clément et Marie. Leur inventer une vie. La raconter. En faire un roman.

Tout ça à partir d'une expression mystérieuse, *la part des anges*, qui fait remonter à ma mémoire les quatre anges *évaporés* de la m'am.

Ces anges étaient restés dans mes limbes. Je me demande si mes frères et sœurs savaient. Est-ce qu'ils y pensaient parfois ? En parlaient ? Sûrement pas. Chez nous, *on ne parle pas de ça*. Jamais.

Justement, *ça* creuse des galeries dans la tête et dans les cœurs, ces *jamais*. Le silence, comme le phylloxéra, est un insecte térébrant. Il fait des trous. Et il en faudra des pages pour les combler.

Si les quatre anges avaient existé, est-ce que nous serions nés, Maryse, Martine et moi ? Probablement pas, sinon, la m'am aurait eu dix-sept enfants. Dix-sept ! C'est impossible. Ce n'est pas un vrai chiffre. Treize, ça porte bonheur ou malheur, mais ça existe. Ça a de la gueule : « Ma mère a eu treize enfants ! » J'en suis fier. C'est mon petit snobisme. Ça fait son effet. Je n'y étais pour rien, mais c'est moi qui touche en étonnement le rappel d'allocations familiales. Mais dix-sept : « Ma mère a eu dix-sept enfants ! » Ça fait livre des records. C'est inquiétant. Le payeur des allocations aurait dû se faire accompagner par un garde du corps pour venir chez nous.

J'aurais été le quinzième, Maryse la seizième et Martine la dix-septième. Mais non ! à nous trois, nous avions bu la part des anges. Nous étions les trois petits voleurs. Des imposteurs. Est-ce qu'on pouvait se sentir responsable de ça ? Le traîner ? Est-ce qu'on peut boire pour payer sa dette aux anges ? Leur rendre leur part ?

Est-ce que Maryse et Martine y pensaient ? Je me pose la question alors que je ne peux plus la poser à Martine et que c'est à elle que je pense. Maryse serait surprise et inquiétée par ce genre de demande. Quant à moi, je boirais bien un verre. Quelque chose de chaleureux, de solide et d'ailé. Un vin qui ne pose pas de questions. Un vin de diversion : un roc-des-anges, par exemple, côté Languedoc-Rousillon. Il paraît que du haut de ce roc, on voit les Pyrénées du p'pa. Il a sa part dans *la part des anges*. Il est le père. Est-ce qu'il se voyait comme ça ?

Enfant, j'étais un ange. Pas par la sagesse, surtout pas, mais par ma capacité à être invisible. J'étais petit, facile à glisser dans un recoin de notre maison. Il y a des maisons en pain d'épices, la nôtre était tout en recoins. De là, je pouvais écouter tout ce qui se disait, observer tout ce qui se passait. Il s'en passait des choses et il en passait du monde chez nous !

Première observation, le vin rouge attire du monde. Mieux que le papier tue-mouche. Chez nous, il attire surtout les facteurs, éboueurs, employés du gaz, de l'électricité, livreurs de charbon, aiguiseurs de couteaux, matelassiers, fumistes, vitriers, marchands de peaux de lapin, représentants en linge de maison, rempailleurs de chaises, égoutiers et *le* payeur des allocations familiales.

À chacun, la m'am paye un canon. Étrange : quand on reçoit avec un canon, c'est plus sympathique qu'avec un coup de fusil. Conclusion : la sympathie est proportionnelle au calibre de l'accueil. D'ailleurs, chez nous, on ne reçoit pas tout le monde avec le même canon, ni au même endroit. Ça va du canon dans la rue, au cul du camion pour les charbonniers, au canon de luxe servi sur la table de la grande et unique pièce, avec nappe brodée pour *le* payeur des allocations familiales.

Lui était le prince du canon et reçu comme tel. Quand il sortait les immenses billets de banque de sa sacoche en cuir et les alignait sur la nappe blanche, il neigeait à domicile ! Le payeur devenait un Père Noël mensuel, sans barbe ni traîneau. Il aurait pu écluser une batterie de canons s'il avait voulu, et même demander une petite goutte pour la route.

L'eau-de-vie de poire maison était remisée prudemment au fond du buffet, derrière une pile d'assiettes du dimanche. Elle était aussi précieuse et dangereuse qu'une fiole de nitroglycérine dans *Le Salaire de la peur* que la m'am était allée voir pour Yves Montand et le p'pa pour les camions.

Mais le payeur était raisonnable : « Non, merci, on

m'attend. » J'imaginais l'attente, l'inquiétude. « Et si on le dévalisait ? » Quand il arrivait enfin, les sourires soulagés, les nappes blanches et les salves de canon aux grands crus le fêtaient comme pour une naissance royale.

Plus tard, je veux être payeur des allocations familiales.

Pour les autres, le vin du canon était d'un plus petit calibre : souvent des vins de table, reconnaissables au fait qu'ils ne sortent jamais sans leur slogan publicitaire : Gévéor qui *revigore* ; le vin des rochers, *le velours de l'estomac*, ou Préfontaine, *je ne boirai pas de ton eau.*

Le livreur de charbon, lui, me faisait peur. Il était noir de la tête aux pieds, couvert de poussier. Il se passait une main sous le robinet de la cour pour prendre le verre de vin rouge que ma mère lui apportait. On aurait dit qu'il avait enfilé un gant blanc pour savourer. Le vin devenait précieux, traité comme une œuvre d'art en salle des ventes.

Je regardais le charbonnier et cette main blanche boire lentement son verre de vin et j'imaginais qu'au fur et à mesure qu'il buvait, son corps devenait blanc.

Le vin du charbonnier avait ce pouvoir.

Pourtant, dans les trente-six façons de dire « avoir trop bu », aux côtés d'être beurré, bituré, murgé, pinté, raide, torché, paf, déchiré, cramé…, il y a « être noir ». Mais pas « être blanc ».

J'ai pensé à la main du charbonnier, quand un journaliste américain blanc, John Howard Griffin, dans les années 60, s'était transformé en homme noir, après toute une série de traitements. Il voulait *savoir ce que ça faisait.* À la même époque, le charbonnier de Villemomble rentrait chez lui, prenait une douche, redevenait un charbonnier blanc et se servait un verre de vin. Le journaliste américain, lui, un verre de whisky à côté de sa Remington, tapait ses notes et impressions de la journée, pour écrire *Black Like Me*, sorti en France en 1962 sous le titre *Dans la peau d'un Noir.*

Je n'avais pas aimé cette sorte d'intermittence. J'ai toujours trouvé suspecte l'expression « se mettre dans la peau de ». Aujourd'hui, dans celle d'un « sans-logis », ou d'une « femme de ménage ». Comment croire se mettre dans la peau de, quand on peut à sa guise l'abandonner et retrouver la sienne ? (Peut-être que ça s'appelle être un écrivain.)

Enfant, j'avais été fasciné par un dessin animé. Un ours (peut-être un écrivain, je n'y avais pas pensé) ôtait sa fourrure en rentrant chez lui et l'accrochait au portemanteau. Il était nu ! Ensuite il allait s'asseoir devant la cheminée et prenait un verre. Tranquillement.

Je n'ai pas encore réussi à épuiser cette image d'homme nu, de peau d'ours et de verre au coin du feu.

Je n'aurais pas voulu être dans la peau de notre facteur à Villemomble. Il avait pour surnom « C'est-pas-de-refus » et comme ennemi féroce Capi, notre chien *facteurophobe*, qu'on devait enfermer les jours de mandat. Notre facteur, cinquante ans plus tard, c'était Kad

Merad dans *Les Ch'tis* en plus zigzaguant encore. À cause de Capi, C'est-pas-de-refus prenait son verre de vin à la volée, comme une musette au Tour de France. À la fin de la tournée, le facteur en avait pris une *musette* : une bonne.

Même le curé de Villemomble était venu boire un verre à la maison pour l'affaire des burettes évaporées, ce qui m'a valu d'être exclu du catéchisme et donc privé, ipso facto, de foot, de chocolat chaud, de pain d'épices et de Laurel et Hardy.

Aujourd'hui, ce sont les enfants de chœur, les fidèles et les curés qui s'évaporent. Même l'église a sa part des anges. Il est des terres où le prêtre doit aller de paroisse en paroisse, de clocher en clocher, pour assurer plusieurs services dans la même journée. Certains même à vélo. C'est le temps du prêtre itinérant, du prêtre-facteur, un C'est-pas-de-refus, mes très chers frères ! avec les burettes dans la sacoche et le confessionnal au bar du village : « Mon fils, une petite côte sans faux-col, je vous prie. »

J'imagine au zinc un de ces jeunes prêtres multi-clocher, surbooké et pressé entre deux messes, il checke son planning sur une tablette. « Il y a du réseau ici ?

– Pourquoi ? il n'a pas la 5G, le Seigneur ! » Il commande un petit rouge, d'un geste universel et laïque du pouce, pour désigner le verre à remplir.

Gamin, ce geste de péplum à la Néron aux jeux du

cirque m'effrayait quand je le rencontrais dans un bar. Le pouce tourné me donnait l'impression de plutôt condamner le buveur que le verre. Ce genre de buveur devenait son propre Néron.

Ces Néron du pouce, il y en eut plusieurs dans notre famille. Je préfère ne parler que du plus doux, du plus travailleur, du plus aimant des Néron : Jacques, le mari de ma grande sœur Monique. C'est à lui que je dois l'expression « delirium très mince ».

6

Delirium très mince

– C'est quoi ton plat préféré ?

– Les escargots !

C'est ce que j'ai répondu sans réfléchir à Monique, ma grande sœur, quand elle m'a demandé ce que j'aimerais manger, dimanche, chez elle. J'ai été pris de court. Ce n'est même pas mon anniversaire, ni ma fête. J'ai 10 ans et ma grande sœur me demande mon avis. À moi ! Sur le choix d'un plat ! C'est la première fois de ma vie. Avec la m'am, tout arrive dans l'assiette sans qu'on demande. Demander, ce serait mal poli. La m'am a déjà assez à faire. Si les treize se mettaient à choisir, ce serait une pagaille, pire qu'une bataille géante de tartes à la crème dans un film muet.

Je n'ai pas demandé de tarte à la crème, mais des escargots. Pourquoi ? Je ne sais pas. Je n'en ai jamais goûté. On n'en fait pas chez nous. À une douzaine par personne, ça fait plus de cent cinquante escargots. Une invasion.

Un jour, j'ai vu une colonie d'escargots s'échapper

d'un seau en zinc. J'ai compris pourquoi on parlait de *chasse* aux escargots. C'était terrifiant de lenteur.

Plus tard, j'ai retrouvé cette *terrifiante lenteur* avec les zombies de *La Nuit des morts vivants*, le film de George A. Romero. Il est resté longtemps à l'affiche du Styx, une salle du quartier Latin à Saint-Michel. Je ne sais pas pourquoi je suis entré : j'ai horreur des films d'horreur. À peine assis, je suis passé de la lenteur des zombies à celle des escargots et à l'odeur du vin blanc. Je suis sorti de la salle en trombe, comme poursuivi par des escargots géants ivres morts.

Plus jamais ça !

Pourquoi des escargots géants ? Peut-être à cause de l'ail du beurre d'escargot censé éloigner le diable, « Escargot de Bourgogne, montre-moi tes cornes ! ». Le diable, mais pas les zombies. Pour eux, les zombophiles préconisent un déodorant à base d'alcool. Peu importe ce fatras de n'importe quoi, je n'aurais pas dû entrer dans le Styx.

À cause de ces escargots de malheur, j'ai longtemps eu peur du vin blanc. Je ne me souviens pas bien, ce jour-là, chez Monique, s'il s'agissait d'un riesling, d'un chablis, d'un mâcon ou d'un bourgogne aligoté. À bien y réfléchir, ce serait plutôt un arbois-pupillin blanc.

À l'époque, j'étais encore *pupille* au football, la plus jeune des catégories d'âge. Ma mémoire aime le contre-pied. J'ai la mémoire Garrincha.

C'est mon joueur préféré dans l'équipe du Brésil qui

vient de battre la France 5-2 en demi-finale de la Coupe du monde 1958. Il est ailier droit. Comme moi. Je voudrais être comme lui, attraper la poliomyélite, avoir une jambe gauche plus courte de six centimètres, boire l'eau du caniveau, recevoir de la m'am une raclée de champion du monde, être estropié, pour de vrai, par elle, lui demander pardon, avec les yeux, ça suffit.

Promis, m'am, je me débrouillerai autrement pour être le meilleur ailier droit du monde, sans finir à 50 ans suicidaire, dans la misère et l'alcoolisme d'une cirrhose, après avoir bu plusieurs jours de suite sans s'arrêter, comme Manoel Francisco dos Santos, dit Garrincha, « l'ange aux jambes arquées ».

Comment c'est possible de se laisser dribbler comme ça par la vie ?

Est-ce que ça vaut vraiment la peine de finir de cette manière, après avoir été « la joie du peuple » et acclamé par les cent trente mille personnes du stade de Maracanã de Rio de Janeiro ?

Je ne suis pas encore certain de dire non.

La famille doit à Garrincha un fou rire au vin.

Après le 5 à 2 en Suède, les grands ont bu « À la plus belle des défaites ! ». Cela aurait pu être un Vale dos Vinhedos brésilien, mais ses jongleries effervescentes auraient été ressenties comme du chambrage. (À noter qu'au football comme pour le vin, *chambrer*, c'est faire monter en température, mais qu'au foot c'est pour mieux faire péter les plombs à l'adversaire.) Pour éviter le chambrage, les grands ont choisi le vin suédois qu'un pilote d'Air France avait rapporté au p'pa pour l'occasion. Un vin aussi imbuvable qu'imprononçable, Ekesakra Vingard, sûrement coupé au gaz hilarant, à en juger par les crises de fou rire qu'il provoquait au fur et à mesure que l'articulation pâteuse des grands se prenait les pieds dans l'Ekesakra.

À la fin, mon frère Serge entendait des troupeaux de rennes lui traverser le crâne. C'est là qu'il m'a dit : « Un jour, je t'emmènerai en Suède, à Kopparberg, commune de Ljusnarsberg, comté d'Orebro. » Il l'avait dit d'un trait sans fourcher et s'était endormi.

Kopparberg, c'était là où l'équipe de France s'entraînait. Serge avait tenu sa promesse en 1963 pour mon BEPC : « Promis, c'est promis ! Même si tu le rates, je t'emmène. »

Je les ai eus de peu, le brevet et la Suède.

Merci au Ekesakra Vingard ! Le seul vin qui réussit cette prouesse : plus on en boit, moins on oublie ses promesses.

De retour de Suède, je n'ai eu droit des copains qu'à une seule question : « Alors, les Suédoises, c'était comment ? » Personne ne s'intéressait à mes récits de troncs d'arbre flottant en nappe sur le bleu d'un fjord, au bruit d'incendie des bois de rennes qui craquent et s'entrechoquent quand un troupeau déboule et dévale devant vous dans la neige, au « Fantôme de la *Wasa* », la nouvelle que j'ai écrite après la visite de l'épave du *Wasa*, le bateau qui avait fait encore mieux que le *Titanic*, en coulant le jour de son lancement, à peine sorti du port, ni de la découverte dans un musée de Stockholm du portrait d'un enfant noir (1747-1822) en grande tenue de cour chamarrée et emplumée jusqu'à la coiffe. Qu'est-ce qu'il faisait là, au milieu de tout ce blond, bleu et doré ?

C'est Gustav Badin, « Noir à la cour de Suède », enlevé encore enfant aux Antilles et offert en cadeau à la reine. En cadeau ! Il deviendra le serviteur de la reine Ulrika et de la princesse Sophie-Albertine et de leurs secrets.

Il a fallu que j'aille jusqu'en Suède pour rencontrer cette histoire. Trente-six ans plus tard, Badin, l'enfant noir de la cour de Suède, deviendra « l'enfant léopard », avec Axel de Fersen dans le rôle de la Suède, Marie-Antoinette dans celui de la reine et le chevalier de Saint-George comme amoureux.

Les copains s'impatientent. C'est bien beau tes histoires, mais les Suédoises, c'était comment ?

Ce serait trop long à raconter. Au moins un roman. J'ai déjà le titre : « Cap Nord ». Je pourrais essayer, mais ce ne serait pas gentil pour Monique, ma grande sœur. Elle a préparé des escargots. Rien que pour moi. Alors, j'abandonne les Suédoises pour une douzaine de gros blancs. Je fais le malin, mais j'essaye surtout de retarder le moment d'entrer chez Monique. Je sais ce qui m'attend…

Ça me fait peur. Mais il faut que je me décide à

pousser la porte de la grille, traverser la courette et monter les trois marches du perron.

Ma sœur habite dans un coquet pavillon en meulière, Jacques, le mari de Monique, est menuisier. Il a *de l'or dans les mains*, comme dit la m'am. Chez lui, tout est en chêne, du sol au plafond, en passant par les meubles et les placards. « Attention, ni clous ni vis, tout en tenons, mortaises et queues d'aronde. »

C'est grâce à Jacques que j'ai appris que l'aronde, en vieux français, est une petite hirondelle à la queue triangulaire. Il m'a montré l'assemblage sur un tiroir. C'est beau un tiroir plein d'hirondelles !

Quand je suis rentré de l'atelier de Jacques au fond du jardin j'avais appris : scie égoïne, vilebrequin, varlope trusquin et j'avais faim. Ma sœur Monique en était à choisir avec la m'am le vin pour accompagner les escargots.

– On ouvrira un saint-véran.

– C'est du blanc ! Tu crois que c'est bien prudent pour Jacques ?

– T'inquiète pas, m'am. C'est réglé maintenant. La Bourgogne, ça reste chez lui, quand même.

Je ne comprenais pas le *bien prudent* de la m'am, mais je le sentais inquiétant. Des histoires de grands. Je sais seulement que ma sœur et son mari louaient une maison en Bourgogne depuis des années et que Jacques l'avait entièrement menuisée en chêne à l'intérieur. Le propriétaire lui avait dit : « Vous êtes comme le roi

Midas. Vous transformez tout ce que vous touchez en or, et même mieux, en chêne. »

Il faut se méfier des gens qui transforment tous les mots en brosse à reluire et savonnette parfumée. Quand le propriétaire a décidé de se séparer de la maison, Monique et Jacques lui ont rappelé sa promesse de leur vendre. « Je vous ai seulement promis que *je pourrais l'envisager.* » C'est fou comme ça peut glisser des mains un conditionnel.

Le propriétaire a offert la maison à sa fille pour son mariage. Le couple avait *adoré* les aménagements intérieurs. « Du travail d'artiste ! » Les hommes de la famille s'étaient réunis dans le garage et avaient proposé à Jacques d'aller offrir aux jeunes mariés un feu de la Saint-Jean. Un feu de joie. Le jerrycan était prêt. Mais Jacques avait refusé : « On ne brûle pas du chêne massif. »

Mais ça l'avait secoué cette histoire.

Moi, j'étais pour le jerrycan.

Et les escargots ?

C'est lent, mais ça finit quand même par arriver dans l'assiette. Je les ai aimés mes premiers escargots. Leur goût. Leur parfum. J'étais fier. C'était pour moi ces plats en alvéoles et toutes ces coquilles vides. J'aurais voulu m'en faire un collier de roi africain. Je n'ai rien vu du saint-véran qui allait et venait sur la table entre les hommes. La main du p'pa sur son verre : « C'est bon pour moi. Je conduis. » Les regards inquiets des femmes.

– Jacques, peut-être que ça suffit, là.

– Quoi, Monique ? Ce n'est pas tous les jours que tu fais des escargots au gamin !

J'aurais dû demander un plat qui se prend avec du rouge : un bœuf bourguignon, c'est toujours la Bourgogne, mais c'est moins dangereux.

Je ne me souviens que du regard rond de Jacques, soudain fiévreux et fixe. Presque halluciné sur la bouteille, comme saint Véran devant le dragon surgissant de la Sorgue, ruisselant et crachant le feu. J'avais l'impression que Jacques voyait brûler sa maison en chêne.

Tout à coup, le p'pa et Jacques ont disparu dans la chambre. Il y a eu des grognements, des bruits de lutte sourde. Je n'étais pas inquiet. C'étaient mon père et le mari de ma sœur. Ma famille. Et soudain une accalmie. Jacques apparaît comme un zombie, raide, lent, halluciné. Il rafle son verre sur la table et le fait respirer au p'pa. « Là ! C'est là ! » en lui montrant son verre, comme si le dragon de saint Véran était tapi au fond.

Et puis plus rien. Sauf nous dans la Traction. Le retour à la maison. Le p'pa au volant, la m'am à côté, elle lui touche le bras, Maryse, Martine et moi à l'arrière. Il fait nuit. Il fait silencieux. Seuls le bruit des essuie-glaces et les mots du p'pa : « Heureusement que j'ai fait un peu de catch… »

Je le savais : le p'pa est Chaudrake !

Quand je sens que *ça* monte, les envies de jerrycan, je me raconte une histoire pour faire redescendre et m'endormir.

Contre le dragon de saint Véran, sa lenteur implacable, ses yeux hallucinés, son haleine fiévreuse, il me faut ma meilleure histoire, mon héros le plus vaillant : Chaudrake ! Le chaudronnier masqué, « le Vengeur à la côte de bleu », lunettes de soudeur sur le front et tas américain en main. Le p'pa, chaudronnier P3 à Air France le jour et héros le soir. Adversaire implacable sur le ring de l'Ange Blanc, du Bourreau de Béthune, de Robert Duranton, de René Ben Chemoul, du Petit Prince, de l'affreux Roger Delaporte et du terrible M'Boaba qui étouffait ses adversaires avec son boa. Des matchs commentés par Roger Couderc à la télévision. D'accord, c'était du ciné, du chiqué, du trafiqué, ça chaptalisait entre les cordes, à la main blanche, au double Nelson, au armlock et au coup de pied sauté, mais que c'était bon !

Plus tard, je veux être Roger Couderc.

Un soir, le p'pa nous a réunis devant la télévision. Nounours, son copain d'atelier à Air France et catcheur amateur, passait à la télévision. Il combattait « l'homme au masque de soie ». (Plus tard, j'ai appris que sous ce masque se cachait Claude Villers, ma voix de référence à la radio.) On avait espéré l'Ange Blanc, mais pas le temps d'être déçu : *pif-paf !* Coup de pied chassé, manchette, étranglement, 1… 2… 3 ! C'était déjà fini. Silence familial. Le p'pa se lève, s'enferme dans la cuisine, bruit distinct de frigo, de fenêtre et *splash !* caractéristique d'une bouteille qui s'écrase un étage plus bas dans la cour de l'école. On ne saura jamais qui était cette bouteille masquée. « Il aurait pu au moins tenter un truc, Nounours. »

Quel truc ? Celui que le p'pa avait utilisé avec Jacques. Le soir, après les escargots, j'ai entendu le p'pa et la m'am parler de Jacques dans leur chambre avant de se coucher :

– Il a eu une crise de *delirium très mince*.

Ça m'a rassuré le très mince.

– Il le sait, Jacques, que c'est pas bon pour lui, le vin blanc.

– Il avait arrêté.

– Avec le blanc, faut jamais arrêter d'arrêter.

Le delirium très mince avec le temps est devenu un *delirium tremens*. L'enfance utilise la naïveté des mots pour se protéger de leur dureté précoce. Il est des mots comme des raisins : il ne faut pas les cueillir trop tôt.

Le delirium tremens ou « délire et tremblements », pour parodier une auteure champagne que j'adore, survient uniquement chez les alcooliques *au cours d'un sevrage d'alcool non contrôlé par un traitement efficace.*

Je me suis souvent demandé si cette perte de contrôle de Jacques était due aux escargots, au bonheur d'un repas en famille ou à une écharde de chêne dans le cœur.

À cause de ces escargots très minces, je me suis longtemps tenu à l'écart du dragon tapi dans le vin blanc.

Puis, je me suis réconcilié avec la bête, je l'ai apprivoisée. Aujourd'hui le vin blanc reste un dragon, un gentil dragon, un dragon acide, un dragon fruité, un dragon moelleux. Je le laisse doucement dispenser son feu en moi, mais, en contradiction certainement avec les évidences œnologiques, le vin blanc a toujours eu pour moi un arrière-goût de chêne.

Le dragon, je l'ai vu resurgir en d'autres occasions : les mariages ! Dans une famille nombreuse, les mariages le sont aussi. Dans les milieux populaires à cette époque, par souci d'économie, les mariages sont multiples. Plusieurs mariages sont abrités sous le même toit, dans la même salle. Ce sont des usines à mariages, agencées comme un gigantesque atelier à nappes blanches, avec un alignement impeccable de longues tables disposées en fer à cheval autour de la piste de danse surmontée d'une scène avec un orchestre rodé aux balluches. Chaque table est pourvue d'un énorme tonneau de vin numéroté.

L'arrivée de chaque pièce montée est l'occasion de se pavaner et de se jauger, dans une ambiance de rodéo, de duel à la chantilly et à la nougatine. C'est à qui dégainera la plus extravagante pyramide de choux à la crème. Là-haut, les figurines en plastique des mariés ne sont pas rassurées.

Immanquablement, le tournis de la danse et l'entrechoquement des verres aidant, on se croise, on se frôle, on se frotte, on se félicite, « Vive la mariée ! ». Ce jour-là, la mariée est en libre-service. L'embrasse qui veut. On échange des sourires, des clins d'œil, des œillades, des toasts et encore des toasts. Les mariages se mélangent, on se découvre, on se rencontre, on regrette déjà. Le marié de la table n° 4 lorgne sur la mariée de la n° 7 qui bat des cils pour le n° 5.

L'avantage de ce loto amoureux où les grands s'oublient, c'est qu'ils oublient les petits. C'est l'heure bénie des cadavres de bouteilles au goulot, des fonds de verre en cachette, des mélanges et cocktails improvisés, des « Cul sec ! », du premier étourdissement. « Ça tourne ! » chez les p'tits, avec des rires encore plus bêtes que chez les grands. On a la nausée, mais comme on ne connaît pas le mot, on se contente de dégobiller.

– J'ai mal au cœur. Je crois que je suis amoureux.

– Vomis, ça te passera.

Enfant, on n'est pas saoul mais seulement *pompette*. Un mot avec des grolles de clown et une drôle de trompette. Reste plus qu'à faire un gentil dodo sous les tables parmi les confettis et les serpentins. Il n'en restera qu'un mal de crâne anonyme. Sans responsable. C'est l'âge où les fonds de verre n'ont pas de nom, seulement une forme bizarre : un cerceau doré sous le crâne qu'on est prêt à emmener promener au square.

Dans une grande bassine, les étiquettes des bouteilles mises à fraîchir flottent en un sixième continent à la dérive, où la carte des vignobles est brouillée. L'Alsace fraye avec le Languedoc, la Champagne s'acoquine avec le Beaujolais, les châteaux du Bordelais s'offrent une villégiature en Provence, tandis que la Bourgogne se laisse aller au fil de l'eau dans la vallée du Rhône. Il en naît des vins métis. Comme moi.

C'est sûrement là que je suis devenu *œnographile*, le nom des collectionneurs d'étiquettes. Je les repassais avec le fer chauffé sur notre cuisinière à charbon et je les collais dans un cahier. Deux étiquettes face à face, de deux régions différentes. Comme ça, quand je refermais le cahier, j'avais l'impression de favoriser les mariages mixtes. J'aimerais bien goûter un vin de ce genre.

Et les grands, que font-ils pendant que les petits cuvent leur première mini-cuite sous les tables ? Comme chaque fois : ils se tapent dessus. La faute à la danse du tapis (cette marieuse), où la noce tourne en cercle comme des Indiens autour de la mariée au centre, qui va chercher avec son tapis (une serviette) un garçon, et ils se font la bise à genoux. La musique hypnotique et les vapeurs de tonneaux aidant, la troisième fois où la mariée invite le même cousin germain, ça dérape. C'est sanguin et consanguin. Le marié a besoin d'air : « On va régler ça dehors ! » En général, à l'écart de la salle, sur le parking. C'est braillard, pas bien méchant, un peu brouillon, pas très stable sur les appuis et un rien raide : des zombies de noce. Après un dépouillage en règle, il faut se rapiécer la mise, se rabibocher pour la jarretière de la mariée et la pièce montée. On se serre la main et on en vide un dernier. Jusqu'au match retour au prochain mariage.

J'aimerais un mariage sans fin de mariage ! Je compte sur mes doigts. Il me reste encore trois ou quatre danses du tapis à supporter, trois ou quatre bagarres avinées, et presque autant de frères et sœurs à caser. Presque. Une grande sœur résiste. Elle me fait remonter à la bouche le pire des goûts, du pire des vins : celui du vin rougi. Tout ça parce qu'elle n'avait pas voulu *marier* le Grand Jeannot.

7

Le vin rougi

Le Grand Jeannot se faisait appeler docteur Grand Jeannot. Pas docteur, ni grand, mais très Jeannot. C'était une sorte de dadais dégingandé, un Valentin le Désossé embarrassé d'un nez en enseigne et d'un reniflement glaireux qui donnait envie de le moucher. Il semblait être une vague fréquentation de mes grandes sœurs et traînait chez nous, sans qu'on sache vraiment pourquoi, à part respirer leur sillage parfumé quand elles se préparaient pour le bal du samedi soir. Le Grand Jeannot se disait qu'à force d'être là, mes sœurs s'habitueraient à lui et qu'il y en aurait bien une qui l'épouserait par lassitude. Une sorte de mariage à l'usure. Sauf que mes grandes sœurs étaient inusables.

Le Grand Jeannot avait rêvé d'être médecin ou footballeur. Il était devenu voyageur de commerce en « vins et spiritueux spirituels ». Son jeu de mots ne faisait rire que lui. Et encore. Son travail de voyageur de commerce était mystérieux. Le Grand Jeannot faisait peu de voyages et encore moins de commerce : « Le client c'est comme les filles, faut pas courir derrière. Y a juste à attendre et ça vient. » Le Grand Jeannot attendait. Mais, comme sœur Anne, il ne voyait rien venir.

Personne n'aurait jamais cru à ce commerce sans clients, si le Grand Jeannot n'avait porté *un pardessus à mille poches*, dont la doublure pouvait accueillir des mignonnettes de démonstration. « J'ai piqué l'idée dans *Casque d'or*. »

Un jeudi sans école ni caté, il avait été chargé par la m'am de m'occuper : « Puisque tu sais pas quoi faire de ta peau. » Moi, je savais quoi faire de la mienne. Je n'avais pas besoin d'occupeur comme lui. À presque 10 ans, un jeudi sans école, on est occupé à plein temps. Vivement vendredi qu'on se repose en classe. J'avais, entre autres, une maquette d'avion en balsa à terminer, des flèches pour mon arc à tailler, une étoile de shérif à échanger, un match de foot à gagner, mes soldats Mokarex à ranger, ma Talbot Lago Dinky Toy à huiler, mes cow-boys et Indiens à entretuer, mes petites sœurs à battre à la corde à sauter, mon bocal à têtards à surveiller, mes *Paris Match* à classer, un *Paris-Hollywood* à cacher et mon premier roman d'amour à terminer. Bref ! Je ne risquais pas le chômage technique, comme dit le p'pa. J'avais plutôt l'impression que c'était le Grand Jeannot qui avait de la technique pour le chômage.

La m'am le répétait souvent : « Y a pas de chômeurs, que des fainéants. Et des fainéants, on n'en veut pas dans la famille ! » Elle essayait de se débarrasser du Grand Jeannot avant qu'il ne fasse *un enfant dans le dos* à mes sœurs. J'ai remarqué qu'avec chaque mariage il arrive un enfant devant ou dans le dos. Notre famille s'agrandit et la maison rapetisse. Chez nous, c'est comme pour les maquettes, on a un problème d'échelle.

Le Grand Jeannot était fier que la m'am lui demande de m'occuper. Pour lui, c'était comme mettre un pied dans la porte. Il se sentait déjà fiancé à mes sœurs. N'importe laquelle. Comme il ne pouvait pas leur offrir de cadeaux, il m'en faisait. « Un Fernandel, ça te plairait ? » J'espérais un Laurel et Hardy. « Fernandel, c'est plus de ton âge. » En réalité, c'était plutôt du sien. À l'entendre rire, j'avais l'impression qu'il s'offrait un cadeau sur mon dos en allant voir un film qui racontait son histoire. Comme dans *Les Vignes du Seigneur* où Fernandel est un alcoolique repenti vendeur de champagne.

Ce nanarissime de Jean Boyer vous dégoûterait à 10 ans de l'amour, de l'ivresse et des cadeaux. Je n'aime pas les cadeaux, c'est souvent l'occasion de s'apercevoir qu'on se trompe sur vous. Au moins, en offrant du vin, on n'en sait pas plus sur l'autre, mais on en dit plus sur soi.

Le Grand Jeannot avait décidé de « m'apprendre la vie », pour que je ne gâche pas la mienne comme il avait gâché la sienne. Ce bref moment de lucidité passé, il avait décrété qu'il serait mon professeur. Il adopta le ton qui va avec et me parla d'une *leçon inaugurale* « comme au Collège de France ». La sienne serait consacrée à « La découverte du vin ».

– Le vin, ce n'est pas comme l'Amérique, ça ne se découvre pas par hasard.

Pour cette leçon inaugurale, le Grand Jeannot avait choisi le cabanon derrière notre maison. Un endroit sombre et inquiétant qui servait d'atelier, de cellier, de remise, de labo photo, de fumoir et d'engueuloir. C'est là qu'opérait le p'pa pour nous passer son fameux « savon de Tarbes » et nous *remettre d'équerre*.

– Il a un nez de pétrole, votre cabanon. On dirait un vin du Jura !

Le cabanon sentait surtout le salpêtre, la rouille et l'essence des jerrycans vides. Ils avaient été stockés là au moment de la fermeture du canal de Suez en 1956. J'avais 8 ans, Mimoun avait gagné le marathon aux Jeux olympiques de Melbourne. Le canal, pour moi, c'était un soldat Mokarex avec cape, canne et haut-de-forme : Ferdinand de Lesseps (1805-1894). Il m'avait appris le mot « isthme » que j'aimais pour sa capacité à réunir ce qui était séparé.

– C'est pas pour toi !

Jeannot me nargue avec un verre de vin. Dans le cabanon, il avait préparé une cérémonie du genre « Chiche Capon » dans *Les Disparus de Saint-Agil*, un film avec Mouloudji, mon acteur préféré. On avait le projet, avec mon copain Bonbec, d'être un jour « les disparus de l'école Foch ». En attendant, j'étais déçu. Pour la cérémonie, le Grand Jeannot n'avait prévu ni squelette, ni Erich von Stroheim, mais seulement un gros cierge certainement récupéré à l'église Saint-Bernard et une montre gousset en or, dont il valait mieux ne pas connaître la provenance. Il la balançait au bout d'une chaîne au-dessus d'un verre en Pyrex à moitié rempli d'eau. Ça m'endormait.

Je sursaute. À 4 heures précises, la montre du Grand Jeannot se met à piailler. « C'est l'heure ! » À la place de ma poudre de Coco Boer habituelle, Jeannot verse dans l'eau de mon verre en Pyrex n° 11 sept gouttes de vin. « C'est du vin de messe noire, du vin vaudou, comme chez toi là-bas. » Je n'ai pas voulu le contredire et lui rappeler que côté vaudou-chez-toi-là-bas, le p'pa était de Tarbes dans les Pyrénées et la m'am de Toucy dans la Nièvre. Ce qui pourrait à la rigueur donner un vaudou-madiran ou un côte-de-nuits-vaudou.

Mais j'ai reconnu le vin vaudou du Grand Jeannot. La bouteille était mal cachée sous l'établi. C'était du vin du Postillon. « Après ça, ton père ne pourra pas me refuser la main de tes sœurs ! »

Le Grand Jeannot ne voulait pas épouser les deux, mais n'importe laquelle. Pour ça, il fallait qu'il fasse sa demande et qu'elle soit acceptée. Il était sûr de lui. Il avait *trouvé le truc*. La révélation lui était venue au cinéma du Raincy où il m'avait emmené voir *À pied, à cheval et en spoutnik*. Ils avaient passé à l'entracte une réclame pour le vin du Postillon. Elle mettait en scène une demande en mariage avec le père (sévère), sa fifille (obéissante) et le fiancé (godiche). Jeannot me l'avait jouée une douzaine de fois sur le chemin du retour, en interprétant les trois rôles :

> Une sœur : Papa, Jeannot a quelque chose à te dire.
> Le p'pa : Je vous écoute, mais faites vite !
> Jeannot : Monsieur, j'ai l'honneur de vous demander la main de mademoiselle votre fille.
> Le p'pa : Vous ne vous vous étonnerez pas, jeune homme, de recevoir un accueil plutôt frais.
> Jeannot : Frais comme le vin clairet du Postillon !
> Le p'pa : J'aime les connaisseurs. Topez là, mon gendre !

Je me demandais si cette réclame avait fait grimper les mariages clairets, à la suite de ces demandes au Postillon, mais surtout, à quoi pensait la jeune fille en voyant son père et son futur mari *toper là*, comme deux maquignons à la foire, trinquant à l'affaire, avec ce vin léger, très lointain descendant du French claret, dont raffolaient les Anglais, au temps du bordeaux léger et de l'amour courtois.

Je ne voyais pas comment le Grand Jeannot pouvait imaginer jouer une telle scène chez nous, sans finir jeté par la fenêtre. Mais le Grand Jeannot croyait au cinéma et aux vins du Postillon. Il peaufinait sa demande, convaincu que s'il réussissait mon initiation au vin, ce serait un deuxième pied mis dans la porte, en attendant le troisième : le mariage. Il savait que la m'am me demanderait mon avis : « Alors, cette journée ? » Je tenais la main de mes sœurs dans les miennes et le Grand Jeannot une mignonnette dans la sienne.

Comme un prestidigitateur, il l'avait sortie de son manteau à mille poches. Elle était remplie d'un vin sombre. Pour faire moins médicament et qu'il ne soit pas confondu avec l'huile de foie de morue des rachitiques, le Grand Jeannot me l'avait administré avec une pipette récupérée sur un flacon de sirop pour la toux, disait-il. Il appelait la mixture obtenue dans mon verre « le vin rougi » :

– Je sais, certains disent « l'eau rougie », mais là, il ne s'agit pas d'eau, mais de ton premier vin, le meilleur vin du monde. Celui que tu n'oublieras jamais. Le vin, c'est comme avec les filles, la première fois, c'est gravé là ! (Il se piquait le front comme un pic-vert, alors que je l'imaginais plus dans le cœur, le pic-vert.)

La m'am nous faisait faire un vœu aux premières fraises de l'année : « Pour que vous en mangiez beaucoup. » Je me demandais si c'était pareil pour le vin. Est-ce que je devrais faire un vœu pour mon premier vin de l'année ou au premier vin de ma vie ? Et ensuite en boire beaucoup. Aux informations, ils disaient que chaque Français buvait cent trente litres de vin par an. Si je vivais encore cinquante ans, ça me ferait six mille cinq cents litres à boire. J'allais me transformer en barrique. C'était décidé, pour ce premier verre de vin, je ne ferais pas de vœu.

Pourtant, le Grand Jeannot n'avait pas lésiné sur la mise en scène de mon initiation. Pour donner plus de sérieux à l'affaire, le vin rougi était prescrit sur ordonnance du docteur Jeannot : « Deux gouttes d'élixir pur dans 10 cl d'eau matin, midi et soir. Non remboursé par la Sécurité sociale. »

Le Grand Jeannot me rappelait que le vin rougi avait pour mission de me donner goût au vin. C'était sérieux. Indispensable, si je voulais être un homme. Un vrai. C'était un rite de passage, selon lui : « Un isthme ! » Le Grand Jeannot se prenait pour Ferdinand de Lesseps.

Pour que ça marche, je devais respecter à la lettre le rituel : boire en gardant les yeux ouverts, mimer le cul-sec des grands, sans grimace, faire claquer ma langue et mon verre sur l'établi et m'essuyer la bouche du revers de la main.

Un vrai petit homme. Sauf que je ne voulais pas devenir un *vrai petit homme* mais seulement rester petit. Je n'étais pas prêt à être privé de Coco Boer à 4 heures pour « le meilleur vin du monde » !

J'ai tout renvoyé à l'expéditeur, le Postillon, son haut-de-forme et sa calèche. Ça me brûlait. Une allumette et je me transformais en cracheur de feu, j'explosais les jerrycans dans le cabanon, les bidons de révélateur et de white-spirit, je décollais, je devenais l'homme-canon du cirque Barnum. C'est pendant cet incendie de l'intérieur que j'ai compris l'expression « boire un canon ». Je venais d'en boire un énorme. À 10 ans, j'ai bu la Grosse Bertha !

Ça m'a dégoûté du vin, pas des Bertha.

Je ne sais pas ce que le Grand Jeannot avait mis dans ce « vin rougi » en plus du Postillon, mais il avait manqué son coup : jamais plus je ne boirai de vin !

Sait-on combien d'enfants ont fait ce serment après leur passage par le vin rougi ? Je pensais à tous ceux qui l'avaient bu ce ténia sanguignolent, par devoir ou obéissance. Quelle étrange idée adulte que de faire grandir les enfants au frelaté !

Je pense à ceux qui, comme moi, ont vu dans ces filaments violacés en suspension dans leur verre d'eau une méduse ! Une bestiole insaisissable qui se transformait sans cesse en créature fabuleuse. J'étais resté fasciné par son ballet aquatique dans mon verre. La méduse tentait de me tromper, de m'amadouer, de m'enjôler avec sa danse des sept voiles, mais j'y reconnaissais toutes mes trouilles : la nuit, la salamandre ronflante de notre poêle à charbon, l'hippocampe d'Air France, le serpent venimeux du caducée posé sur le tableau de bord de la 201 Peugeot du docteur de la rue Montgolfier, les mille langues fourchues du dragon de saint Véran, pire le varech sournois qui tentait de m'attraper par les pieds pour essayer de me noyer pendant mes baignades d'été, en colonie de vacances à Paramé, près de Saint-Malo.

Je pense à l'irouléguy.

Six fois dix ans plus tard, aux thermes de Saint-Malo, dos à ma mer d'enfance, je viens présenter *Longtemps je me suis couché de bonheur*, Proust, la cité, l'amour, l'écriture. La rencontre est animée par Sophie, l'animatrice du salon de Guéthary. (J'avais écrit « formidable animatrice ».) Elle l'est. Mais c'est délicat et difficile de bien dire la magie de ces ricochets d'affinités que tracent les rencontres.

Elle m'a fait découvrir l'irouléguy, ce vin basque bondissant, comme l'était Borotra au tennis, et âpre à la manière des corsaires du « nid de vipères », dans le golfe de Gascogne. De Bayonne à Saint-Jean-de-Luz, ces corsaires n'avaient rien à envier en flibustes à ceux du « nid de frelons » de Saint-Malo.

Ces deux repaires auraient eu fort à faire face au « nid de marmousets » qu'était notre colo Air France. Il ne faudrait pas trop bousculer ma mémoire, pour lui faire raconter comment, à 14 ans, sur la plage de Paramé, j'ai bu en pirate mon premier verre d'irouléguy.

Si j'avais connu ce vin basque plus tôt, il serait devenu mon cri d'abordage : Irouléguy ! Ce n'est pas rien, un vin pour qui vous seriez prêt à changer de cri de guerre.

Le vin rougi du Grand Jeannot a disparu avec le Grand Jeannot. *Il n'avait pas réussi à mettre le troisième pied dans la porte.* La m'am m'avait fait raconter mon initiation dans le cabanon. Elle n'avait pas aimé qu'il se mêle de m'éduquer à la pipette et veuille épouser mes sœurs au vin de table. « Qu'est-ce que ce sera, s'il a un enfant avec Évelyne ou Josette ? » Le vin rougi a peut-être sauvé mes sœurs du Grand Jeannot.

Le Grand Jeannot est revenu une dernière fois à la fin d'un mariage, animé par la classique bagarre à dessaouler les témoins. Justement, il était témoin au mariage de ma dernière grande sœur. Un lot de consolation qui ne l'avait pas consolé. Au contraire. Ce soir-là, le Grand Jeannot avait bu le mauvais vin et avait eu *le vin mauvais*, ce vent qui souffle parfois sans prévenir. Le souffle l'avait embarqué comme un pantin dégingandé dans une sorte de bagarre, mi-chiffonnier, mi-Grand-Guignol. Il était apparu sur le parking, son grand nez de Pinocchio en sang. Il se versait une bouteille d'eau sur la tête pour se réveiller. Ça dégoulinait en méduse. Le Grand Jeannot était vaguement ahuri mais rigolard. Il se léchait les lèvres avec gourmandise.

– Tu vois, gamin, je te l'avais dit : le vin rougi, c'est le meilleur vin du monde…

8

Le meilleur vin du monde

Le meilleur vin du monde ! Ne laissez jamais le sujet se poser sur le zinc, le tonneau ou la table. Le meilleur vin du monde, c'est le point Godwin de toute discussion sur la vigne. Le meilleur vin du monde, tout le monde l'a vu, mais personne ne l'a bu. C'est le monstre du Loch Ness. Le Nessie des chais engloutis. Il réapparaît régulièrement dans le monde sous-marin de l'œnologie, quand l'actualité vinicole n'a plus rien à se mettre sous le pressoir. Le meilleur vin du monde, c'est un marronnier, un ajout de sucre, un dopant pour les ventes des journaux et des magazines, à l'égal du salaire des cadres, des prix de l'immobilier, ou du secret des francs-maçons. Le meilleur vin du monde reste un mythe, une chimère, un animal composite : un assemblage.

Il n'existe pas, sauf que moi… je le connais. Je l'ai rencontré, et même plusieurs fois.

La première, sur le chemin de l'école Foch. En primaire. Je devais être en CM1. Peut-être. Mais c'était en 1957. Sûr. Je m'en souviens à cause du spoutnik. Les

Russes l'avaient envoyé dans l'espace en octobre. Le mois de leur révolution, nous avait expliqué notre maître. Mon mois. Chez nous on écoutait au poste son *bip ! bip !* et la famille sortait le soir dans la rue pour voir passer un minuscule point lumineux à 24 500 km/h.

– L'œil de Moscou ! Ils nous espionnent, les Popovs.

La Hurlette, le clochard à chapka du rond-point de l'avenue Meissonier, était un Russe blanc rubicond qui voyait des rouges partout. Il avait appelé sa petite chienne noir et blanc Spoutnik. Lui n'avait pas de nom et me faisait penser à La Hurlette, le clochard de *Sur le banc*, l'émission de Radio Luxembourg avec Raymond Souplex et Jane Sourza.

La Hurlette avait son banc sur le rond-point en haut de l'avenue Meissonier, près du marchand de couleurs. C'est là que je me fournissais en pétards, boules puantes et poil à gratter pour mon copain Bonbec. Il avait des comptes à régler avec les grands de la classe de M. Brûlé. Les CM2, c'étaient les rouges de Bonbec.

À en croire La Hurlette, il avait été chauffeur de taxi à Paris et descendait du prince Galitzine, « l'inventeur du champagne russe. Meilleur que le français ». Je lui avais demandé pourquoi il n'avait pas appelé sa chienne Laïka. Elle lui ressemblait à la tache près et était « La première chienne de l'espace ». La Hurlette s'était fâché : « Laïka, morte, là-haut ! » Quand il s'énervait, il se grattait les jambes au sang comme pour les punir de partir en charpie. Elles me faisaient peur. Ça grouillait.

J'avais demandé au médecin scolaire. Diagnostic : « Ulcères variqueux ».

La m'am porte des *bas avarices*. Je l'avais écrit comme ça dans une rédaction. Ça avait fait rire le maître. Pas moi. C'est à cause de nous treize qu'elles sont comme ça. « Les gosses, ça reste dans les jambes. » Je ne voulais pas que celles de la m'am deviennent *variqueuses*, comme celles de La Hurlette. On dirait qu'elles ne sont pas à lui, ses jambes. Qu'elles s'en fichent bien du prince chauffeur de taxi et que, si elles le pouvaient, ses jambes le rongeraient jusqu'à la moelle.

Le maître avait accroché dans la classe, juste derrière moi, une planche pédagogique : « L'alcool, voilà l'ennemi ». On y voyait un homme « avant l'alcoolisme », cravaté, œil vif et moustache fière, et le même « après l'alcoolisme », débraillé, regard vitreux et moustache de poisson-chat. En dessous des portraits étaient exposés les « organes sains » et les « organes d'alcoolique » frappés de gastrite ulcéreuse, cirrhose hépatique, dégénérescence graisseuse et ramollissement méningite. De part et d'autre, les « boissons naturelles bonnes » (prises sans excès), vin, cidre, poiré, bière, et les « alcools industriels mauvais » (même pris en petites quantités), betteraves, pommes de terre et grains.

Cette planche j'ai l'impression de l'avoir toujours gardée dans mon dos. Elle attirait la moquerie : « C'est ton père ! » Elle me faisait peur et m'attristait. Pas à cause de l'homme, mais du pauvre petit cobaye sur la planche, auquel on avait fait boire d'un côté de « l'alcool industriel » et de l'autre « du vin de raisin ». Côté industriel, le cobaye meurt raide en trois temps, les pattes en l'air ; côté vin, le cobaye *ressent un accès d'ébriété*, mais *l'accès est bientôt dissipé et ne laisse aucune trace.*

Le cobaye picoleur de la planche dort comme un bienheureux, dans la même position que La Hurlette sur son banc, après une chopine ou deux. Le cobaye bienheureux ressemble au Spoutnik de La Hurlette. Le cobaye raide, les pattes en l'air, me fait penser à Laïka, première chienne de l'espace.

– Laïka, morte, là-haut ! C'est mensonge les journaux.

D'accord, La Hurlette, les journaux ont peut-être menti, mais pas la télévision. En novembre, j'avais vu Laïka atterrir en parachute et sortir de sa capsule à peine pompette et aussi guillerette que Capi, notre chien, quand il sait qu'il va pouvoir courser le facteur.

– Elle est morte. Plus d'air là-haut. Des sauvages, les rouges !

À sa mémoire, La Hurlette buvait au goulot, façon clairon à la charge, une bouteille emmaillotée dans un sac en papier.

– Ça, meilleur vin du monde ! Du vrai.

À voir ses yeux, c'était sûrement *du vrai*. Il avait l'air heureux.

– Qu'est-ce que tu veux de plus ? J'ai mon banc avec

ma chienne. Mon camembert, je le laisse aux asticots et le journal aux gogos.

Je m'étais moqué.

– Toi, bien parler français quand tu veux.

Il avait rigolé.

– Moi, petit nègre comme toi.

Et il avait sonné du clairon à plein gosier et taillé au large dans le camembert. Je me disais que c'était peut-être ça le bonheur, mais sans les asticots.

Un matin, La Hurlette a disparu. Il ne restait à sa place sur le banc plus que Laïka. Le sac en papier kraft était posé à côté. J'ai voulu regarder dedans pour connaître le nom du meilleur vin du monde. Peut-être un vin russe du temps des tsars, tout droit arrivé en troïka du domaine de Massandra en Crimée. La Hurlette en parlait comme d'un *paradis poudreux*. J'ai tenté de voir, mais Laïka a montré les dents. C'est incroyable ce que ça peut avoir de longues et méchantes dents une petite chienne à qui on a demandé de garder un secret.

Je n'ai pas insisté. Je risquais d'être encore en retard à l'école. J'ai filé comme un spoutnik à 24 500 km/h. J'étais content. Je tenais un bon sujet : le meilleur vin du monde. Je ne voulais pas être le premier gamin de 10 ans dans l'espace, mais beaucoup mieux : le premier en rédaction.

Le deuxième « meilleur vin du monde », je l'ai découvert en 1958 pour la Coupe du monde de football.

L'équipe de France s'était qualifiée par miracle grâce à notre goal : « Abbes sauve notre onze piteux du désastre. » Autant dire qu'il n'était pas question de mettre le champagne au frais, pas même le mousseux. « Ce serait du gâchis ! » Par précaution, il valait mieux boire avant *la déculottée suédoise*. Expression qui avait fait grassement rire mes grands frères.

Tout le monde était d'accord, la France n'avait aucune chance. L'Adrienne fit sa mystérieuse : « Le ballon France est en Lune ascendante. » C'est comme ça qu'est née la première « Coupe du monde des vins ». Une coupe de substitution, avec un seul mot d'ordre : « Boire avant de perdre ! »

L'idée est venue d'un copain d'Air France du p'pa, pilote sur longs courriers. Il ne buvait pas, mais collectionnait des vins d'escale qu'il rapportait de ses vols dans le monde entier.

Il nous fallait une enceinte à la hauteur. La cour du 93 de l'avenue Meissonier fut transformée en stade de Colombes *bis*. Il y en avait jusque sur le toit du garage. Côté retransmission, quatre postes de radio assuraient une multi-stéréo à galène pour tout le quartier, pendant que ça dégustait, trinquait et dansait façon guinguette. Grimpé dans le cerisier, j'assurais les commentaires à la brésilienne : Gooooollll ! Plus tard, je serais Georges Briquet, *le roi des radio-reporters*.

– Je croyais que tu voulais écrire des articles dans *L'Équipe*.

Serge a raison. J'écrirai des articles sur mon frère, le Garrincha blanc ! À 16 ans, c'est déjà le meilleur.

– Je veux faire les deux.

– Alors, entraîne-toi avec notre Coupe du monde. Un jour, tu écriras peut-être sur la vraie.

Ce fut tactique, épique, et vinique.

J'ai retrouvé mon cahier Super Conquérant, assez maculé de taches et ronds de vin pour paraître authentique. Après décryptage, on pouvait y lire :

> 1er match : France-Yougoslavie. Un zlatan-plavac contre un moulin-à-vent. Défaite 3-2.
> Le moulin-à-vent s'enrhume : *Un beaujolais un peu vert, trop gouleyant en défense et manquant de banane en attaque, face à un zlatan-plavac, vendange tardive, qui attend la 88e minute pour nous briser les ailes.*
> 2e match : France-Paraguay : Un guairá contre un château du Bordelais. Victoire 7-3.
> Le Paraguay part à l'eau : *Un trio d'attaque explosif, surnommé château-la-godasse, avec un château-canon, un canon-pécresse et un château-la-gaffelière, explose la défense du guairá : une vraie piquette.*
> 3e match : France-Écosse. Le Buckfast Tonic Wine, contre un côtes-du-rhône. Victoire 2-1.
> Des Écossais écossés : *Il en a fallu de la bulle aérienne et du syrah inspiré à notre château-neuf-du-*

pape pour résister à un Buck Fast très gingembre, plus proche du pot belge que de l'Indian Tonic.
4e match : France-Irlande du Nord. Un Irish Mead, contre un bourgogne aligoté. Victoire 4-0. L'Irlande du Nord prend une tisane : *Notre bourgogne a ligoté l'Irish Mead nord-irlandais aux herbes et l'a endormi à la boldoflorine, « la bonne tisane pour le foie ».*

J'étais plutôt content de mes débuts dans *L'Équipe*, quand la catastrophe est arrivée : la France s'est qualifiée pour la demi-finale contre le Brésil, mais le copain pilote du p'pa n'avait pas de vin de la Serra Gaucha. Heureusement, la France a été battue 5-2 et personne, après cette « glorieuse défaite » (une de plus), n'avait le cœur à organiser un match pour la troisième place contre un vin de la RFA. Le malheureux riesling du Palatinat aurait été rincé 6-3 par un pur riesling de Moselle.

Le p'pa est déçu. Il discute avec Serge :

– On n'aura jamais été si près de la gagner cette Coupe du monde. On ne retrouvera pas de sitôt une équipe pareille, ou alors dans quarante ans, mais je ne serai pas là pour le voir.

– Pourquoi, p'pa ? En 1998 tu n'auras que 78 ans.

À cause de ces 78 ans que le p'pa n'a jamais eus, je n'ai pas bu de champagne, ni de vin, pour la victoire de la France à la Coupe du monde en 98. Le lendemain, dans *L'Équipe* de la victoire, il y avait une nouvelle de moi. Mon plus gros tirage : 1 million d'exemplaires. Je les aurais donnés tous, un à un, pour trinquer à la victoire avec le p'pa. Il est des vins qui vous manquent à jamais. C'en est un.

Le troisième vin le meilleur du monde, c'est celui avec lequel j'ai sauvé Marie-Antoinette : les vins du Postillon. (Le même que pour les demandes en mariage du Grand Jeannot.) J'ai moins de 10 ans et je ne comprends pas pourquoi un vin se vante de postillonner. Mais j'aime son camion-réclame jaune pétant en forme de diligence. À cette époque, je suis le dernier des Mohicans : les diligences, je les attaque, mais seulement le jeudi. Je n'ai pas classe.

J'ai un arc de chasse en noisetier, des peintures de guerre au dentifrice et des mocassins frangés avec les ciseaux à couture de la m'am.

Le jeudi, la diligence jaune des vins du Postillon se gare devant chez nous pour livrer l'épicerie de la rue des Limites. Une provocation de visages pâles. J'étais encore assez minuscule et souple pour faire le ouistiti et me glisser dessous en m'agrippant à un essieu, comme dans les attaques de diligences dans les westerns. Ça faisait peur à mes petites sœurs. J'adorais qu'elles craignent pour moi.

De jeudi en jeudi, le livreur avait éventé ma ruse. J'aurais dû choisir d'être sioux. C'est moins facile à repérer. Il portait une veste rouge de cirque, un chapeau haut de forme et des bottes de sept lieues. Vu d'en dessous, il paraissait gigantesque et quand il claquait du fouet pour me faire sortir, je me sentais plus belette que tigre du Bengale.

Plus tard, j'ai changé de regard sur la diligence jaune, quand j'ai rencontré Marie-Antoinette. Elle se noyait désespérément avec ses deux enfants dans un paquet de café Mokarex en grains. Comment pouvait-on faire ça à une mère ? J'ai décidé de la sauver. Un jour, j'écrirai *Les Mille et Une Manières à moi de sauver Marie-Antoinette.*

En classe, justement, le maître nous avait parlé de « la fuite à Varennes ». Je croyais que c'était un épisode familial. Mes parents ont habité à Varennes-Vauzelles. J'imaginais Marie-Antoinette, Louis XVI, le dauphin et la dauphine s'arrêter au café de La Petite Poste que tenait la m'am. Le roi, en connaisseur, lui aurait commandé « un pichet de votre fameux pouilly boucané et deux verres de grenadine pour les petits » ! La m'am les aurait cachés dans la cave et le p'pa fait passer en zone libre, dans le coffre de sa Traction FFI, comme pendant la guerre.

Mais la fuite royale, ce n'était pas à Varennes-Vauzelles. Mais à Varennes tout court. Trop court.

Chaque jeudi la grosse diligence jaune continuait à me narguer devant chez moi. J'étais triste. Je n'avais aucune chance de sauver la reine. Pourtant, le maître avait donné des détails importants sur cette fuite : Axel de Fersen, l'amoureux de la reine et le Gentil Organisateur suédois de l'évasion, avait fait préparer une énorme diligence jaune confortable, mais pas très discrète. « Elle clignotait ! » Plus intéressant : la berline royale prendrait son premier relais près de chez moi, à Bondy. Où Fersen la confierait à l'escorte du marquis de Bouillé, pour les mener par le nord au Luxembourg.

Ça y est, j'ai mon plan !

Ce 20 septembre 1791, alors que la famille royale quitte les Tuileries en catimini et accoutrée en bourgeois, façon carnaval, je me poste devant chez moi à Villemomble, avenue de la Messonnerie à l'époque. Au passage de la diligence, une voix poudrée m'interpelle : « Pour Bondy ? – C'est tout droit, sire ! » Je saute sur le marchepied, je m'agrippe à la portière et bascule à l'intérieur. Ça sent bon l'iris, la rose, le jasmin, la fleur d'oranger, le cèdre, le musc du Tonkin et l'ambre gris : bref ! le parfum de Marie-Antoinette. Fersen, furieux et jaloux, veut me jeter dehors. Il sait que je sais qu'il n'est pas le véritable amoureux de Marie-Antoinette, que c'est le chevalier de Saint-George, aussi noir qu'il est blond. Louis XVI, pas dupe, intervient : « Laissez-le parler, je vous prie ! »

Je raconte à Louis XVI et Marie-Antoinette tout ce qui va se passer jusqu'à leur exécution. « Ils n'oseront jamais ! » Heureusement, j'avais pris avec moi mon livre d'histoire de E. Lavisse : « L'histoire ne s'apprend pas par cœur, elle s'apprend par le cœur. » Il a raison Ernest. Rien de tel que d'être amoureux de la reine, pour, quarante ans plus tard, essayer de la sauver dans *L'Enfant léopard.*

Au couple royal, je montre les dates dans mon manuel. Ça les secoue. « Et moi ? » Fersen a tort de vouloir savoir. Le 20 juin 1810, à Stockholm, près du musée où j'ai découvert l'enfant noir de la cour, il sera lynché par la foule. En apprenant ça, le lâche saute de la berline et disparaît. Merci, Lavisse !

On transfère la famille royale dans la diligence jaune orangé des vins du Postillon attelée à six solides chevaux blancs. L'attelage est tellement extravagant qu'il en est insoupçonnable. Pourquoi se méfier d'une citrouille qui n'a jamais été carrosse ?

Même Jean-Baptiste Drouet, le receveur des postes de Sainte-Menehould, suspicieux jusqu'aux sourcils et qui voit le roi partout, laisse passer cet équipage de romanichels. À Varennes, Louis XVI frappe chez M. de Préfontaines. Il se prétend au courant de rien et refuse un verre au roi qui se rabat sur l'épicerie du sieur Jean-Baptiste Sauce (eh oui !) où il se présente comme colporteur en serrures et spiritueux. Il offre une tournée générale des vins du Postillon. « Le meilleur vin du grand monde ! »

Chacun se sent les talons rouges et se propose de faire découvrir au sympathique colporteur et sa famille un vin rare descendu des coteaux de Sainte-Menehould, et tiré d'une vigne au nom prédestiné : le « côte l'y roi ».

De verre en verre on trinque au roi et à la patrie, tandis que sous la table, Louis-Charles de France, duc de

Normandie, prince royal, prend à 6 ans sa première muflée de futur Louis XVII (1785-1795) mort à mon âge.

Au matin on dégrise et Louis XVI décide de lui-même de rentrer à Paris avec sa famille. La foule l'acclame au passage et découvre émerveillée ce monarque moderne entrer aux Tuileries dans un carrosse-réclame doré.

Les vins du Postillon sont décrétés « breuvage national ».

Je me demande si Marie-Antoinette et Louis XVI ont eu droit à un dernier verre avant d'être guillotinés. Est-ce qu'il y avait un vin d'exécution sous la Révolution ? Le même pour tous. Un vin sans-culotte ou des cuvées spéciales : vin de la Conciergerie, ou vin du Temple. Est-ce que le condamné pouvait choisir ? « Puisque vous me prenez la tête, je prendrais bien un boc de Guillotine.
– Désolé, messire, la bière c'est plus tard. »

Le vin est un 4×4, il passe partout. Avec lui on peut visiter le monde, revisiter sa petite histoire personnelle ou la grande. Il faut juste concéder à l'histoire le droit de vous surprendre. Un jour, j'écrirai :

In vino historia
L'histoire de France à travers les vins
Les petits verres
qui ont fait la Grande Histoire

« Le verre de Préfontaines qui aurait sauvé Louis XVI à Varennes. » Il y aura aussi La Hurlette. Il est mort. Sûrement. Il a disparu de son banc, discrètement, avec son faux accent, sa chapka, sa chasse aux rouges et sa petite chienne. Ils m'ont manqué. J'ai surtout perdu mon plus gros fournisseur de bouchons en plastique de couleur. « Gévéor, j'adore ! » Dans la semaine, je récoltais les bouchons un peu partout et le jeudi, je les vendais à un artiste peintre. Il en faisait des tableaux, dans son atelier derrière la casse automobile de Villemomble.

J'aimais aller traîner là-bas avec le p'pa. Lui cherchait une aile, un rétroviseur ou un pare-chocs pour réparer l'épave du moment qu'il retapait dans notre garage pour *faire des sous*. Moi, je cherchais des modèles de voitures célèbres dans lesquelles quelqu'un de connu s'était tué, comme la Porsche de James Dean. Ça me fascinait et ça me faisait peur. Je me disais qu'il ne fallait pas que je passe le permis de conduire, sinon je finirais à la casse de M. Barillet. Elle est à moins de cent mètres du cimetière : « Du producteur au consommateur ! »

C'est comme ça que Camboui me présentait l'entassement d'épaves. Il était le désosseur de la casse. Il démontait tout ce qui pouvait se revendre sur une épave, avant de passer le reste chez le broyeur. Camboui me faisait la visite pendant que le p'pa fouinait ou s'expliquait avec une calandre récalcitrante à récupérer.

– Ici, le coin des américaines. Y a toujours preneur d'un enjoliveur. Là, le quartier militaire. Notre spécialité : Jeep, half-track, GMC. On a même un tank. Un petit, mais quand même. C'est dingue le pognon qu'on s'est fait après guerre avec les surplus américains. Et ça continue !

J'ai retrouvé l'ambiance fantomatique de cette casse automobile dans une scène d'*American Graffiti* (meilleure bande-son d'époque), un de ces films où on boit de l'alcool caché dans un sac en papier : une sorte de Prohibition-kraft.

Pendant sa visite, Camboui s'arrêtait toujours au même endroit. Là, il remontait la fermeture Éclair de sa combinaison de bleu et se faisait les mains propres sur un torchon.

– Ça, gamin, c'est le coin des « samedis soir ». Rien qu'à l'odeur d'alcool, tu les reconnais. Ça sent la fin de soirée arrosée. J'ai le nez pour ça. Rien que des jeunes. Même pas *La Fureur de vivre*, une course, un défi, non ! une sortie de route, toute bête. Des mômes. J'en vois des parents qui viennent ici. Ils veulent voir : voir quoi ?… Moi, j'en ai vu… C'est pas beau…

Camboui m'avait emmené dans son recoin à lui, au milieu d'un labyrinthe de carcasses énucléées : deux banquettes arrière de Versailles, un pare-brise, un pneu de camion en table basse, une jante brasero et une cafetière émaillée à même les braises. J'aurais pu rester là rien que pour l'odeur du feu de bois. Plus tard, je serais désosseur.

– Regarde ça, gamin !

Un totem ! Une poutre d'au moins 3 mètres de haut, hérissée de bouteilles de toutes sortes enfilées par le goulot sur des clous de charpentier. Des scalps !

– Je les ai toutes retrouvées dans les voitures. Il y a même du bon. Va voir !

Je ne préfère pas. Je n'ai pas envie de connaître le nom de ces vins *tueurs de mômes*. J'aurais l'impression de résoudre un meurtre au Cluedo : le jeune homme, dans une décapotable, avec une bouteille de…

– Je te cherchais partout !

Le p'pa est rayonnant. Il brandit une calandre de Simca 5. Elle a fini de récalcitrer. Il remercie Camboui.

– Tu me le ramènes quand tu veux, ton gamin. Il écoute bien.

– Viens, je te paye une grenadine au café du cimetière. Après, faut qu'on passe au Goulet Turpin prendre du Gévéor.

J'aurais préféré le bougnat du pont de chemin de fer. Un magicien. Avec le même Gévéor, « Ça revigore ! », il te fait une AOC « garantie sur facture ! ». Ni vu ni connu, et moi je récupère les bouchons compromettants. Pas de preuves. Mieux qu'au Cluedo. Je les rassemble dans un sac à pommes de terre. C'est ma tirelire. Au poids, je pourrais bientôt m'offrir la De Soto Diplomat Dinky Toy que je guigne depuis des semaines à la boutique de jouets du Raincy. Les voitures, c'est moins dangereux au 1/43e.

Jeudi ! Je livre chez Picasso. Son atelier ressemble à une serre tropicale où pousse une jungle de tableaux. Dans un angle, un hamac sommeille devant un énorme poêle Godin. « J'aurais aimé être Gauguin aux Marquises. Pas besoin de chauffage. » Je fais le tour pendant qu'il vérifie ma livraison étalée sur un grand drap blanc. « Ça en fait des cirrhoses ! » Il écarte les bouchons dont la teinte n'est pas franche, selon lui. Je renâcle. Je discute. C'est ma De Soto qui part en morceaux.

Parfois, il me laisse le regarder *peindre*. En fait, il colle les bouchons sur des planches. Du *pointillisme*, paraît-il. De près on ne voit rien. Mais en reculant le tableau apparaît, c'est magique. Souvent un Picasso. Son Arlequin est réussi ; mais il a aussi *peint* une Joconde qui a le sourire de la Goulue sur l'affiche du Moulin Rouge. « On dirait une Mona Lisa bourrée. » Il se moque souvent de ce qu'il fait. « Je ne suis qu'un Picasso de la piquette. Mais grâce à ça je peux m'offrir les plus grands vins. Un jour je te montrerai. »

Un jeudi, je lui ai annoncé : « Ça y est ! On l'a eu notre HLM. On déménage à Orly. » En février 1960, j'ai encore 11 ans. Albert Camus s'est tué le mois précédent dans une Facel Vega. Je me demande si on a retrouvé une bouteille dans sa voiture : un scalp pour le totem de Camboui.

Ça pourrait être un château-fonvert. Un domaine sur la commune de Lourmarin, là où Camus avait acheté une maison avec son prix Nobel. Il en revenait quand la Facel s'est enroulée autour d'un platane.

Il n'y avait pas de château-fonvert à l'intérieur de la voiture, mais un manuscrit : *Le Premier Homme.* « Un roman dans lequel l'auteur établit un rapport entre le Camus adulte et le Camus enfant. »

Quoi faire de mieux, quand on écrit ?

Le vin sait comment aider l'enfant à prendre l'adulte par la main. Il semble lui dire : « Ne t'inquiète pas, je sais où je vais. »

– Alors comme ça, tu pars. On ne se reverra plus, alors…

Je rassure mon Picasso de la piquette, sans y croire.

– C'est pas si loin, Orly : 30 km !

– Et mes bouchons ?

– Ne vous inquiétez pas. J'ai revendu l'affaire à mon copain Bonbec.

– Ce ne sera pas pareil. Mais puisque tu pars… Viens ! Je t'avais promis de te montrer.

On est descendus dans sa cave, sous l'atelier. Elle était fraîche. Sombre. Picasso allait peut-être m'enfermer là. Me séquestrer. J'allais me retrouver en première page de *Détective* : « Picasso transforme un enfant de 11 ans en *Guernica* ». Il allume une bougie.

– Regarde !

Au mur de la cave voûtée, la lueur passe lentement en revue une exposition d'étranges tableaux : des bouteilles de vin encadrées, accompagnées d'un cartel qui dit…

– Chut ! Lis dans ta tête. C'est mon musée secret. Ma collection des meilleurs vins du monde.

– Vous n'en buvez jamais ?

– Allons, mon garçon. Est-ce qu'on boit des chefs-d'œuvre ?

Il a décroché une bouteille d'un cadre.

– C'est pour toi. Mais tu dois me promettre de ne pas la boire.

– Promis !

J'ai tenu ma promesse. Je ne l'ai pas bue, mais ç'a été pire. La faute à notre HLM.

9

Cette année-là

Lundi 29 février 1960

Aujourd'hui, je déménage. 11 ans, 4 mois et 8 jours de ma vie passés à Villemomble et je pars. Je change d'enfance. Pourtant, je ne me souviens pas être parti. Je n'ai gardé en mémoire aucun adieu. Pas même à mon cerisier, au champ de personne, au terrain de foot, au camp de gitans, au bocal de caramels de la boulangerie. Rien.

J'étais quand même allé dire au revoir au mouton de Mme Piponiot. On disait qu'elle lui faisait boire du vin de Madère, pour que sa laine soit aussi douce que celle de ses lapins angoras. J'ai voulu vérifier avant de partir. Il était doux, mais qu'est-ce qu'il puait !

Le plus difficile a été de quitter mon école Foch, mon maître, M. Brûlé, mon copain Bonbec et toutes les aventures qu'on avait prévu de vivre ensemble. Sauf l'Afrique. Un jour, on ira. Bonbec y tient. C'est un Poil de Carotte, certain d'être le vrai Africain de nous deux.

Pour l'instant, mon Afrique, c'est Orly. J'étais parti de Villemomble en plein milieu d'année, *comme un voleur*, avec mon butin dans le cartable : un chef-d'œuvre du Picasso de la piquette, une bouteille de vin mystérieuse enveloppée dans *Le Parisien* du jour : 13 février 1960. Question de superstition. La m'am voulait que notre départ soit daté du 13 et pas d'un autre jour. « Le calendrier dit ce qu'il veut, mais aujourd'hui, c'est le 13. Ça nous portera bonheur. » *Le Parisien* veut bien être complice. Il a soigné sa première page :

À Reggane, dans le Sahara algérien,
la France fait exploser sa première bombe atomique

La déflagration a été ressentie jusqu'à Orly. C'est la panique dans la ville. « Pire que l'exode ! » La m'am sait de quoi elle parle. Elle a connu celui de 40, dans une charrette à bras, avec huit gosses, un chat, un chien et une poule. Vingt ans après, la famille, sans chat, ni chien ni poule, cherche l'endroit où elle doit se réfugier : la cité Million. Notre cité. Elle est prête. Toute neuve. Toute proprette. La petite brique fringante. L'alignement impeccable. Au cordeau. Les immeubles au carré. Pas très hauts. Quatre étages seulement. Je suis déçu. Pas la cité. C'est son jour. Celui du Grand Déménagement. Le D-Day : un 6 juin sans les plages.

Les autorités ont décidé, *par souci de cohésion sociale*, que tous les locataires arriveraient en même temps. La rue du Docteur-Calmette n'avait pas été prévenue. On la dérange. Elle rechigne. Y met de la mauvaise volonté et ne fait aucun effort pour laisser la moindre place à la kyrielle de véhicules hétéroclites qui convergent, la galerie chargée jusqu'à plus soif de matelas roulés, cages à oiseaux et lampadaires. C'est la route 66 en 1929. Un camion de déménagement hasardeux s'est mis en travers. Il me fait penser à la guimbarde de la famille Joad dans *Les Raisins de la colère* (quel roman !). Ça klaxonne. Ça braille. « Et alors, je bosse moi ! » Des vélos, Mobylettes, triporteurs, voitures à bras et autres portefaix s'offrent un gymkhana parmi un déballage de meubles en vrac. C'est jour de soldes aux Galeries Barbès. « Ma table de nuit ! Faut pas se gêner. Elle est pas à vendre ! »

Dans ce tohu-bohu, je serre mon cartable sous le bras. Il y a tous mes trésors à l'intérieur. C'est le seul endroit sûr. Jamais personne, chez nous, ne se permettrait d'y fouiller. C'est sacré un cartable.

Le n° 29 ! Notre escalier. Il est là. Notre appartement aussi. Premier étage gauche. Une armoire bouche l'entrée.

Ça passera pas !

– Z'avez qu'à m'aider.

On l'aide, mais ça ne passe pas.

Le p'pa philosophe :

– On l'a attendu dix ans, ce logement, on peut bien l'attendre dix minutes.

– Nous, ça fait douze ans qu'ils nous baladent à l'Office ! – Moi, quinze ans que ma famille poireaute sur la liste. – À la mairie, ils me font lanterner depuis dix-sept ans au moins.

On lance à la volée les enchères du verbe *attendre.*

Au n° 31, à une fenêtre du quatrième étage droite, un type hilare à casquette à oreilles et sa femme en bigoudis agitent un magnum enrubanné de tricolore : « Le millième ! C'est nous le millième ! » C'est scandaleux. La famille découvre qu'un magnum commémoratif et un lot de bouteilles, *pas dégueulasses*, étaient offerts par la mairie aux occupants de l'appartement n° 1000 de la cité Million. Avec notre 984, on rate le magnum de peu.

– Montez ! On arrose.

Mot magique. Ça se presse. Je me glisse jusqu'au palier du quatrième. C'est la cohue. Il y a du beau linge.

– Monsieur le maire, rapprochez-vous ! La dame de l'Office HLM, n'ayez pas peur.

Le photographe rouspète :

– Attention, mon appareil !

Le maire est pressé.

– On y va, messieurs. J'ai un conseil, moi, après.

L'hilare au magnum prend la pose. Un officiel explique. L'idée est de lancer la cité Million à la manière d'un transatlantique, en brisant une bouteille de champagne contre la coque de la porte n° 1000, peint au pochoir en gros. Ce qui vaut aussitôt à l'heureux veinard d'être surnommé « le Mimille du Million ».

Le maire plastronne :

– Orly sera en avance sur le lancement du *France* en mai prochain : 316 mètres de long ! Comme la cité Million, mais sans la piscine des première classe et les cabines climatisées.

La cage d'escalier se fend d'un rire poli.

– Elle est où Tante Yvonne ?

Silence dans la cage. On ne touche pas à la femme du Général. C'est sacré. Mme de Gaulle se contentera d'être la marraine du *France*. La m'am aurait aimé la croiser. Tant pis.

– Et le Grand Charles, on n'est pas assez bien pour lui ?

– Allons, camarades, pas de politique. Nous allons procéder maintenant. Vous êtes prêts… Il est où le photographe ?…, 5, 4, 3…

Un quidam se met en travers :

– Attendez ! Ce n'est pas du champagne. Il faut du champagne pour un lancement.

Assentiment général et nouvel intempestif anonyme :

– Pas du tout, monsieur ! Au contraire : il faut du vin rouge. Rouge sang ! (Je ne vois pas qui parle, mais il a certainement des petites lunettes de prof.) À l'origine, les bateaux étaient baptisés avec le sang d'une victime sacrifiée pour s'assurer la protection des dieux. (Petite houle dégoûtée.) Puis, le sang a été remplacé par du vin rouge. (Soulagement.) Un dicton anglais dit : « Un navire qui n'a pas goûté le vin goûtera le sang ! » (On frémit.) D'ailleurs, le *Titanic* n'avait pas été baptisé.

– Tu parles, Charles ! Le champagne était à bord. Plus de 700 bouteilles. Et pas n'importe quoi : du Heidsieck Monopole 1907, *goût américain.*

– C'est quoi comme goût ?

– Notre goût en plus sucré.

– En vrai, le champagne du *Titanic*, c'était du Coca !

– Tu m'étonnes qu'il a coulé. (Rire général.)

Le maire s'agace :

– On s'en fiche du *Titanic*. La cité Million, elle, est vraiment insubmersible ! Elle sera encore là dans cent ans… Allez, on la lance cette bouteille !… Le photographe, ratez pas ça !… 5, 4, 3, 2, 1… Feu !

Le Mimille resté en pause ne se fait pas prier. Il se croit au jeu de force de la fête foraine. Il veut faire tinter la cloche tout là-haut. Sa femme bat des cils. La bouteille vole. Percute la porte n° 1000 plein centre et déclenche une explosion digne de notre première bombe atomique.

– C'est Reggane !

– Non, c'est ma femme !

Un champignon de bigoudis apparaît.

– Merde, ma porte ! On voit chez moi.

C'est vrai. On voit chez lui, par le trou dans la porte.

– Dédé… je veux dire, monsieur le maire, faut me la faire changer.

– Vois ça avec l'Office HLM. J'ai un conseil, là…

Il disparaît. Moi aussi. J'ai hâte de voir chez nous.

Chez nous, on l'a fait péter le champagne : du Moët & Chandon-Brut-Impérial. On disait la marque d'un seul trait pour l'étirer, l'agrandir : avoir un champagne F5. C'était le nôtre, ce champagne, et ça le restera à travers les fêtes, les anniversaires, les mariages, les examens, les embauches, les victoires du XV de France, et aussi les bons ou les faux prétextes. C'est comme ça, un prétexte : il sonne à l'improviste. Il n'est pas invité, mais on lui sert une coupe pour ne pas le vexer.

Ce 13 février 1960, le grand moment arrive enfin. On entre dans notre F5.

D'abord comme sur des patinettes, sans trop y croire. Et si l'Office nous envoyait une lettre pour dire qu'il y avait erreur ? Désolé ! C'était déjà arrivé. Un chef d'équipe était passé devant nous. La m'am referme la porte à clé derrière nous. « On ne sait jamais avec les chefs d'équipe ! »

On y était, chez nous, mais on restait dans l'entrée. Entassés. Impressionnés. « Waouh ! C'est grand. On va se perdre ! » La tribu s'aventure : une chambre, deux chambres, trois ! Et même une quatrième, si on ne fait pas de salle à manger. La m'am met le holà. Elle en veut une. Et en Formica !

– Et alors, on le boit ce champagne ! Qu'est-ce qu'on attend ?

De digérer l'avalanche de merveilles. On fait péter les bouchons au fur et à mesure des découvertes. *Pan !* pour le miracle des dalles en plastique. Fini la paille de fer sur le parquet. *Pan !* pour le chauffage central et les radiateurs en fonte. Fini, les seaux de charbon à se coltiner et l'oxyde de carbone pour s'asphyxier. *Pan !* pour la baignoire. Sabot, mais baignoire quand même. Fini le baquet en zinc à rustines et à partager. *Pan !* et encore *pan !* pour une invention magique : le vide-ordures ! Fini, les poubelles à sortir le matin tôt avant le passage des *boueux*.

Le vide-ordures du 29 est bouché dès la première heure. Ça tombait de tous les étages comme à Gravelotte en 1870. À croire que les Prussiens avaient emménagé dans l'immeuble.

C'était le bonheur. Le bonheur presque. Il y avait eu les larmes de la m'am. À l'écart. Dans la cuisine. Pas beaucoup. Des petites. Mais des grises qui lui mangeaient le bleu des yeux. Son bleu de toujours. Vite séchées, ces larmes. *Pftt !* Un coup de torchon à carreaux. Son torchon magique à tout effacer. « T'inquiète pas, mon grand. C'est le champagne… On sera bien ici… »

Si, je m'inquiète. La m'am pleure et je ne devrais pas m'inquiéter ? « Je pensais à nos lilas. Qu'est-ce qu'ils vont devenir ? » Je sais bien que le lilas, ce n'est pas du lilas, mais tout ce qui lui manque déjà. Moi, ce qui me soucie, c'est la vue plongeante que la m'am aura de la fenêtre de la cuisine sur la cour de récréation de mon école. Je vais être sous haute surveillance. La m'am au mirador.

Tout à coup, les larmes grises, les lilas, le mirador et le vide-ordures bouché me font penser que mon bâtiment a le mauvais œil. Je pense au *Titanic.* « Un navire qui n'a pas goûté le vin goûtera le sang. » Un navire, c'est un bâtiment. Je crois aux synonymes et à la magie. Je sais ce que je vais faire. Le vide-ordures est bouché. C'est un signe. Ça bouche tout. Je vais faire le « sorcier nègre ». Expression que le p'pa utilise aussi bien à la pétanque pour téter le bouchon qu'au tarot pour mettre le p'tit au bout, au tiercé pour le « troisième cheval », à la pêche pour un brochet « long comme ça », ou, tout simplement, faire démarrer notre voiture.

Je descends à fond de cave au local à poubelles. C'est la salle des machines. J'ai pris mon cartable avec la bouteille de Picasso à l'intérieur. Je dois baptiser mon bâtiment au vin pour lui éviter le sang. Ce sera avec le meilleur vin du monde.

J'embrasse la bouteille : « Vas-y, ma belle ! » Je la lance contre la porte en fer du local. Elle réfléchit une fraction de seconde et explose. Un coup de tonnerre. Il n'y a pas de trou dans la porte. Pas même une bosse. Le vin gicle, m'éclabousse. Je suis couvert de raisiné. On va croire à un accident de la route. Au-dessus de ma tête, la cave gronde, la cage d'escalier résonne, l'immeuble frémit, je pars en transe de sorcier nègre première année, et tout à coup, d'un bloc, mon bâtiment s'arrache à la cité, tranche la ville et prend la mer.

La mienne m'attend sur le palier. Elle a remis du bleu à ses yeux et son torchon sur l'épaule.

– Viens voir là, toi ! Ma parole, tu sens ! Tu as bu ?

Pas encore, m'am. Je n'ai que 11 ans, 4 mois et 8 jours.

Mais ça viendra.

Et c'est venu.

La faute à Bala, mon premier copain de cité. C'est un Bonbec de Villemomble, en moins roudoudou. On est dans la même classe, mais c'est dans la cave que je l'ai rencontré, le jour de la bouteille fracassée. Il m'avait observé en douce et juste demandé sous le préau :

– C'est toi le fils du sorcier nègre ?

Plus tard, avec Bala, on s'est retrouvés en expédition punitive devant une cave mal fermée. La nº 1000. Celle du Mimille du Million : le chanceux. Son cadenas minuscule est une provocation. Le même que sur le journal secret de mes petites sœurs. Étrange. Quelqu'un avait confié son vin à un simple morceau de tôle dorée. Pourtant, le quelqu'un avait rangé sa cave dans les règles de l'art, avec porte-bouteilles, caisses, casiers, étiquettes, thermomètre, poussière chic (sûrement vendue en sachet) et un « Cahier de cave », rempli en pleins et déliés, comme la phrase de morale au tableau noir de M. Brûlé : « Bien mal acquis ne profite jamais. »

Mon maître de l'école Foch ne savait pas que dans ma cité d'Orly, un bien dans une cave ne peut pas être *mal acquis*, puisqu'il appartient à tout le monde. La preuve, il y a un panneau sur la porte : « Caves communes ».

Munis de cette autorisation légale, avec Bala, nous avons eu envie d'aller visiter la cave n° 1000 et d'y emprunter, *par inadvertance et représailles*, une bouteille de vin classée par nous « bien commun ». Mais nous n'avons pas eu la chance du Mimille. Pourtant, notre plan était parfait : échange du cadenas pour un modèle à numéros, sélection d'une bouteille discrète de la rangée du bas et mise à jour du Cahier de cave côté « Sorties ». Bala avait une vraie écriture de faussaire. « On la boit ? » Ce n'était pas prévu. Moi, je comptais récupérer une bouteille *pas dégueulasse*, la transvaser dans la bouteille de Primior du p'pa et voir ce qui se passe quand il se sert son *p'tit coup du soir après l'usine.*

Le p'pa aurait commencé à boire en lisant un polar : une première gorgée, une seconde, et d'un coup, il serait resté suspendu, le sourcil surpris, l'œil suspicieux, comme s'il venait de découvrir l'assassin : « Dis donc, Paulette, il a un goût ton vin ! »

Il a un goût… Quel goût ? Peu importe. J'aurais lu sur le visage du p'pa cette imperceptible lueur de plaisir *défatigante.* Rien que pour retrouver cette *imperceptible lueur* sur son visage, j'aurais siphonné toutes les caves de la cité et je lui aurais écrit des Série noire.

Mais Bala a le tire-bouchon prompt et décidé. Le *ploc!* a tétanisé les rats, mais pas lui. «J'y vais le prem's. Allez, au goulot ! Comme Antoine et René.»

On avait vu *Les 400 Coups* au cinéma du parc de la mairie de Choisy-le-Roi. C'était la première fois qu'on rencontrait des *comme-nous-de-notre âge* sur un écran. Bala voulait être Antoine, mais moi je ne voyais pas pourquoi je serais René : un fils à papa avec des parents plus vieux que des grands-parents, qui chipait de l'argent à sa mère et trafiquait la pendule pour se débarrasser du père.

Je n'avais pas du tout aimé quand Antoine et René s'étaient retrouvés à boire le vin de son père au goulot. Pour moi, le goulot ne passait pas. Pour La Hurlette, oui ! Avec un camembert, à la rigueur. Mais pas pour Antoine et René, à leur âge : le nôtre ! Ça m'avait choqué. Je n'ai pas osé l'avouer à Bala. J'avais honte, alors même que je découvrais l'importance du cérémonial dans le vin, d'être devenu un petit *réac* de 12 ans.

Le vin au goulot, c'était réservé à La Hurlette et aux Pieds Nickelés, mon premier modèle philosophique et, schéma narratif de base : ne rien posséder au départ, profiter de tout et n'avoir plus rien à l'arrivée. (J'adorerais en écrire une version d'aujourd'hui.)

Bala préférait Tintin même au Congo à Filochard, Croquignol et Ribouldingue. Il a bu. Et au goulot. Pas moi. La m'am l'aurait vu dans mes yeux et m'aurait calotté ou pire : il n'aurait rien dit ! Bala a bu et s'est endormi. Je m'en suis aperçu quand je l'ai entendu ronfler. Le *chalc !* l'a réveillé. Le cadenas à numéros vient de sauter. Une lampe électrique nous prend les yeux au crochet. Des lapins dans les phares. On va finir en manteau de fourrure. Une voix nous secoue : « Ben, mes saloupiots ! Il ne faut pas vous gêner. (La voix siffle, admirative.) Un château-la-mission-haut-brion-pessac-léognan 48 ! Vous ne vous êtes pas ratés. »

C'est la première fois que j'entends un nom de bouteille plus long que Moët & Chandon Brut Impérial. On joue les connaisseurs blasés : « 48, c'est notre année de naissance ! »

La lampe électrique fait l'inventaire des casiers à bouteilles.

– Y a pas trop de mal. J'arrive à temps, mais il va falloir que je fasse renforcer ma porte.

– Je peux en parler à mon père, monsieur. Notre cave est mieux protégée que la Banque de France !

– Dis-lui de passer voir. Tu connais le chemin.

– Mimi, tu vas pas te laisser rouler dans la farine par ces morveux !

Miss Bigoudis 1960 rouscaille dans l'ombre. Elle nous menace de la police, du centre de redressement, du bagne de Cayenne et des galères. Le pessac-léognan, c'est le pain volé par Jean Valjean dans *Les Misérables*.

Je découvre Bala-le-Malin :

– D'accord, madame, je vous comprends, mais les gens de la cité ne seront pas très contents de découvrir tout ce que le maire, votre copain Dédé, vous a offert avec les sous de la ville.

S'ensuit une barrique d'injures grand cru de la Miss Bigoudis. Ça lui enrichit le vocabulaire, la rage. Mimille la tempère et joue le magnanime :

– Ça va, les gosses, prenez l'entamé et tirez-vous !

Bala m'avait impressionné. Calmement, il nous avait sauvés du centre de rééducation de Savigny-sur-Orge. C'est notre secteur. Il est à moins de 10 km. Des gars de la cité y étaient déjà. Je n'avais pas imaginé qu'on pouvait aller en prison pour une simple bouteille de vin : « Hé ! du pessac-léognan, quand même. »

Le pessac-léognan, c'était l'équivalent de la machine à écrire volée par Antoine dans *Les 400 Coups*. Lui n'avait pas échappé au centre de redressement. Le vin et la machine à écrire : le fils du sorcier nègre y voyait un signe. Il ne lui manquait plus qu'une machine à écrire rouge « Valentine », une Olivetti. Ce serait pour bientôt. Elle serait ni rouge sang, ni rouge vin. Seulement rouge.

En attendant, l'année 60 compte bien se faire respecter. Elle est importante, le sait, et notre professeur d'histoire au collège sans trop se creuser, il nous a donné un devoir : « Cette année-là. » Ce ne fut pas une rédaction, mais une confession.

J'ai dû avouer :

Tout ce chambard en 1960 est de ma faute.

À peine arrivé à Orly, la m'am m'a chargé d'aller chercher *Le Parisien.* « Ramène-nous des bonnes nouvelles ! » Je veux bien, mais j'ai beau me décarcasser, ça va de pire en pire dans le monde : de la mort d'Albert Camus en janvier à la troisième bombe atomique pour Noël, je n'ai causé que des catastrophes. Les barricades à Alger, le tremblement de terre d'Agadir, et, le pire : *Fais-moi du couscous chéri*, chanté par Bob Azzam. Heureusement, le petit Éric Peugeot a été retrouvé. Ça me soulage. Mes parents n'auraient jamais pu payer une rançon de cinquante millions pour moi.

En 1960, le grand événement, ce sont les Jeux olympiques de Rome. On avait mis le Moët & Chandon au frais, pour la « moisson de médailles » et surtout Michel Jazy au 1500 mètres. J'avais un vrai autographe de lui. Mais il s'est fait doubler sur les 50 derniers mètres. Comme de chez moi au kiosque. J'aurais dû courir plus vite et battre Herb Elliott, l'Australien médaillé d'or. Mais je n'étais pas très bien réveillé, ce matin-là, et je commençais à douter de mon influence sur la marche du monde.

« Année noire pour le champagne, la France fait chou blanc aux J.O. ! » Ce titre a mis la m'am en colère : « Et Wilma, alors ! » Elle parle de « la gazelle noire », Wilma Rudolph, dix-septième enfant d'une famille de vingt et un. Sa mère bat de huit enfants la m'am, pas rancunière, et de trois médailles d'or la France humiliée par son zéro pointé aux Jeux. On a quand même bu le Moët.

Chez nous, on n'a pas de gazelle noire, mais on a un héron cendré : de Gaulle. « L'Échassier de Colombey ». Il remporte notre seule médaille d'or avec un dessin de Jacques Faizan dans *Le Figaro*. On y voyait le Général en survêtement, la valise à la main, s'embarquer en catastrophe pour Rome : « Décidément, dans ce pays, si je ne fais pas tout moi-même… »

Bala m'avait découpé le dessin. Chez lui, on lit *Le Figaro*. Chez nous c'est *Le Parisien*. Le matin, devant le kiosque, on se les échange. « Tu vois, le monde ça n'existe pas. Ça dépend du journal que tu lis. »

Ça m'avait intrigué. Pour l'élection de Kennedy, j'avais vérifié dans le journal de Bala. C'est confirmé, comme dans *Le Parisien*, Kennedy est élu président des États-Unis avec « la plus petite majorité de l'histoire : 49,7 % contre 49,6 % ». Il a eu chaud. Heureusement que ma mère et mes sœurs ont voté pour lui. Sa femme Jackie est d'origine française. Ça donne de l'espoir à mes deux petites sœurs. Les femmes ont sorti l'abricotine et trinqué à la victoire du « beau John » (elles l'appellent déjà par son prénom), comme si leurs voix avaient fait la différence. Le p'pa a boudé : « Ça ne changera rien pour nous. L'Amérique ne s'occupe que de l'Amérique. »

Je pensais que le prix Nobel de littérature de Saint-John Perse, originaire de Guadeloupe, aurait donné l'occasion au p'pa de faire sauter un bouchon par fierté antillaise. Au contraire : « Tout ça pour ne pas le donner à Aimé Césaire ! » Comme d'habitude, ma Morvandiote de mère, la plus Martiniquaise de la famille, en a rajouté : « Pour eux, la Martinique est juste bonne à faire le meilleur rhum du monde. »

J'ai compris avec ce Nobel explosif que si un jour il y a du vin aux Antilles, ce sera la guerre des Deux-Vignes Noires entre la Martinique et la Guadeloupe. Aussi sauvage que celle des Deux-Roses en Angleterre.

Déjà en bas de ma copie double ! Pourtant, il m'en reste sur les bras du 1960. Je me rends compte que remuer des souvenirs, c'est comme un déménagement. À la fin, on est fatigué, on n'a plus de place, alors on bazarde tout ce qui reste, même si c'est important, heureux ou triste, comme l'Adrienne et la Lucette de Villemomble, les meilleures amies de la m'am. Elles n'étaient venues qu'une fois nous voir à Orly dans notre F5. Pourquoi ? L'Adrienne avait trouvé que les planètes de notre cité HLM étaient trop alignées. Lucette avait dit qu'elle n'aimerait pas *vivre comme ça*, à cause de nos murs en balsa. Elle avait peur qu'on l'entende dans tout l'immeuble faire moins de bruit que les autres, avec son Raymond : « On a sa dignité ! » Les deux avaient apporté un azalée à la m'am, pour son balcon. Mais on n'en avait pas. Elle l'avait remporté. Désolée. « C'est que pour les balcons. » Avant de partir, elles avaient bu des abricotines comme pour en finir avec la bouteille et avec nous. Je voulais les rassurer. Leur dire qu'on était *drôlement* heureux, ici. Mais elles l'auraient mal pris. De toute façon je n'avais plus de place pour elles sur ma feuille, et je savais que le prof trouverait ça déjà trop long. Alors, je les ai *bazardées*, et j'ai fait court pour la conclusion : « 1960 est mort. Vive 1961 ! »

10

Avoir 13 ans en 1961

1961. Je vais avoir 13 ans.

Plus exactement : *j'entre dans ma treizième année.* C'est mieux. Ça fait plus cérémonie, grande pompe, escalier à double révolution, tapis rouge et fourragère. J'aime le mot. Il me fait penser à la façon qu'a la m'am de porter son torchon sur l'épaule. Pour entrer dans ma treizième année, il y aura aussi des trompettes cuivrées et une porte à double battant : le monde s'ouvre devant moi. C'est la mer Rouge avec un scapulaire blanc sur la poitrine, comme pour mon maillot de foot du FC Orly.

13 ans ! Je suis passé de benjamin, les petits au foot, à minime, le début des grands au football. J'aurai une licence rose saumon, n° 10326, avec un Photomaton pris à la gare d'Orly. Ce sera ma première. Sur ma licence, il y aura une vignette avec l'année 1961-1962, *signature du joueur obligatoire*, et tampon du docteur. On ne peut pas jouer sans. Il faudra quand même payer la visite, juste pour nous faire tirer la langue avec son bâtonnet d'Esquimau usagé, manquer vomir, tousser, dire 33, se faire

chatouiller par sa barbe de Père Noël et respirer son haleine au cachou Lajaunie, censée cacher ce que tout le monde sait : « Il biberonne sec, le toubib ! »

Pendant l'examen, le docteur m'avait demandé les yeux dans les yeux : « Tu fumes ? » J'ai pris mon air offusqué pour dire non. Alors que vers 9 ou 10 ans, à Villemomble, j'avais essayé la liane de sureau. C'était une des idées de mon copain Bonbec, pour s'entraîner à devenir de vrais Mohicans des bords du lac Champlain, capables de survivre seuls dans la nature. J'ai survécu. De peu. Après avoir dégobillé la moitié de l'Hudson dans le caniveau. Le lendemain, j'avais dans le crâne un cercle de barrique, qui me faisait une auréole de tonnelier.

De ce jour, j'ai su que je ne fumerai jamais. Pas même des P4, *la cigarette d'avant la cigarette*, l'équivalent du vin rougi pour la clope, une sorte de foin mal fauché pour vrais fauchés, vendu par paquets de quatre pour se préparer à la Gauloise sans filtre ou pire la Gitane papier maïs.

Vin rougi et P4, deux bonnes raisons pour refuser de grandir.

J'avais roulé une formule que je trouvais *pleine d'esprit* pour refuser une énième fois une énième cigarette à un copain de la cité : « Non merci, je suis réformé P4 ! »

Je l'avais entendu dire par un type électrisé de tics et de tocs, sans savoir qu'à l'armée, on est « réformé P4 » pour raisons psychiatriques. Bref, on me prenait pour un dingue.

Je m'en suis souvenu quand ç'a été mon tour de passer au conseil de révision des trois jours. J'avais un plan : surtout ne pas jouer au dingue. Ils te repéreront tout de suite. Demander à voir un médecin psychologue. Surtout pas une femme. Parler de ta mère, de ses inquiétudes. Dire « angoisses ». J'ai suivi mon plan. Verdict : *hypersensitif anxieux*. Exempté ! À la sortie de la caserne de Vincennes, *les dames* attendaient le chaland : « Tu paies un verre, soldat ? » J'étais tellement heureux d'échapper au régiment que j'ai décliné poliment, donné tous mes sous et serré la main à la dame. Elle m'a regardé comme si j'étais dingue.

Un dingue. Un vrai, il y en avait un modèle parmi mes copains du FC Orly : Ludo. Il habitait la cité d'urgence, près de ma cité-tout-court. Il disait qu'au début, il n'avait pas l'eau au robinet, mais au tonneau, et qu'un peu de vin dedans était le seul moyen de rendre l'eau potable. Ça l'avait rendu costaud. Il était minime surclassé cadet et se rasait à la Gillette jaune. Côté charpente, c'était de la poutrelle, avec des épaules de chalutier façon « Déménageurs bretons ». Sur le terrain, il déménageait pas mal. Sa spécialité, le coup de boule. De préférence à l'adversaire.

Ludo jouait demi-centre. Des demis, il en sifflait. Mais pas que. Assis à sa table de cuisine, il éclusait du gros rouge dans un verre épais qu'il mordait en grognant. Ça lui faisait une muselière. Chez lui, je me souviens de la nappe fleurie, du poêle à charbon toujours énervé et du linoléum moucheté. Ludo voulait m'initier au vin viril : « Bois, sinon t'auras jamais rien dans les burnes. Dans la vie, il faut des boules de taureau. »

Un soir près de la MJC du Fer à Cheval à Orly, Ludo a traversé la lunette arrière d'une Simca 1000 au guidon de sa Spécial 50 trafiquée sport. « Ça freine pas ces bécanes ! » À sa sortie de la clinique de Rungis, toute l'équipe l'attendait. Ce n'est pas qu'on l'aimait plus que ça, mais le dimanche on rencontrait les Rhodaniens de Thiais. Les premiers, des fils à papa, nos ennemis de classe. Avec eux, pas de sociologie, rien que du tatanage de quartier. Mais sans Ludo, c'était injouable.

Lui fêtait sa libération de la clinique comme une sortie de prison et donnait des coups de boule dans les poteaux électriques. « Thiais, je vais les éteindre ! »

À Thiais, sur un terrain qui avait dû être green de golf dans une autre vie, j'ai réussi un but de rêve. Une reprise de volée dans la lucarne. Un pur chef-d'œuvre du gauche. Celui de mes pieds qui n'y connaît rien au foot. La foule aurait dû se lever. Exulter. Crier mon nom. Sabrer le mousseux. Rien. Pas un bruit. Scandale au country-club : il manquait le filet dans la cage !

Le gardien du stade était déshonoré et moi privé *du bruit maillé fin, furtif et délicat, de cette fraction de seconde suspendue et captive.* J'aurais pu écrire des pages sur cette seconde. Mais je n'ai jamais eu le bon sujet de rédaction : « Racontez la seconde la plus frustrante de votre vie. »

Un jour, il faudra que je me décide à choisir mes sujets moi-même. Ne pas laisser ma mémoire écrire pour moi. J'ai parfois l'impression que ma mémoire se prend pour mon nègre.

Longtemps après ce but transparent, Ludo a encore traversé la lunette arrière. Je suis chez des amis, plutôt chic, *qui-s'y-connaissent-en-vin.* Ce soir-là, j'aurais aimé ne pas boire ce millésime exceptionnel présenté comme *maillé fin et délicat, bien charpenté, avec un nez de chêne.* Il m'avait été religieusement servi dans un verre tourmenté façon Bohême, épais à mordre. Trop épais. Comment peut-on servir un tel vin dans un verre qui vous met le mors à la bouche ?

J'ai pensé à une muselière et d'un coup tout m'est revenu. En une gorgée : ma reprise de volée, Ludo, la nappe fleurie, le linoléum, le poêle énervé, l'odeur de cendre, la Simca 1000 et les coups de tête. C'était la première fois que je buvais un vin qui sentait les boules de taureau.

On m'avait demandé mon avis :

– Alors, à quoi il te fait penser, notre Mogador ?

– À Islero !

J'aurais dû dire : à un coup de corne ! Personne ne connaissait Islero, le taureau qui, à l'été 47, avait tué Manolete, le plus grand matador de l'histoire. Moi non plus, avant que mon copain Bala ne me banderille le cuir à la tauromachie, depuis qu'il avait eu la révélation pendant une corrida en Espagne. Bala, l'incollable des arènes, savait tout d'Islero, un Mura presbyte de 496 kilos aux cornes épointées : « Islero ne chargeait pas droit. Il faut se méfier des types qui ne chargent pas droit. »

Ce soir-là, chez les amis, à cause d'un verre trop épais j'ai bu un vin qui ne chargeait pas droit et donnait des coups de corne.

Bala me racontait souvent le moment où il avait été touché par la grâce : « À l'instant de l'estocade, j'ai eu un frisson. Mon père a dit : "Mon fils, tu as été touché par l'*afición* !" Tu te rends compte, j'ai été *touché.* Plus tard, je veux être toréador. Tu imagines : moi en habit de lumière, ça ferait sauter les plombs dans la cité, non ? »

Il faut être français pour avoir une chance. Ça rendait triste Bala. « C'est raciste ! Je vais me naturaliser. » Il avait rapporté des castagnettes souvenir pour s'entraîner à devenir espagnol et s'était fait débarbouiller par une outre de Rioja en tentant de me montrer comment un vrai toréador buvait à la régalade. Le mot était plus beau que le résultat et m'avait laissé l'idée que les vins espagnols ne savent pas se tenir.

Pour sa formation de futur matador, Bala voulait qu'on aille à Paris dans le quartier de l'Odéon acheter une revue de tauromachie espagnole, *El Ruedo.* « Tu parles même pas espagnol, Bala ! – Et alors ? Les taureaux non plus. »

J'ai écrit pour Bala une nouvelle, *Les Mouchoirs blancs*, avec un taureau qui parle. C'est lui qui raconte.

Dans sa tête, le *toro* sait tout de la corrida. Tout de ce qu'on attend d'un *toro bravo*. Il se prépare au combat, avec pour seul objectif : obtenir sa grâce. Il va y parvenir, tant il manifeste bravoure et noblesse, le public est prêt à lui accorder, quand soudain il a sentiment de trahir sa caste et préfère se donner la mort d'une charge vicieuse en ligne brisée. Le public ne sortira pas les mouchoirs blancs pour demander sa grâce. Le matador l'exécute.

Bala avait lu ma nouvelle et posé une question troublante : « Toi, tu crois que tu aurais été un *toro bravo* ? » Je savais de quoi il voulait parler, de nous, des études, de la famille, de la cité. Est-ce qu'on allait trahir notre caste pour se sauver ou se laisser exécuter pour rester fidèles ? On en avait discuté à l'infini dans notre cave, pour conclure bêtement : « La vie est une corrida sans taureau. »

« Tu devrais donner *Les Mouchoirs blancs* à *El Ruedo*. On en profiterait pour passer chercher la revue, quand on ira à Paris fêter notre *anniversaire à nous*. »

Avec Bala, en 1961, nous aurons 13 ans au mois d'octobre. Lui le 14 et moi le 21. 13 ans, c'est l'âge le plus important dans ma famille à cause du 13. Chez Bala, le 13 porte malheur. « Une excuse des parents pour économiser les cadeaux. »

Par mesure de rétorsion contre les parents radins, on a décidé de se fabriquer un *anniversaire à nous*, entre le 14 et le 21. Ce sera le 17 octobre. Pour marquer le coup on ira à Paris, On passera prendre *El Ruedo* et on s'offrira une double ration de films dans le quartier de l'Odéon avec *Le cave se rebiffe* et *Les lions sont lâchés.*

« Le 17 octobre, ce n'est pas possible, les gosses ! »

Derrière le comptoir, le copain de Kader s'énerve et se sert du thé à la menthe sans réussir à s'ébouillanter. (Moi j'avais failli quand il m'avait fait essayer.) Il travaille au foyer Sonacotra, le long de la voie de chemin de fer. On y va avec Bala écouter claquer les dominos sur les tables en stratifié, chanter Oum Kalthoum et Farid el-Atrache, mais surtout pour jouer au baby-foot gratuit et boire un Orangina au prix de là-bas. « C'est normal, l'Orangina a été inventé chez nous, à Boufarik ! » Bala, le futur naturalisé ibère, conteste : « C'est un docteur espagnol qui l'a inventé. Ça s'appelait Naranjina, avant. » On a failli se faire expulser du foyer.

« Vous ne pouvez pas les gosses. Le 17, ça va barder à Paris ! Il ne faut pas aller traîner là-bas. Surtout toi, avec ta tête. »

Je ne demande pas à Kader ce qu'elle a ma tête. Je le sais. La première fois qu'il m'a vu entrer au foyer, il m'a parlé en arabe. Je n'ai rien compris. Il n'y avait pas assez de gros mots, les seuls que j'avais retenu de mes vacances en Algérie. Il ne m'a pas cru. S'est fâché : « Qu'est-ce qu'il y a ? Tu as honte ? »

Kader nous aime bien. Moi, parce que je peux lui parler de Fort-de-l'Eau, le Bordj el-Kiffan de sa jeunesse, et Bala, car tout le monde aime Bala. Kader nous explique que le 17, il va y avoir une manifestation contre le couvre-feu *imposé aux seuls Nord-Africains*. Ce sera juste un défilé. Que les hommes. Pas de bagarre. « On sera habillés en dimanche. » Il rigole. Il rigole toujours Kader, même quand il se dispute avec son copain sur le foot, la religion ou le vin.

Un épisode réunit les trois sujets : la victoire historique en Coupe de France 57 du petit club d'El Biar d'Alger contre le grand Stade de Reims au Stadium de Toulouse, en plein milieu des *événements d'Algérie*. Kader et son ami n'étaient pas d'accord. Leur litige ne portait pas sur le fait de savoir si cette victoire était un signe de la révolution en marche, un exploit historique ou un simple miracle, mais sur la nature du champagne. Celui offert par l'équipe de Reims à leurs vainqueurs. Geste ordinaire, sauf que certains joueurs d'El Biar étaient musulmans et que certains des certains avaient, paraît-il, bu de ce champagne pour fêter la victoire. Le débat avait rapidement glissé. La question n'était plus de savoir si les *certains* étaient de mauvais musulmans, mais si le champagne était un vrai vin.

– Le champagne, ce n'est pas du vin !

– Si, mon ami, c'est du vin ! Et c'est même du vin d'Algérie !

– Qu'est-ce que tu racontes !

– Parfaitement. Le vin d'Algérie a sauvé la France de la maladie de la vigne et aujourd'hui, c'est la France qui se sauve d'Algérie !

Les deux amis étaient partis dans une nouvelle empoignade en arabe, d'où ressortaient quelques mots en français comme... indépendance... FLN... de Gaulle... OAS... avant de revenir à la vraie question du jour : Que dit le Coran à propos du vin ? Ils se sont expliqués en arabe avec calme et même gravité. Je n'ai rien compris, sauf que c'était sérieux.

Je n'aurai la réponse à la question du vin et du Coran que plus tard, dans le Vaucluse, sous le soleil et les pins, pendant la Journée du livre de Sablet. Elle viendra de la bouche de Malek Chebel, auteur d'*Anthropologie du vin et de l'ivresse en Islam*. Mais c'est une autre histoire. Belle et triste.

En attendant, Kader et son copain se disputent en arabe sur la manifestation du 17 octobre, sans que je ne comprenne rien, sauf une chose : ça va barder !...

C'est aussi ce que dit le p'pa quand il parle des « événements d'Algérie ». Depuis plusieurs années, il va là-bas en déplacement pour travailler à l'aéroport d'Alger, Maison Blanche. À chaque fois, il nous rapporte tous les trésors d'Orient : couverture algérienne, main de Fatma, théière, piments incendiaires, anisette locale et le trésor des trésors : une rose des sables.

Le p'pa a un ami à Alger, Michel. « Gaulliste de toujours et pour toujours. » Chef d'escale d'Air France. Uniforme et casquette à galons dorés, les yeux bleus francs. Un rampant aux allures de commandant de bord. Je n'avais entendu parler de lui que par une question de la m'am : « Qu'est-ce qu'on fait pour sortir Michel de là ? »

Un soir, dans notre HLM d'Orly, Michel est apparu à l'improviste, en cheveux, dégalonné, le bleu battu, sans valise, avec dans les mains un cadeau emmailloté comme un Jésus, dans une serviette blanche siglée de l'hippocampe d'Air France. C'était une bouteille de vin : « Elle vient de là-où-tu-sais… » Le p'pa et Michel se sont isolés à l'écart, silencieux, émus, penchés sur la bouteille mystérieuse comme devant la crèche.

Je n'ai jamais su où c'était, *là-où-tu-sais…*, ni ce que racontait cette bouteille de retrouvailles. Quel souvenir elle cachait. Pourtant, c'est peut-être ma plus belle histoire de vin.

Ce vin anonyme ne fait que confirmer un travers personnel éclairant : je ne me souviens pas du nom des vins associés à des moments importants, pourtant restés très vifs et présents dans ma mémoire. C'est frustrant. Ce serait comme parler d'un livre qu'on voudrait faire partager et dont on ne peut donner ni le titre, ni l'auteur. Peut-être que ma mémoire ne s'attendait pas à en avoir besoin un jour. Elle devait se dire : « Bah ! ces histoires de vin, ce n'est pas important. Oublions ça ! Franchement, qui se souvient du nom des vins ? » Je me demande pour qui elle se prend pour se permettre de décider à ma place ce qui est important ou non. Je vais finir par croire que j'ai une mémoire snob, qui tient le vin pour peu.

L'histoire ne repasse pas les plats une deuxième fois, paraît-il. La mémoire, si.

Bien plus tard, aux Journées du livre à Troyes, Michel d'Alger apparaît : « J'ai vu ton nom sur le programme. » (C'est fou, la toile tissée par ces salons. Ça en ramène des souvenirs au fil du temps. La mémoire est une araignée patiente.) Michel habite la région maintenant et me raconte. À cette époque, on avait déposé à Alger, devant sa porte, un petit cercueil noir. Il avait été condamné à mort par l'OAS. C'était le temps de *la valise ou le cercueil.* « Roger m'a sauvé, tu sais ! » Non, je ne savais pas. J'avais essayé à l'époque de demander à la m'am de me raconter, mais dès qu'on évoquait *les événements*, elle s'enfermait dans la cuisine. Elle ne voulait pas entendre. Pas écouter. Pas regarder la télévision. Pas voir les reportages de *Cinq colonnes à la une* dans la casbah ou le djebel.

Mon frère Serge doit *partir sous les drapeaux* en Algérie. Entre dix-huit et vingt-quatre mois. C'est le tarif. Il est de la classe 42 et a déjà fait sa *prépa militaire*. Ce sera le cinquième fils de la m'am à partir. Moi, le sixième. « Ça suffit ! Toi, je te cacherai dans la cave ! » Elle ne plaisante même pas quand elle dit ça.

Avec Bala, on est prêts à faire notre service dans la cave n° 1000, celle du Mimille aux grands crus. On est volontaires, prêts à devancer l'appel et à prendre du galon en buvant des canons grands crus, en attendant les accords d'Évian (18 mars 1962).

Quand je suis rentré à la maison du conseil de révision « exempté ! », la m'am, sans lâcher son torchon, m'a serré dans ses bras, comme si je revenais *entier* de la guerre. On ne l'a pas fêtée cette exemption. Faire péter un bouchon au seul motif d'être *hypersensitif anxieux*, ce n'est pas très respectueux du champagne et de mes grands frères passés par l'Algérie.

Ce 18 octobre 1961, je les ai encore, mes 13 ans, mais ils vont en prendre un coup. Comme chaque matin, je vais chercher le journal avant de partir au collège. Mais il est des matins, sur le chemin vers le kiosque, où *je le sens*. Je ne sais pas quoi, mais je le sens : « *Le Parisien*, monsieur, s'il vous plaît. » La m'am prétend que ça attire les bonnes nouvelles, la politesse. Mais ce matin, le journal s'en fout de la politesse. Sa première page crache :

Violentes manifestations
nord-africaines hier soir à Paris

Je n'ai pas pu lire la version du *Figaro* de Bala. Son père l'avait confisqué et sa mère lui avait interdit de retourner au *foyer d'Arabes*. Je n'ai jamais revu Kader, plus joué au baby gratuit, ni bu d'Orangina de là-bas, ni retrouvé Oum Kalthoum et Farid el-Atrache dans un autre juke-box.

Le 29 octobre, avec Bala, nous avons fêté à Paris notre anniversaire du 17. On est descendus en train à Saint-Michel. C'est direct de Choisy-le-Roi. Sur le pont, j'ai regardé la Seine. Les journaux racontaient qu'on y avait jeté des dizaines d'Algériens. Kader disait : « Nous, on n'est pas des Algériens. Sur nos papiers, il y a écrit *Français d'Afrique du Nord.* Algériens, ça n'existe pas. Pas encore. Un jour, j'espère. *Inch Allah !* »

Penché sur la Seine, je m'attendais à voir passer au fil de l'eau le corps de Kader dans ses habits du dimanche. Il rigolerait. *Il rigole toujours, Kader.* C'est idiot, je n'avais pas de bouquet, alors j'ai laissé tomber une pièce de monnaie. Un franc nouveau, je crois. Ça m'a fait honte. Je me suspecte d'avoir eu peur qu'on me voie jeter des fleurs dans la Seine. Peur qu'on me prenne pour un petit Arabe.

Le 21, le vrai jour de mes vrais 13 ans, j'avais eu droit chez moi, pour la première fois depuis ma naissance, aux quatre gouttes de bonheur : un rien de champagne derrière les oreilles, sur les lèvres et le cœur, comme pour me protéger. Mais de quoi ? Les prochaines quatre gouttes de bonheur, ce sera pour mes 73 ans. Si j'y arrive. *Inch Allah !*

Le plus beau cadeau de mes 13 ans a été celui de mon frère Serge : le programme du concert de Ray Charles, au Palais des Sports de Paris, le 22 octobre 1961. Il y était allé. Lui pouvait. Serge avait 19 ans. Il me faisait écouter du rock et d'autres musiques qui bougent. « Est-ce que Ray Charles a chanté *Georgia On my Mind* ? » C'est tout ce que je voulais savoir. Et si les gens dans la salle avaient pleuré. Un peu pour Kader et ses amis. En souvenir. Même sans connaître leur existence.

Je crois que mon frère Serge ne savait pas qu'on avait raflé des milliers de manifestants, qu'ils avaient été frappés, battus, enfermés au Palais des Sports, et qu'on avait évacué les manifestants arrêtés le 17 pour que le concert du 22 de Ray Charles puisse avoir lieu. Serge m'a seulement dit : « En entrant dans la salle, c'était bizarre. Ça sentait trop le propre. Comme si on avait voulu faire disparaître quelque chose. »

Un jour que la m'am me montrait combien *il était beau ton père* dans son maillot de bain à la Tarzan, elle m'avait raconté que dans un grand hôtel du Sud aux États-Unis, les clients avaient exigé que la piscine soit vidée, après qu'un Noir se soit baigné dedans. Elle avait, bien sûr, oublié la date, la ville, le nom du chanteur noir, « Mais ce n'était pas Ray Charles. – Tu ne m'aides pas beaucoup, m'am. »

À cette époque où on vidait les piscines, *Georgia On my Mind* et *Strange Fruits* chantés par Billie Holiday me donnaient l'impression d'accompagner tous les reportages sur les émeutes raciales aux États-Unis, en contrepoint suave à la violence des images du Ku Klux Klan, des cagoules, des lynchages, des pendaisons, des croix en feu. Ça me faisait faire des cauchemars. Ils restaient secrets. Je n'aurais jamais osé en parler à la m'am. À 13 ans ! J'étais grand. J'avais le droit de comprendre Billie Holiday.

Billie Holiday m'a appris la distinction dans le vin. Il est des vins faciles et des vins plus exigeants. Avant

Billie, j'étais Ella. Ella Fitzgerald, plus flatteur, avec des chantournures et des aguicheries virtuoses et gouleyantes. Billie Holiday, ça se mérite, comme Turner en peinture quand on a été, comme moi, élevé au Bernard Buffet depuis l'enfance. Alors, on peut accéder à Keith Jarrett, après Erroll Garner. (Est-ce qu'on peut dire qu'on est bourgogne après avoir été côtes-du-rhône ? Ce serait idiot. On est tout l'un et l'autre. C'est selon.)

Cela posé, j'ai le goût réactionnaire. Je l'ai découvert grâce aux phares de la DS 19, quand ils ont été profilés dans les ailes, au lieu d'être perchés dessus. J'ai crié à l'hérésie, alors que l'évidence esthétique avait juste un temps d'avance sur moi. J'ai toujours l'impression que le goût est quelques pas en avance devant moi et que je trottine derrière.

Pour le vin, c'est pareil : je trottine.

Tout ça à cause d'une carte postale.

Pour mes 13 ans, j'ai reçu de ma grande sœur un billet de 100 NF avec Bonaparte dessus. La m'am était fâchée : « Je vais disputer Josette. C'est trop. » Pourquoi ? Ça comptait aussi pour ma fête et mon Noël. Josette ne pourrait pas être avec nous le 25. Le Bonaparte était accompagné d'une carte postale en noir et blanc où un gamin regarde un sapin de Noël. Au dos, Josette avait écrit : « Je trouve qu'il te ressemble. »

Josette a raison : j'ai toujours ressemblé. J'ai le chic pour ça. Petit, avec une serviette en turban, j'étais Sabu dans le film *Elephant Boy*, indien sioux dans des westerns, joueur de football brésilien à la récréation, et bien d'autres ressemblances plus ou moins pertinentes. Peu importe, c'est comme ça : un métis, ça ressemble.

Et même à un pendu.

Un pendu noir à Atlanta, en Géorgie, sur une autre carte postale. Je l'avais retrouvée par un hasard fouineur, cachée sous la couverture du carnet d'apprentissage du p'pa, en vrac dans notre malle en bois spéciale souvenirs. Les malles ont du talent pour ça.

C'est une carte postale « Bons baisers d'Atlanta ». Elle représente un homme à la peau noire pendu à un arbre, au bout d'une corde, au-dessus d'une foule venue là comme pour un pique-nique. J'avais déjà vu de ces images de lynchage, mais celle-là me frappe droit au plexus : le pendu ressemble à Jean, Jules, Joseph, mon grand-père de Martinique.

Passé le choc et la sidération dont je retiens encore aujourd'hui les mots, comme on retient les chevaux, j'ai pensé à mes frères et sœurs, blancs et bleus des yeux et à cette remarque qu'on a pu me faire, quand je manifestais une appartenance : « Mais toi, tu n'es pas noir. »

Pour la première fois, je me suis dit : quelle que soit ta couleur, quand tu vois un homme noir pendu ressemblant à ton grand-père : tu es noir !

Treize ans, c'est long pour se rendre compte.

La carte postale de la ressemblance est arrivée jusqu'au p'pa par un de ses copains d'Air France. À l'aéroport d'Orly, il s'occupe du ménage des première classe dans les Super Constellation en provenance de New York. Une véritable mine d'objets trouvés. Il paraît qu'il existe toute une collection de ces cartes. Il y a des amateurs pour ça.

J'ai du mal à imaginer quelqu'un entrer dans un magasin de souvenirs d'Atlanta et demander : « Une carte postale de lynchage, s'il vous plaît. Pas trop dure, tout de même, c'est pour ma petite nièce. Et un timbre à 5 cents. Non, pas d'enveloppe. » Après avoir indiqué l'adresse de l'heureuse destinataire, le quelqu'un écrira : « Bons baisers d'Atlanta », signé Tata.

Les femmes et les hommes sur la carte postale de la pendaison ne regardent pas mon grand-père, ils s'en fichent, ils fixent l'objectif. Ils veulent être sur la photo. Il y a même des enfants. De mon âge. L'un semble contempler un sapin de Noël. « Je trouve qu'il te ressemble. » Josette a raison. Celui-là me ressemble, devant la vitrine de Noël de la Samaritaine. J'ai 10 ans. C'est une photo de Willy Ronis. Elle sera la couverture de *Vivement Noël*.

Passé le plaisir trouble de la ressemblance, sur la carte postale, je ne vois plus parmi la petite foule qu'un garçon, plutôt jeune. Hilare. Éméché peut-être. Il cache à peine un renflement de sa côte de bleu. Une bouteille ? Peut-être, mais de quoi ? Qu'est-ce qu'on choisit pour fêter un lynchage ou en supporter l'horreur, histoire de faire l'homme ? Un vin du Sud, d'Alabama ou de Géorgie ?

Étrange destin que celui d'un nom : la Géorgie. L'originelle est dans le Caucase, au bord de la mer Noire.

C'est la région que les historiens considèrent comme le berceau de la viniculture, il y a huit mille ans. Cette terre aurait donné au vin son nom géorgien : *ghvino.*

Pas facile, pour un nom, d'être à la hauteur de son histoire.

Atlanta le sait. C'est là, hors pendaison, qu'a eu lieu la première projection d'*Autant en emporte le vent*, en 1939. Les acteurs noirs n'avaient pas été invités. Clark Gable avait protesté, mais il était là, parmi les *guests*, et avait participé à la grande parade nocturne à travers la ville, en limousine décapotable, une coupe de champagne à la main (ça donne toujours l'impression de saluer comme une reine), acclamé par 200 000 enfiévrés, fiers d'être les premiers à voir le « film préféré des Américains » encore aujourd'hui. Est-ce qu'il y avait des spectateurs de la carte postale ? Probablement.

Le film obtient huit Oscars, dont celui de la meilleure actrice dans un second rôle, Hattie McDaniel, première Noire primée. À sa disparition en 1952, elle n'a pas eu droit au cimetière d'Hollywood, *réservé aux morts blancs.* Tout comme la descendance de Thomas Jefferson (troisième président des États-Unis) et sa maîtresse Sally Hemings (esclave noire jamais émancipée), à laquelle on a reconnu tous ses droits, sauf celui d'être enterrée dans le cimetière familial de la propriété de Monticello. À cause d'une tombe noire, comme pour la piscine, on aurait dû vider le cimetière.

Je m'inquiétais. Est-ce qu'en Amérique, notre famille

aurait dû utiliser deux cimetières ? Un pour le p'pa et moi et un autre pour le reste de la famille ? Ça compliquerait la Toussaint et le partage des chrysanthèmes.

J'ai mis du temps à me rendre compte que tous ces petits points noirs finissaient par me donner une couleur sans que j'en perde une autre. Je le dois au talent de la m'am et du p'pa de m'avoir fait discrètement découvrir *ces choses-là*, que le p'pa appelait « les points noirs de l'histoire » : une sorte de maladie de peau.

1962 s'en guérit un peu avec un Oscar et du vin noir. Notre famille s'intéresse pour la première fois à la cérémonie à cause de Sidney Poitier. Surtout la m'am. « Il me rappelle ton père jeune. Sa façon de porter le costume. Il était beau ton père, tu sais ! » Sidney Poitier est nommé dans la catégorie *meilleur acteur* pour *Lilies of the Field*. Pas vu, mais excellent. Il a un sacré concurrent : Rex Harrison, dans *Cléopâtre*. Pas vu non plus, mais mauvais d'office.

Rex Harrison est suspecté chez nous d'être le chouchou d'Hollywood et surtout le petit protégé du champagne qui fournit les deux mille bouteilles de la cérémonie. Du Piper-Heidsieck, surnommé « le champagne des stars » depuis que Marilyn Monroe avait déclaré *siffler* un quart de Piper au lever pour « se mettre une étincelle de chaleur dans le corps et dans l'esprit ». Ce à quoi une échotière des stars au vin aigre aurait répondu que « mettre une étincelle à une bombe n'a jamais donné d'esprit, mais des érections ».

En 1964, il y aura une autre érection. Au champagne. Celle de Rex Harrison, 1,82 mètre ! La taille de l'acteur et de la bouteille, que la maison Piper-Heidsieck avait fait souffler pour célébrer son rôle dans *My Fair Lady*, mais surtout pour consoler Rex d'avoir été battu en 1962 par le chouchou de la famille.

« *And the winner is... Sidney Poitier !* » (1,89 mètre).

Explosion familiale. Le p'pa se vante : « Je vous l'avais bien dit ! C'est qui le grand sorcier nègre ? » Il se retire seul à la cuisine pour officier devant la fenêtre ouverte. Le p'pa lève un verre de vin noir aux étoiles : « Pour Hattie et Sidney ! »

Le vin noir, je croyais que c'était encore une *inventerie* de la m'am. Un vin au goût de brûlé. Pas du tout, le vin noir existe. Bel et bien. Un vin connu depuis le Moyen Âge et servi au mariage d'Aliénor d'Aquitaine et Henri II d'Angleterre dans les années 1150 ! (J'ai vérifié.) On peut le trouver aujourd'hui sous pavillon « Cahors » ou « Malbec ». Le vin noir n'échappe pas à la querelle des Anciens côté terroir et des Modernes côté cépage.

Peu importe, moi j'ai déjà l'étiquette :

Oscar
Vin noir
Sidney Poitier
Cuvée 62

Mon copain Bala me fait remarquer que « donner à un vin noir le nom d'un type qui s'appelle comme la ville où Charles Martel (le cognac prend deux "L") a arrêté les Arabes, ça ne passera pas commercialement ».

Le jour de l'Oscar, la m'am avait laissé le p'pa célébrer en solitaire et avait discrètement sorti du frigo une bouteille de Piper-Heidsieck : « Alors, c'est qui le grand sorcier nègre ? » Le p'pa, beau joueur, avait souri, même s'il l'avait trouvé « un peu chérot, le Piper ».

Comme la caisse de vin. Du bordeaux. Restée étrangement en souffrance dans notre garage de Villemomble. Le p'pa l'avait reçue d'un copain expert en assurance, pour l'avoir sorti d'une histoire fumeuse d'arnaque à la carrosserie. Cette caisse (que je trouvais très belle et que j'espérais récupérer pour m'en faire un coffre au trésor) est restée un mystère. Personne n'avait le droit d'y toucher. Elle était protégée par une phrase du p'pa tombée comme une sentence : « C'est avec ça qu'on a acheté le premier Picouly. »

J'ai mis du temps à remonter à l'origine de l'histoire de cette phrase et de la caisse de bordeaux. Je dois la révélation au roi Béhanzin du Dahomey (1845-1906) expédié en exil à la Martinique. Pendant son séjour forcé à Fort-de-France, il est entré dans l'histoire familiale par mon grand-père Jean, Jules, Joseph (c'est lui que j'ai vu pendu, sur la carte postale).

En 1894 au Dahomey, le roi Béhanzin est battu par l'armée française, puis exilé à la Martinique. Mon grand-père, encore enfant, l'avait rencontré par l'intermédiaire de son fils, Danilo, scolarisé à Fort-de-France. Souvent, mon grand-père avait raconté à la m'am une merveille : la cave du roi Béhanzin ! Pillée par les soldats des troupes coloniales françaises, avant l'incendie du palais d'Abomey, la capitale du royaume.

C'était la plus belle cave de toute l'Afrique de l'Ouest, d'après mon grand-père. Elle aurait pu rivaliser en qualité avec celle que Napoléon transportait dans ses fourgons pendant la campagne de Russie.

Dans la cave de Béhanzin, on avait découvert et consommé sur place des grands crus de Bordeaux. Les meilleurs châteaux du classement de 1855 : Haut-Brion ou Latour, Mouton Rothschild.

On peut supposer que l'achat de ces grands vins avait été financé au moins en partie (avec le commerce de l'huile de palme) par la traite de razzias pratiquées dans toute la région. Peut-être a-t-on entendu, au gré d'une vente sur un des marchés de la côte aux esclaves, cette question lancée à la volée par un négociant : « Combien de château-margaux pour cette pièce d'Inde ? »

La pièce d'Inde, c'est *le premier choix* dans une cargaison d'esclaves. J'avais décidé que le premier de notre lignée à avoir été arraché à l'Afrique était *forcément* une pièce d'Inde. (Sur le marché de la mémoire familiale, c'est moi le maître.) Je me demande seulement combien de caisses de bordeaux on a posées sur le plateau de la balance pour peser le Picouly Zéro. Cette image remontera à la surface le jour où, moi aussi, je serai assis en public sur le plateau d'une balance, pendant que sur l'autre on empilera des caisses de côtes-du-rhône. Ce jour-là, moi aussi, j'avais un prix : un prix littéraire. (C'est vrai, j'ai déjà raconté cette scène, mais pas le sentiment d'être mis aux enchères.)

Aujourd'hui, pour dissiper les doutes sur la noblesse de mon origine, je pourrais pratiquer comme c'est courant aux États-Unis un test ADN, interdit en France, pour savoir si je suis bien du même village que Barack Obama, Otis Redding, Cassius Clay ou Oprah Winfrey. Mais j'ai toutes les mauvaises raisons de ne pas remettre mon sort à une vulgaire éprouvette. Je crains d'être déçu. Ne pas savoir me permet, selon l'humeur, de m'attribuer du noble sang peul ou les talents d'un griot yoruba. Sans compter que sur mon baobab généalogique imaginaire, je suis toujours sur la branche des glorieux, jamais des despotes. Le résultat du test s'en moque de mes rêves, il risque de m'éparpiller en pourcentages exotiques. Je renonce. Jamais la génétique n'aura assez de talent romanesque pour être à la hauteur de mon projet : écrire l'extraordinaire, incroyable et véridique histoire du Picouly Zéro.

J'ai retrouvé sur un carnet quelques phrases manuscrites. Peut-être l'amorce d'un projet :

« Le 13 février 1762 dans le port de Bordeaux, on charge une importante cargaison de marchandises à bord de *L'Aurore*. C'est un navire négrier de 150 tonneaux, armé par le banquier et négociant Dominique Cabarrus à destination du golfe de Guinée.

Parmi la cargaison de tissu d'indienne, fusils à pierre et bimbeloterie de traite, treize bouteilles de château-clerc-milon sont tenues à l'écart à fond de cale, dans le carré réservé au capitaine. Deux caisses de six, plus une mystérieuse bouteille enfermée dans un coffret d'argent.

Cette treizième bouteille est le présent que Quentin, le fils unique de l'armateur, compte offrir à un puissant roi local pour officialiser la demande en mariage de sa fille aînée, la princesse S… (Illisible.)

Quand *L'Aurore* débarque sa cargaison à Porto Novo, la treizième bouteille a disparu.

Cette disparition va faire basculer le destin de ma famille… À suivre.

(Note d'intention : C'est la caisse de clerc-milon qui raconte l'histoire.)

Devant ce projet oublié, je reste sidéré par tout ce que la carte postale d'une ressemblance a fait remonter en une phrase : « Je trouve qu'il te ressemble. »

J'ai 13 ans, il était temps que je me ressemble.

Tout s'accélère.

11

Cordon Rouge

Le constat est rude : à partir de 13 ans, on vieillit mal, le temps s'accélère et les années rétrécissent. Surtout les années 60. Ce ne sont pas des années, mais une époque. Entre 13 et 20 ans, j'ai une adolescence millésimée « années 60 ». Une période qui n'est elle-même que l'adolescence des « Trente Glorieuses », une autre marque déposée. Au clou, selon les jaloux. Bref ! Pas facile d'avoir des années à soi en un temps qui semble être à tous. Un temps en tapis roulant sur lequel il n'est même pas nécessaire de marcher pour avancer. On appelle ça le progrès.

Côté vin, le progrès est à fond dans la forme. L'avant-garde est cubiste, avec l'arrivée du « carré de vignes » : *Ah ! la rondeur du carré !* et les bouteilles en plastique de La Villageoise, interdites de séjour à la maison par le p'pa. Le vin restera de table en bouteilles étoilées et consignées. Elles s'éteindront comme les autres étoiles et, avec elles, mes revenus occultes de déconsignation sauvage.

Le vrai progrès des années 60, ce n'est pas le Formica, le kir, la télévision en couleurs, la minijupe ou les Beatles, mais le film du dimanche soir. En apparence familial et inoffensif, avec des séries Z de fonction et des chefs-d'œuvre par inadvertance, il en disait plus qu'il n'y paraît sur l'amour, la vie, le vin et l'ivresse. Même si le cinéma n'aime pas le vin, il adore l'ivresse, comme dans *Les Orgueilleux* ou *Un singe en hiver*.

Les Orgueilleux, dans la scène où Gérard Philipe, en ivrogne céleste, danse et s'humilie pour quelques verres de mescal, comme le gamin dans le roman autobiographique de Richard Wright, *Black Boy*. Dans le film, à ce moment de sa danse, Gérard Philipe est *noir* : ivre mort en argot.

Dans *Un singe en hiver*, l'ivresse est tellement écrite qu'elle en paraît sobre : de l'ivresse livresque, de Jean Gabin à Mme Suzanne Flon. « Dis-toi bien que si quelque chose devait me manquer, ce ne serait plus le vin, ce serait l'ivresse », même si dans la même scène, le « Tu m'emmerdes ! », c'est du grand cru.

Le film du dimanche soir avait une façon ingénue de nous donner à voir des films qui n'étaient pas de notre âge, avec la bénédiction des parents. C'était avant le carré blanc. Ce sparadrap sans capitaine Haddock.

Le vrai progrès des années 60 n'est pas Gérard Philipe et Michèle Morgan, ni même Gabin et Belmondo, mais… le caddie ! Une invention française (à l'origine l'entreprise fabriquait des mangeoires pour poussins. Ce qui revient au même). Le caddie est surtout une création du diable, un tonneau des Danaïdes à roulettes jamais rassasié, un rocher de Sisyphe remonté jusqu'à la caisse, et descendu dans la semaine et de nouveau remonté à l'assaut des promotions.

Le caddie est un vorace qu'il faut remplir chaque samedi au Carrefour de Créteil. Le bourrer de courses plus ou moins essentielles, mais surtout, le bourrer à ras bord. Question de standing. Voire d'honneur. Quand on fait la queue devant les caissières, entouré de caddies chargés pour l'Exode, on a l'impression de passer un casting pour être élu le consommateur du mois, sous les regards méprisants de ceux qui ont le ras-bord démonstratif.

D'autres ont le ras-bord pyramidal. Ce sont des Ramsès du caddie, des équilibristes du baril de lessive. Ils les empilent comme dans un numéro du cirque de Pékin à *La Piste aux étoiles*. Ils veulent laver plus blanc et plus haut que le caddie du voisin. Ils ont le strabisme envieux et gardent à l'œil un autre danger : le caddie des fourmis processionnaires. Celui-là a le ras-bord en Mikado, alimenté par le va-et-vient de bébés fourmis envoyés en expédition par des parents fourmis pour rafler dans les rayons la dernière boîte, l'ultime paquet, le dernier sachet qui fera culminer le caddie au-dessus des autres, comme l'étoile en haut du sapin. Ça clignote.

Le caddie chic, lui, n'a pas besoin de ce ras-bord vulgaire. Il regarde avec dédain les caddies à bourrelets qui sentent l'obésité de pauvre. Le caddie chic est frugal et svelte. Il est modestement rempli, avec, négligemment posée là, comme par inadvertance, une bouteille de champagne. Pas n'importe laquelle. Surtout pas en promo, avec tête de gondole, vente flash et annonce micro : *Trois bouteilles pour le prix de deux !*

Le chic a choisi Cordon Rouge. La bouteille de champagne est plantée en tête de caddie, façon proue de transatlantique. Elle parade, fendant l'écume des rayons et l'océan des coupons de réduction. Le caddie devient, par la magie de l'arrogance, la reproduction au 1/43ᵉ du paquebot *France*, fierté nationale à l'égal du général de Gaulle et de Jeanne d'Arc. Il file battre le record de la traversée Le Havre-New York. Le Cordon Rouge, c'est le Ruban Bleu des courses transatlantiques à Carrefour.

La famille était très Moët & Chandon, *pour son goût comparable à nul autre*, d'autant qu'on n'en connaissait nul autre. Mais voilà, le Moët a un défaut rédhibitoire, quasiment une tare pour l'équipée du samedi : il ne se voit pas. Même fiché en tête de caddie, il peut être confondu de loin avec un crémant d'Alsace ou un asti spumante. Alors que, mis en majesté, le Cordon Rouge claironne. La mer du même rouge s'ouvre devant lui. C'est comme installer un klaxon italien cinq tons sur une R8 Gordini. On s'écarte.

Dès la sortie de Carrefour, les caddies Gordini se retrouveront au premier feu rouge pour le match retour. La revanche. On fera ronfler les chevaux. On laissera entendre qu'on en a encore plus sous le capot que dans le caddie. Ce sera *La Fureur de mieux vivre* sans James Dean. Quand le feu passera au vert, avec un démarrage de dragster, on aura une chance d'effacer l'humiliation d'avoir dû pousser devant tout le monde un caddie sans rien dans le ventre. Tout ça à cause d'un champagne *qui ne la ramène pas.*

Le champagne peut briser une famille. Je ne sais plus comment c'est arrivé, mais, un jour, la nôtre est passée du Moët & Chandon au Cordon Rouge. Un vrai drame, une rupture, un choc culturel, l'abandon d'une tradition millénaire. Bref ! une trahison.

Très vite, la m'am avait refait l'histoire et ravaudé l'honneur familial. Selon elle, le Cordon Rouge était là depuis toujours. Pour mes 20 ans, en m'offrant Habit Rouge de chez Guerlain, elle m'avait révélé un secret : le champagne de la clinique, celui de mes « quatre gouttes de bonheur », n'était pas du Moët, mais du Cordon Rouge. Chez nous, rouge sur rouge, rien ne bouge, sauf la légende familiale.

Autre légende : « Ton père ne buvait quasiment pas. » Mon frère Michel disait : « Avec la m'am, comme pour le veau, tout est dans le *quasi.* » À propos du p'pa, elle racontait souvent comment, un soir où il avait bu *quasiment rien*, il était resté arrêté, quasi impassible et silencieux, à un feu rouge, qui, à la longue, s'est avéré être le cigare lumineux d'une enseigne de buraliste. Le cigare n'est jamais passé au vert.

Le p'pa s'arrête moins aux enseignes, mais un peu plus aux bistrots. C'est à cause de moi et du foot. Au FC Orly, le p'pa est devenu l'entraîneur de mon équipe minime, puis cadet. Il m'accompagne et me raccompagne pendant les déplacements. Ce qui multiplie les arrêts aux comptoirs de bouis-bouis exotiques et inconnus où il entre comme chez lui, avec un naturel qui m'étonne à chaque fois, et toujours la même formule : « Une petite côte, sans faux-col ! »

Chez Dédé, un bouibe de Villeneuve-le-Roi, il y avait un Gandhi de zinc. Une sorte de pacifiste en lévitation éthylique, rendu bien au-delà de la ligne de flottaison. Il refusait de quitter le bar : « J'ai pas fini… » Il ne résistait pas quand on le houspillait. Il se laissait éjecter sur le trottoir et se recevait avec un talent de rollmops pour le roulé-boulé. Inlassable, il revenait s'accrocher au comptoir, silencieux, obstiné : « J'ai pas fini… » Le patron bonhomme le menaçait du pire et d'un nerf de bœuf, mais finissait par renoncer : « On ferme ! »

Ce Gandhi me faisait penser à ces quatre étudiants noirs, militants des droits civiques, en résistance passive à Greensboro, en Caroline du Nord. Ils s'étaient assis au comptoir d'un établissement qui refusait de servir les *gens de couleur*. Je découvrais le *sit-in*. Ils ne bougeaient pas, ne répondaient pas aux insultes et provocations, se laissaient malmener, gifler, battre, frapper sans répliquer. Moi, je n'aurais pas pu. J'aurais eu envie de les tuer tous, ces *molesteurs*. Je serais revenu avec du contondant. Parfois, je m'inquiétais pour moi. Je ne me sentais pas très Gandhi. Il aurait fallu que je boive pour me donner ce genre de courage. Surtout pas. Et si j'avais le vin mauvais ? La colère *spumante.* Sûrement, même. Sous peine d'explosion, il me fallait retenir le bouchon, garder ferme le pouce sur la *collerette* et *le muselet.* (Je sais. J'ai déjà utilisé ces deux mots *gentillets.* Ils me calment.) Ils me donnent l'air moins lâche et je peux m'accrocher à l'idée que j'ai le vin amoureux · t que c'est aussi dangereux. (Je cède souvent au charme du vocabulaire.)

Au moment du sit-in dans le restaurant du magasin Woolworth, j'avais 12 ans. Et je suis resté marqué à vie par cette scène. Aujourd'hui, le comptoir du bar et les quatre sièges sont exposés à l'International Civil Rights Center and Museum. J'aimerais aller y lever mon verre, en l'honneur des « 4 de Greensboro ». Eux avaient commandé un café ce jour-là. Jamais robusta ne m'avait jusque-là fait penser à ce point au courage.

Chez Dédé le bistrot de Villeneuve-le-Roi n'est pas entré au musée de l'Homme du Trocadéro, le Gandhi de zinc non plus. Je ne sais toujours pas si je risque un jour d'avoir le vin mauvais. Question de circonstances.

Et j'ai su.

À cause d'un vin blanc de Moselle. En Mai 68. À l'époque, je répondais aux questions urgentes en achetant un « Que-sais-je ? » à la librairie des PUF, en haut du boulevard Saint-Michel, avec l'argent des livres d'occasion que j'avais revendus chez Gibert Jeune, en bas du même boulevard. Une sorte d'économie circulaire. En Mai 68, je n'ai pas de souvenirs de vin. Mai se grisait tout seul. Je suis étudiant à la faculté d'Assas. Je veux juste avoir mes examens pour garder ma bourse. Je ne suis d'aucun *isme* d'époque. Ni Trotski, ni Mao. « Si à 20 ans, t'es pas mao-spontex, c'est que tu as déjà raté ta vie. » Un jour j'écrirais *68, mon amour.* Il sortira en poche avec un bien meilleur titre : *Le Général et Moi.* Mon seul *isme.*

Pour l'instant en ce mai-là, je cours dans les rues du quartier Latin. Mon club d'athlétisme de Choisy-le-Roi est jumelé avec une ville d'Allemagne, Bietigheim. Deux copains de là-bas débarquent chez moi par surprise. Le modèle lanceur de marteau. À eux deux, ils occupent toute l'entrée de l'appartement. Pour se faire excuser, les nounours rigolards brandissent une bouteille de vin blanc de Moselle au nom imprononçable. « Tu te souviens ? » La m'am voudrait bien savoir. « C'est inracontable. – Essaie quand même. » Ce serait l'histoire d'un miracle accompli par un Jésus métis qui transforma, sur le pont de Bietigheim, le vin blanc de Moselle en urine divine, « Tu as pissé dans la bouteille ! », et le fit boire à un disciple. « Si, tu as bu ! – Non, j'ai pas bu ! »

Sur ce pont, il suffisait de secouer les réverbères pour les éteindre. On l'avait fait. Les deux copains allemands, plutôt nounours à poil rêche, étaient venus à Paris pour « secouer des réverbères ». Ils avaient secoué.

Au hasard d'une de leurs expéditions, je me suis retrouvé coincé à l'étage d'un café, au carrefour de l'Odéon. Tout près de là où on était allés chercher *El Ruedo* avec Bala, cinq ans plus tôt. Une autre corrida. Je m'étais retrouvé coincé par une charge et pressé illico de déguerpir par des serveurs franchement hostiles. En me réfugiant là, j'avais espéré, en tant qu'ex-futur collègue, une franche solidarité de garçon de café. J'étais prêt à brandir mon limonadier en signe de reconnaissance. « Hé ! J'aurais pu être à votre place. – C'est ça ! Va d'abord chez le coiffeur. »

– Comment tu veux qu'on comprenne ? Tu ne l'as pas encore raconté que tu as été barman à l'aéroport d'Orly.

– C'est vrai, m'am, mais les souvenirs ça n'avance pas à la file comme des canetons derrière la maman canard.

– Moi j'aime bien les mamans canards.

– N'en rajoute pas, m'am. C'est déjà assez embrouillé.

– N'empêche qu'ils avaient raison pour le coiffeur.

– Désolé, m'am, mais je dois retourner dans ce café, en 68, au carrefour de l'Odéon.

Il faut dégager de l'étage et les CRS nous attendent en bas dans la rue. C'est après que ça se brouille. Encore aujourd'hui, ce n'est pas clair, cette histoire. Il y a eu une charge, avec cavalcade et pluie de matraques. J'ai pensé à ma nouvelle pour Bala, *Les Mouchoirs blancs*, et j'ai couru comme Islero, tout droit, pour être gracié. Et tout à coup, dans une brume bleutée, un jeune CRS s'est laissé emporter. Il s'est retrouvé seul, isolé, entouré et perdu. Dos à rien. « On le crame ? – Ça va pas, non ! Où tu te crois ? »

Un peu plus tard, quand la bande à Baader est apparue dans les journaux, je m'attendais à voir mes deux lanceurs de marteau en *usual suspects*. Mais ce n'étaient pas eux sauf s'ils avaient coupé barbes et cheveux.

Il y a tout ça et même plus dans une bouteille de vin blanc de Moselle. Le millésime 68 a la robe carmin et un fort nez lacrymogène. Il pique les yeux, le cœur et les 20 ans.

Mais pour l'instant, dans ces années 60, j'en suis encore à régler des problèmes de diabolos. Le passage du collège au lycée m'a fait glisser du diabolo-grenadine au diabolo-menthe. Je n'ai derrière moi, côté vin, qu'une vague *griserie cuiteuse* en VVF à Saint-Jean-de-Luz, à la suite d'un mélange local de pineau des Charentes et de rock au long cours : *Proud Mary*, par le Credence Clearwater Revival. Un groupe capable de réveiller n'importe quelle salle, alors qu'ils somnolent à fond sur scène. Leur plus grande performance : avoir enregistré *Proud Mary* trois ans après m'avoir grisé avec. La preuve que je n'étais pas le seul à avoir pris une cuite ce jour-là. Ma mémoire aussi.

Le temps de cette seule cuite revendiquée, c'est celui des boums Coca dans la cité, chez les parents absents, avec du Teppaz, du twist dégingandé, des slows intimidés, du quart d'heure américain humiliant passé à faire tapisserie, et des gars plus vieux qui s'incrustent et boivent pour faire boire les filles trop jeunes. Et les tomber. Ma première amoureuse de cité *ainsi est tombée.*

Peut-être à cause de ces naufrageurs, mon histoire avec le vin est restée méfiante et platonique. Pourtant, je n'ai jamais eu à jouer au grand frère dans ce domaine. Je n'ai jamais vu mes deux petites sœurs risquer le naufrage. Je ne me suis même jamais demandé où elles étaient pendant ces années-là. Ni avec qui. À l'adolescence, à trois ans près, elles et moi vivions dans des mondes séparés, des époques lointaines, des vies autres. De leurs copains, leurs flirts, leurs amours, leurs boums dans la cité, ce qu'elles y font, ce qu'elles y boivent, je ne sais rien. Je ne veux pas savoir. *On ne parle pas de ces choses-là chez nous.* Surtout avec le p'pa.

Pour son compagnonnage avec le vin, c'était plus simple : j'étais là. Il avait remplacé le cigare d'enseigne par les essuie-glaces. Après les matchs, il fêtait victoire et défaite toujours de la même façon : « Une petite côte sans faux-col ! » Je me rendais compte qu'il s'était mis la *jauge dans le rouge*, quand il arrêtait la voiture et actionnait les essuie-glaces. Pourtant il ne pleuvait pas dehors, sauf sur lui : « J'ai ma pluie personnelle. » Elle lui laissait devant les yeux « une buée qui louche ». C'étaient ses seuls mots dans le silence. Lâchés là comme des petits orphelins.

Tout d'un coup, le p'pa baissait la vitre pour les libérer. Respirait fort, comme entre les rounds quand il boxait. Au coup de gong, il faisait mine de tendre la main dehors : « Tiens ! il ne pleut plus. » Le p'pa récupérait quelques grains de café dans le vide-poches, les mâchait, et on rentrait à la maison sans les essuie-glaces.

À peine dans l'entrée de notre F5, la m'am le respirait : « Toi, Roger, tu as bu. Tu sens le café ! » Le p'pa savait son stratagème éventé depuis longtemps, mais c'était sa façon à lui d'avouer et à elle de pardonner.

J'observais la manière qu'avait le p'pa de se laisser gronder par temps d'orage et je vénérais la mansuétude de la m'am : « Ton père travaille assez dur. Il peut bien s'offrir un p'tit café de temps en temps. Il se prive déjà assez. »

Il se prive déjà assez. La m'am en parlait parfois avec la voisine, comme ça, sur le palier. Peindre ! C'est ce qui revenait le plus souvent : « Des vrais tableaux ! À l'huile. Mais il a plus le goût, ici. Il ne va même pas à son club de peinture d'Air France. » Le p'pa n'en avait conservé que son tableau du fort de Fort-de-l'Eau, qu'il avait intitulé tardivement *Ceci n'est pas un fort.*

Et un jour, je ne sais toujours pas pourquoi, le p'pa a peint la Martinique sur les murs de la salle à manger à la peinture Bonalo.

– Tu l'as déjà racontée cette histoire.

Tu sais bien, m'am, qu'avec la Bonalo, il faut deux couches.

Elle avait accepté la Bonalo pour éviter la térébenthine. « La famille a survécu au monoxyde de carbone, ce n'est pas pour finir à la peinture à l'huile ! »

Le p'pa avait abandonné la peinture pour quelques verres : « C'était ma période rouge. » Mais d'après la m'am, il se privait *d'autre chose*. Mais de quoi ? La m'am ne voulait pas me répondre. « Avec toutes les heures supplémentaires qu'il prend, où veux-tu qu'il trouve le temps ? C'est dommage… » Et comme pour elle, la m'am continuait en fixant son torchon : « … il écrivait des trucs drôlement bien, en prison. Pas que des lettres et des chansons, des histoires aussi… Oui… drôlement bien… »

Je ne les ai jamais retrouvées, sauf l'histoire de la « treizième bouteille », sur l'origine de notre famille. (J'avoue, j'ai pu laisser croire que j'étais l'auteur de ce texte. Désolé. Disons que c'était mal formulé.) Je me soupçonne de ne pas vouloir lui accorder le statut de « premier roman écrit par quelqu'un de la famille ». Dans ces moments-là, je me sens nul : un Picouly zéro pointé. Je n'arrive pas à admettre qu'un jour, le p'pa a échangé des *trucs drôlement bien* contre des *p'tites côtes sans faux-col* : ça vaut pas !

Pourtant, un dimanche de retour de défaite définitive, une piquette qui nous condamnait à la descente, au zinc habituel, le p'pa avait versé dans la confidence de tabouret à tabouret. C'était avec un incrédule autant dans le rouge que lui : « Tiens, regarde si tu ne me crois pas. » Le p'pa avait exhibé un carnet noir, passablement fatigué. « Tu veux que je te lise ? – Un peu que je veux ! » Mais, dès les premiers mots, l'incrédule avait glissé de son tabouret au ralenti, après un tariquet de trop. Heureusement, sinon j'aurais pu découvrir que le p'pa écrivait si bien que je n'écrirais pas de sitôt. J'aurais dû brûler mes cahiers 21×27 à petits carreaux avec mon premier recueil de treize nouvelles :

Il pleut des grenouilles
Histoires extra-quotidiennes

Je ne me souviens pas vraiment du vin qui m'a sauvé la plume, mais j'ai choisi le tariquet. Le mot ressemble un peu à un tabouret de bar trop haut et je vois bien l'incrédule en glisser lentement.

J'y pensais parfois, quand je voyais le gyrophare de la voiture de police appelée dans la cité pour régler des *incidents* d'avant- et d'après-boire. Des bagarres, dépenaillées au ralenti. Elles étaient si régulières que les jours sans girophare, on ressentait le même manque que pendant les grèves des aiguilleurs du ciel à l'aéroport d'Orly : « Tiens on entend plus les avions ! » devenait : « Tiens on entend plus les bagarres ! »

Au temps du gyrophare, comme dans la chanson

de Gilbert Bécaud, je prenais mon vélo pour aller « dimanche à Orly sur l'aéroport, [voir] s'envoler des avions pour tous les pays… ». Je reconnaissais l'avion d'une compagnie rien qu'à la queue : Air Inter, Pan Am, TWA, Swissair, Varig, Sabena… (Je viens de m'apercevoir qu'elles ont toutes disparu. Ça brise les ailes, les souvenirs.)

Pour voyager *en vrai*, je descendais dans le grand hall des départs. Là où tout le monde est chic et semble voyager en première classe. Là où le moindre bagage à main pourrait contenir les bijoux volés à la Bégum. Là où les hommes tentent d'être aussi élégants que les stewards et les femmes que les hôtesses de l'air d'Air France. Les plus belles. Là où l'immense tableau d'affichage noir claque comme l'envol des oiseaux d'Hitchcock et donne l'impression de mettre les destinations en loterie. Je pariais sur le numéro 11 pour la porte d'embarquement de Fort-de-France. C'est la 4… Perdu !… Alors, je reste.

Quand j'étais fatigué d'avoir trop voyagé dans le monde entier, je faisais la tournée des bars et des restaurants de l'aéroport. La *classe* à tous les étages. J'aurais pu rester des heures derrière les grandes vitres du plus huppé, La Corbeille, rien que pour la cérémonie du vin. Une cérémonie amoureuse. Je restais fasciné par l'ampleur des verres dans lesquels un serveur galonné comme un rabatteur de boîte de nuit servait le vin avec des affèteries de coiffeur pour dames, ponctuées par un tour de poignet sur la bouteille, pour visser le bec à la goutte mutine en embuscade au col du goulot. « Bien joué ! » Mais avant, il s'en était passé des gestes et des gestes pour préparer les épousailles. De la présentation de la promise, son minois d'étiquette bien de face, puis le déroulé du curriculum vitæ de ses avantages jusqu'au débouchage lent et attentionné. Une défloraison. « Une bouteille ne se débouche qu'une fois. »

La plus belle figure du rituel de noces était la présentation du bouchon. Après un savant décolletage en spirale de la capsule sur le goulot, le bouchon apparaissait langé serré, exposé *urbi et orbi*, rose passé, comme le premier sang de la mariée aux draps de sa nuit. Signe d'accomplissement et de fertilité. (Ce n'est sûrement pas la bonne image, mais elle est celle de l'instant. C'est Polaroïd une image. Ça ne se révèle vraiment qu'avec le temps. Je vais attendre.)

J'aurais pu en rester là de mon tour dans l'aérogare, j'avais déjà mon compte d'apprentissages pour une vie. Mais je restais à observer la gestuelle du service, l'envolée gracile des assiettes et leur atterrissage en *kiss landing* sur des nappes blanches prêtes à être discrètement tachées.

En vérité, j'avoue que je guettais les « démoulages », terme technique dans l'argot du métier, pour dire qu'on vient d'envoyer le potage sur les genoux d'une élégante.

Moi aussi, à force de rester collé à la vitre et de me faire un nez de boxeur, je finissais par me faire démouler. Comme le potage, j'atterrissais sur les genoux. Je n'étais pas à ma place. J'avais le sentiment que tout ça n'était pas pour moi. Que c'était trop. Quelqu'un allait me faire déguerpir.

– Hé, toi ! Qu'est-ce que tu regardes ? (Je viens de l'écrire, m'sieur, vous n'avez qu'à lire.) P'tit merdeux, va !

Je m'éclipsais en vitesse et je descendais fureter dans la galerie marchande. J'étais à mon niveau. Pas de vitre. Le spectacle en libre service. Je regardais les serveurs du bar en veste blanche et cravate noire. J'admirais leur allure derrière le long comptoir, la chorégraphie tout en évitements. Il y avait un moment que j'attendais comme la relève de la garde à Buckingham Palace : le changement de brigade. Le moment où une troupe disparaissait dans les coulisses et où l'autre entrait en scène. Ça coulissait comme du Labiche dans *Au théâtre ce soir* à la télé. J'ai eu la révélation : c'est ça que je veux faire, plus tard !

Pas du théâtre, pas de la télévision : serveur !

Un jour, je l'ai fait. Merci au Plan Comptable 57 et à ma sœur Évelyne. Elle était serveuse dans un restaurant de l'aéroport au Tournebroche. J'étais au lycée, en première. Elle m'avait pistonné pour mon stage de comptabilité à la Compagnie des wagons-lits, qui, comme son nom ne l'indique pas, gère les bars et restaurants de l'aéroport. Je travaillais au service du personnel : costume-cravate obligatoire, un chef mâle et que des femmes. Gentilles. Trop gentilles. À la cantine, j'avais l'impression qu'elles essayaient de me gaver de desserts.

« Faut le remplumer ! » Ça les faisait rire. « Laissez-le, ce gamin ! » Au bout de deux ou trois semaines à reporter des cotisations de Sécurité sociale et à tenter d'éviter les pots entre collègues aux Apéricube et bassine de sangria, j'ai été convoqué par le chef du personnel : « Jeune homme, il faut arrêter de me mettre le bazar dans mon poulailler ! »

Je n'ai pas compris, mais le lendemain, le chef des bars a débarqué : une terreur, impeccable en costume noir. Craint et admiré. Une pointure. Il m'a inspecté, jaugé, sans annoncer la mise à prix. « Ça ira ! Tu commences demain, 23 heures-6 heures, bar de la galerie marchande, chemise blanche, cravate, pantalon et chaussures noirs. Cirées. *Va d'abord chez le coiffeur.* Tu viens avec ton limonadier. » Et il a disparu.

J'avais l'impression que dans le bureau les femmes me regardaient autrement. En trois minutes, j'étais passé de stagiaire à déniaiser à commis de bar à couver. Mais surtout, je débarrassais le poulailler du chef. À cette seconde précise, j'ai su que je ne travaillerais jamais dans un bureau. Trop de coqs.

Il me restait à percer un mystère : le limonadier.

Ma sœur Évelyne m'a dessillé. La chose était juste un tire-bouchon avec un décapsuleur de la marque Limonadier. J'ai vite compris son importance. L'outil faisait toute la différence entre un empoté de commis (comme moi) et un barman professionnel. Il y avait de véritables virtuoses de l'engin, des Paganini du limonadier. J'ai patouillé, cassé, écharpé, ripé et foiré tout mon saoul. Je m'entraînais à dégainer comme dans *Les Sept Mercenaires* pour enfin « choper le truc ».

Des trucs, derrière un bar, il y en a mille. De la plonge de coup de feu à la mitrailleuse aux alcools, en passant par-dessus bord, le percolateur, la centrifugeuse, le toaster et même le pal à hot dogs !

On me montrait, j'écoutais, j'enregistrais, j'essayais, je rectifiais, et ça roulait plus ou moins. On ne se moquait pas. Ça chambrait. Nuance. J'étais en apprentissage. Un bleu. Comme avec le p'pa quand il bricolait sur une épave. Il paraît que je me débrouillais bien au bar avec les clients. « Toi, t'es une bonne gagneuse ! » J'ai mis un temps à comprendre que ça voulait dire « Tu fais du pourboire ».

J'ai même été élu « commis d'un soir » au bar du personnel, où je me coltinais un remplacement. Ambiance casse-croûte maous et gorgeon de rouge à la russe. J'aimais le moment du coup de feu. Tellement que mon premier roman *La Lumière des fous* s'ouvre au coup de feu dans un restaurant. J'avais décidé d'écrire un polar dans lequel il n'y aurait aucun coup de feu. J'ai tenu le pari.

L'épisode de mon élection de commis du soir commence par un triomphe. Derrière le comptoir, je ne savais plus où donner du limonadier. Tout le monde me voulait pour lui servir du beaujolais, côtes-du-rhône ou bordeaux. Je bichais. Ils admiraient mon tour de main sur la goutte vicieuse. J'ai déchanté quand mon chef a émergé de ses roucoulades avec une hôtesse de terre dans l'office. « Tu parles qu'ils t'aiment : tu sers des baquets au prix du ballon ! » Je m'étais trompé de verre. Question de taille. Côté chambrage, ç'a été ma tournée.

L'affaire des *baquets de rouge* m'a privé de « l'événement du siècle » : le premier pas sur la Lune. Question pointure, pour moi, cela reste l'assassinat de Kennedy le 22 novembre 1963 à 12 h 30. « Une petite balle dans la tête d'un homme, mais un grand trépas pour l'humanité. » Aucun vin n'y est associé, même si, dans certains ranchs du Texas, on a beaucoup sabré de champagne californien pour fêter sa mort. Rien que pour ça, je n'en boirai jamais.

Le lundi 21 juillet 1969 à 3 heures 56 minutes et 20 secondes, j'ai encore 20 ans, je suis étudiant à Dauphine et barman l'été. J'aime ça. Je le serai jusqu'à ma deuxième année d'enseignant. Prof-barman ou barman-prof : au choix. Ce qui m'a permis de constater que je gagnais plus au bar à servir des p'tits noirs qu'en classe, au tableau de la même couleur.

Cette nuit historique, je ne suis qu'un simple commis de bar réquisitionné par mon chef. « Désolé ! Après les baquets, tu comprends… » J'ai compris. Tout le monde avait disparu. L'aérogare était vide. Neil Armstrong pose le pied sur la Lune et s'emmêle les pinceaux dans sa formule historique : « C'est un petit pas, etc. » Une seule phrase à dire et pas fichu de la réciter correctement ! Moi, je récure le comptoir en cuivre à la saumure.

Un mélange de gros sel et de moutarde qui me ronge l'âme et les doigts. « Faut que ça brille ! » Pour briller, il a brillé le comptoir. Neil Armstrong a dû le voir de là-haut mon soleil à la saumure.

Avant de m'abandonner, le chef m'avait glissé : « Y a un truc pour toi au frigo. » Un quart champagne. Il a pété façon Big Bang. Je ne me souviens plus du nom du champagne, seulement du mot du chef sur l'étiquette de la bouteille : *Pour Daniel, hors inventaire.*

Ça m'a ému. À cause de ces petits riens, j'ai pensé devenir barman. En faire mon métier. J'aimais l'excitation des coups de feu et l'intimité des nuits passées en confidence avec une passagère, un passager en transit, correspondance ou vol retardé. J'ai servi une orange pressée à Gina Lollobrigida. Souvenir parmi les souvenirs. Mais le plus beau. Avec mon italien niveau 3e B, j'aurais voulu lui parler d'elle et Gérard Philipe dans *Fanfan la Tulipe* mais je n'ai pas osé.

Peut-être un jour, quand je serai chef des bars de l'aéroport d'Orly. Costume noir. Impeccable. Craint et admiré. Les autres serveurs trouvaient mon projet idiot. « Tu ne te rends pas compte de ta chance, tu es étudiant ! Moi, si j'avais pu… » Pour eux, j'étais au mieux un inconscient, au pire un égoïste. Je fâchais leurs rêves.

Une image m'a fait renoncer, celle du « barman double face ». Le nom que je donnais au barman qui restait collé d'un côté du comptoir pendant son service et qui, à peine terminé, faisait le tour du bar et allait se coller de l'autre côté pour boire parmi les clients. J'en connaissais un. Je l'aimais bien. On discutait la nuit. Au matin, dans l'office, je le voyais se dépouiller de ses épaulettes, enfiler un blouson, sortir par la porte de service et réapparaître sur un tabouret devant le comptoir. En plus affaissé. Il buvait plus vite, plus tard, plus triste, comme pour rattraper quelque chose, et ne pas rentrer chez lui.

J'ai renoncé aux épaulettes.

Je ne serai jamais chef des bars de l'aéroport d'Orly.

J'ai été un double face. Quand je présentais *Café Picouly*, l'enregistrement terminé, je passais de l'autre côté du comptoir, avec l'équipe. Le barman, le vrai, me servait un verre de vin blanc : un tariquet apporté de son coin par le magicien responsable de cette lumière magique qui distinguait l'émission. Un vin de chez lui, devenu chez moi le nom générique pour désigner tous les vins dont je n'ai pas retenu le nom. Pour le vin, j'ai la mémoire tariquet.

Je trouvais au tariquet un talent rare et singulier. Il produisait un moment simple de bonheur partagé qui me rappelait celui de la cérémonie du kir familial, chez nous.

Le kir, dans le dictionnaire, est un cocktail traditionnel de la cuisine bourguignonne à base de crème de cassis et de bourgogne aligoté. Le kir familial n'est donc pas un kir. Il n'a jamais vu la Bourgogne et encore moins l'aligoté. Il anoblissait un vin blanc roturier d'un simple sirop de cassis en bidon. Le kir royal au champagne m'est toujours apparu comme irrespectueux, ou comme une manière d'encanailler un champagne de petite noblesse. Jamais le Cordon Rouge. Il est sacré pour la famille, mais surtout dispendieux pour la tribu qu'elle était devenue à cause de La Richaudière : la maison de campagne que les parents ont achetée en 1966. Une révolution. Un séisme. Un arbre de vie arrosé au kir.

Les parents l'avaient dégottée à Romorantin-Lanthenay, dans le Loir-et-Cher sur les cartes, mais en Sologne pour nous. La maison nous attendait au lieu-dit La Richaudière. On passait de la cité Million, la cité des millionnaires, à La Richaudière, la maison de campagne des richards. À croire que, là où la famille préférait habiter, c'était dans les mots.

La Richaudière était un paradis de ruines, abandonné au bord de la route comme une pauvresse. En la découvrant, la famille a aussitôt renoncé à la baptiser au champagne comme le *France* de peur de la voir s'écrouler au premier lancer.

On leva nos verres de kir à « La Richo », un diminutif affectueux à la fois riche et populo et plus conforme à son prix.

La Richo avait été achetée pour la somme de un million *moins un franc*. Le notaire avait tiqué, mais le p'pa avait joué au *grand sorcier nègre* et à la sibylle vaudoue : « Sous peine de grands malheurs, la parure de la cadette ne peut surpasser celle de l'aînée. » Traduction : la *résidence secondaire* ne devait pas coûter plus cher que la *résidence principale*, si la famille voulait vivre en paix et harmonie. Bref : notre F5 d'Orly valait un million pile, La Richo devait valoir moins.

Tope là ! Le paysan madré avait consenti au p'pa un rabais faramineux de… un nouveau franc.

Ce franc de moins nous achetait bonheur et harmonie et permettait au p'pa de prétendre qu'il avait eu notre château pour un sou.

Ce sou nous a sauvés de la cité.

Chaque vendredi soir, la tribu des sœurs, copines, copains, petits ou pas, fiancés sans titre et futurs maris s'entassait dans des 2CV vaillantes et de gaillardes 4L pour 183 km d'échappée belle avec bouchons, côte de Montlhéry, statue de Jeanne d'Arc à Orléans et pause furtive chez Jojo la frite. On soigne la moyenne. La Sologne enfin ! On baisse les vitres, on se met une giclée de nuit noire, la vraie. Les lapins dans les phares ont tous la myxomatose, la brume de marais joue au Grand Meaulnes, le château de l'empereur Bokassa à Neung-sur-Beuvron se prend pour un Versailles solognot, les villages sont éteints, Romorantin-Lanthenay apparaît et La Richaudière, enfin. Le grand arbre et la baladeuse allumée au-dessus de la porte : c'est là ! Une ligne de kirs attend au garde-à-vous sur la table de la cuisine.

Mais d'abord, il faut procéder à une cérémonie incontournable : le salpêtre !

Les garçons se rangeaient en ligne au fond du terrain et se soulageaient dans la nuit, face à la nature un brin choquée. On aurait pu faire croire que c'était en hommage aux soldats du temps jadis, qu'on emmenait œuvrer dans des caves pour produire le salpêtre nécessaire à la poudre à fusil.

Quand on « faisait du salpêtre » un verre à la main, on pouvait parler de kir royal. Autrement dit : nous pissions en ligne en buvant un kir. Puéril, mais délicieux.

C'est vrai, le kir a les joues roses. C'est une boisson enfantine. Mutine. Qui ne pense pas à mal. C'est une comptine. Elle saute à la corde. Répétitive. Entêtante. Une boisson à peine sortie de l'enfance. Comme nous à cette époque. Pourtant, c'est avec elle que j'ai vu le premier regard adulte se porter sur un verre. Comme si, auparavant, on ne prêtait pas attention à ce qu'on buvait. Ce regard, c'est un rien. Une fraction de seconde un peu plus tendue. Un temps de suspension qui n'a rien à faire là. Un regard sérieux, presque grave. Ambigu. Un défi perdu d'avance. J'avais l'impression que ce regard voulait dire : « Toi tu ne m'auras pas », ou, tout aussi amoureux : « Nous deux, c'est pour la vie. »

Ce regard, le premier que j'ai remarqué si près de moi, c'est celui de ma petite sœur, Martine, la treizième, l'adorée de la famille, la généreuse, l'exigeante, l'insatisfaite, *la chiante* ; je l'avais enfoui. Ce regard rôdait depuis le début. Je crois aux regards fantômes. Celui-là est revenu me hanter à la seconde où j'ai décidé d'aller y voir. En me disant secrètement que ce regard, je n'aurais pas le droit d'en parler, puisque je n'en avais rien fait.

J'avais été un grand frère incapable d'aider sa petite sœur.

Dans la tribu étendue du côté de Martine il y avait Mon-Jumeau. Un vrai. Né exactement le même jour que moi. C'était troublant. Il était mon aîné de quelques minutes. Respect. Il me plaisait. On se regardait comme dans un miroir déformant. On se saluait d'une formule : « Comment il va Mon-Jumeau ? » Il avait de la vivacité, un humour désabusé, une gentillesse désarmante, la guitare en deuxième peau et un talent inouï. Il nous proposait à la veillée des expériences dignes de « la musique des sphères » dans *Les Tontons flingueurs*. On était largués. Bêtement narquois. Ça le blessait. Il est allé du côté de l'ivresse, comme vers un ami qui vous comprend.

J'étais un jumeau incapable d'aider Mon-Jumeau.

Le dimanche soir, il fallait quitter La Richaudière pour rentrer dans la cité. Tout au long du retour en voiture, comme dans un sas de décompression, j'écoutais *Le Masque et la Plume* ou plutôt le show Bory-Charensol de Georges Charensol et Jean-Louis Bory. Ils s'étripent avec une telle fougue, une telle passion, un tel talent, qu'ils me donnent envie d'écrire, pour le seul plaisir d'être un jour écharpé par eux.

Pour ça, il ne me reste plus qu'à *entrer en littérature*, formule toute faite pour suggérer que c'est un peu *entrer dans les ordres*, avec vocation, mission, règles, chapitre, cellule, rituels et robe de bure, alors qu'écrire c'est au contraire *entrer en désordre.* Ce fut exactement ça, avec un flacon de whisky, une demi-bouteille de champagne, un vin de messe et une papesse.

J'ai rendez-vous avec elle.

12

Demi-champagne

J'ai rendez-vous chez la « papesse de l'édition », Françoise Verny. Elle m'a téléphoné avec une telle caricature d'elle-même que j'ai cru à un canular : « Chéri-chéri ! T'as une gueule d'écrivain. Il faut qu'on se voie. » Même si elle ne vous le dit pas, on l'entend. Passé le choc de la voix de sarcophage travaillée à la Gitane et au Jack Daniel's, je dessaoule et je démêle.

Quand je reçois l'appel, je suis avec une tablée de proches dans un restaurant de Belleville. (Où je ne prends que du n° 41, un poulet coco.) Le chéri-chéri ! me vaut de la part de la tablée de bienveillants rigolards un supplément épicé : « Tu vas voir, elle va te recevoir en string panthère ! »

Le « t'as une gueule d'écrivain » est rangé dans le modèle de formules convenues qu'elle-dit-à-tout-le-monde. « T'excite pas ! » Si, je m'excite, même si, à plus de 40 ans, j'ai plutôt une gueule de vendange tardive qu'un minois de primeur.

C'est ma faute. Quinze ans plus tôt, j'ai raté la chance

d'être édité et qu'on dise de moi : « L'écrivain nouveau est arrivé ! » Il en est pressé un par an à la même date. Avec ou sans goût de banane. (Je le raconterai.)

En attendant, un soir de 1993, j'arrive rue de Rome, dans le salon de la papesse. Il ne manque que le parfum d'encens et des voix séraphines. Sur un plateau, qu'on dira d'argent, deux burettes : une bouteille de whisky et une demi-champagne sont prêtes à officier. Les compères essaient de donner l'impression de n'attendre que moi. Alors que je sais que les deux ont l'habitude. Le rituel est immuable : d'abord se voir attribuer une *gueule d'écrivain*, puis être invité à se la *bourrer* (dixit le bienveillant) dans un *duo de burettes*, rue de Rome.

J'y suis. Le whisky et le champagne goguenards me regardent patauger au salon. Indifférents et moroses, les deux compères portent sur eux cet ennui plein de gravité qu'ont les enfants de chœur privés de foot à cause de la messe.

Bien plus tard, un autre écrivain intronisé me racontera exactement la même scène des burettes chez Françoise Verny : « Oui, mais moi, j'ai été le premier ! »

Pas moi. Mais je faisais semblant d'y croire, même si on m'avait éclairé : « Elle te fera boire. » Je croyais que c'était un vieux truc de garçons pour séduire les filles. Je pensais que *dans certains milieux*, on en avait fini avec les jeux à boire truqués, où les garçons font tourner des bouteilles complices qui tombent immanquablement sur la victime élue. C'est l'abattoir au goulot.

Le *binge drinking*, ou biture express d'aujourd'hui, est moins hypocrite. On fonce tout droit à l'ivresse et à la cuvette des W.-C.

Chez Françoise, la demi-bouteille de champagne m'observe, confiante. Elle a l'impression qu'avec moi, ce sera facile. « Elle te fera boire et après tu passeras au confessionnal. Françoise sait faire. Elle a un confesseur personnel à domicile. » Ça m'avait amusé l'idée d'un curé en visite, distribuant *Pater* et *Ave* en porte à porte. Par précaution, comme pour le caté du jeudi à Villemomble, j'avais préparé une liste de péchés inventés. La confession est un entraînement aux mensonges romanesques, dont le premier lecteur est le curé et l'absolution le premier encouragement à persévérer. Plus tard, on s'absout d'office.

Je me sermonne : Ne fais pas le malin, c'est inutile d'essayer de lui mentir, Françoise Verny saura tout de suite. Elle a l'œil.

Pas moi. Je n'ai rien vu.

De ce moment *fondateur*, je ne me souviens de rien. Pas même du nom du whisky ou de celui du champagne. J'aurais pu dire Jack Daniel's et Cordon Rouge pour mettre le destin de mon côté, mais non. Je ne me souviens même pas de comment était l'appartement. « On ne regarde pas chez les gens. C'est malpoli ! » Je crois que c'est à cause de la m'am que je ne décris pas : c'est malpoli !

Pourtant j'ai vu. Vu une photo. Quelque part dans l'appartement. Une image troublante. Celle de Françoise Verny. Jeune. Belle. Plus que belle : *belle… et alors ?* C'est ce que je me suis dit en la voyant apparaître *en vrai.* Habillée de noir et de vague. Elle avait soigné son entrée et portait sur elle ce négligé qu'est l'évidence d'avoir été belle.

Je n'ai pas pu m'empêcher de me poser *la* question idiote : pourquoi ? Non pas : pourquoi avoir détruit cette beauté ? mais pourquoi s'en être débarrassée, l'avoir jetée par-dessus bord, noyée dans une mer à 43 °C ? Je n'ai jamais vraiment voulu tenter de répondre à cette question de peur de m'approcher trop près du bastingage et de faire remonter à la surface un visage englouti, déformé. « Je te préviens, tu ne la reconnaîtras pas. » Oh si, je l'ai reconnue ! C'est ma p'tite sœur Martine, tout de même. Il est là, ce visage. Il flotte entre deux eaux incertaines, ondule dans un bain vivant de révélateur. Une Ophélie tuméfiée.

« Elle laisse flotter les rubans. »

C'était l'expression du p'pa, pour parler de cet abandon de beauté. Il évoquait Simone Signoret, Casque d'or à vie, quand elle valse avec Manda. À ce moment précis et absolu : *les rubans flottent.* Que peut-il advenir de plus abouti après ? Rien ! Alors, autant laisser flotter…

« Les femmes *laissent flotter les rubans* et les hommes *prennent du bide.* » Les mots ont choisi leur camp.

Françoise Verny, comme Simone Signoret, avait dans le regard la lueur amusée et provocante de celle qui lit encore et encore sur un visage la même question jamais posée : *pourquoi ?* Une lueur où on peut lire en reflet : « Eh oui ! j'ai été belle… et alors ? »

Le temps était passé sur Françoise, l'alcool aussi, et la cigarette, juste de quoi se graillonner au téléphone, une voix à la Mastroianni : « Chéri-chéri, il faut qu'on se voie. »

Et on s'est vus. Et elle a bu. Tout de suite. Sans sommation. Elle buvait son whisky à la manière d'un agent secret de film d'espionnage en noir et blanc qui cherche à démasquer une taupe dans son réseau.

Face à elle, je ne buvais pas. Trop peur de passer à l'état pâteux. D'être envahi par une bouche dont la langue, le palais et les dents n'ont pas bu la même chose et se contredisent. Je parlais. Je devais. « Raconte-moi tout ce que tu voudrais écrire. » J'ai déballé ma valise de représentant placier, colporteur, griot et bonimenteur. Elle écoutait. Buvait. Somnolait un rien. Je dessinais ma carte. Elle s'engourdissait. C'était fichu. Ne me restait plus qu'à boire ma demie. Et d'un coup, comme en sursaut, elle a planté son doigt sur ma *carte du Tendre.* (Ce sont ses mots, je crois.) : « Ça ! Tu dois écrire, ça. » Sous son index, il y avait *Le Champ de personne.*

Après, tout n'est que miracles et mystères : pourquoi

tomber amoureux d'une papesse florentine d'une tonne de grâce ? Pourquoi se retrouver comme à 15 ans devant une fille de la cité qui vous dit que vous êtes *le plus beau* ? Vous la croyez et vous faites tout ce que la fille demande, alors qu'elle n'en veut qu'à votre Mobylette.

Pourquoi avoir peur, une peur panique, une peur de gosse, qu'elle tombe dans la rue, glisse dans son assiette, étouffée par la brandade de morue, au restaurant ? Je lui en veux à cette brandade, c'est une tueuse, à cause d'elle je me suis vu faisant du bouche-à-bouche à Françoise Verny, comment on fait ? c'est drôlement aillé, la brandade, le massage cardiaque, on appuie où les pompiers c'est le 15 ou le 17 ? et les escaliers, des inconscients, raides pour rien, en rappel chez Grasset, rue des Saints-Pères, je me calais derrière elle, en serre-frein, son sac-cabas à la main, prêt à recevoir en avalanche sa tonne de grâce, *le Seigneur est avec vous !* l'amortir, être emporté, enseveli, faire le saint-bernard, le tonnelet autour du cou, et la sauver. « C'est mon whisky, au moins ? – J'ai pris du Jack Daniel's. Je ne me souviens pas de ta marque, Françoise. – C'est pas celle-là. Là, tu corriges ! »

« Là, tu corriges ! » est sûrement son dernier conseil. Ma dernière image d'elle est figée dans une rue de son quartier. On montait vers son traiteur toujours pour la brandade. Elle peinait, dodelinait, soufflait, ne lâchait rien à la pente. Françoise Verny, c'était E.T. Touchante, perdue, obstinée : « *Home !* » On voulait lui retrouver sa maison, l'apaiser, mais on ne pouvait rien contre ses démons, on les entendait gronder, tenter de percer l'enveloppe. Venir au jour. Inutile. C'est à Françoise Verny que vous avez affaire. (Tu me couperas ça !)

Encore aujourd'hui, quand je vois à l'écran l'ivresse poignante et désopilante d'E.T. (la plus belle et la plus enfantine des cuites), je pense à Françoise Verny. J'admets, ce n'est pas très littéraire comme image. La brandade de morue à la demi-champagne non plus. Et pourtant, y penser suffit à me faire pleurer comme un gosse. Je vous l'avais dit : c'est drôlement aillé, la brandade.

Au moment où j'écris ce passage sur Françoise Verny, je découvre dans *Le Monde* du mardi 16 mars 2021 la photo de Jean-Claude Fasquelle, *éditeur*, à la page 22, « Disparitions ».

Il est un âge où ce qu'on lit en premier dans les nécros, c'est la date de naissance. Et on compte. Là, je regarde la photo de Jean-Claude en géant aux allures songeuses de hibou grand-duc, costume croisé, les mains chargées de livres en offrande. Il est dans les stocks, chez Grasset. Je reconnais l'endroit. La verrière. Je pense à Françoise.

Françoise et Jean-Claude, mes deux moitiés d'orage. Celui de mon *transfert* de Flammarion chez Grasset (en fait, j'ai suivi Françoise là-bas) et du *dernier prix Renaudot du siècle* en 1999 avec *L'Enfant léopard*. Ce que j'ai pu les aimer, ces deux-là ! Ce couple. Ce

« gang », ce « ménage à trois » avec la crinière argentée d'Yves Berger. Je ne voulais pas en parler. Laisser tranquilles Françoise et Jean-Claude, elle dans la 5e division du cimetière Montparnasse et lui à Cadaqués.

Je n'y suis jamais allé. Dommage. J'aurais aimé suivre la route des vins de la Costa Brava et boire à l'hôtel Calla Jóncols une bouteille de vin vieilli dans une cave sous-marine. Un vin de galion échoué.

Sur la photo de la nécro dans *Le Monde*, Jean-Claude ressemble à un Neptune tranquille, remontant des abysses l'évidence d'un trésor englouti. Des livres !

– Moi, je t'aurais coupé tout ça !

– Pourquoi, Françoise… ?

– Te balade pas. Reste sur ta ligne. T'allais parler de la page « Disparitions ». C'était bien. T'avais une idée. Reviens-y !

– D'accord, Françoise. Mais le vin…

– Tais-toi : avance !

Françoise a raison, ce 16 mars, la page « Disparitions » a du talent. Elle m'apprend que Jean-Claude est né un 13 mars comme la m'am, ce que j'ai dû sentir très fort. Mais surtout, la page met en vis-à-vis Jean-Claude Fasquelle, *éditeur*, et Marvin Hagler, *boxeur*. Depuis la fameuse collision de défunts : Édith Piaf, Jean Cocteau, le 10-11 octobre 1963, il faut se débrouiller pour mourir un jour sans concurrence. Sans embouteillage de gloires.

Jean-Claude était un kangourou boxeur, grand, droit, impavide, le regard fixe, léger retrait de la tête, plus hibou que rapace. Jean-Claude avait un professeur de boxe. Comme Hagler, il était un *marvelous*, doté d'un punch doré au fer, il en a mis K.-O. des prétendants au titre de « Meilleur éditeur of the world », aligné des Goncourt et des Renaudot, conquis des prix et réunifié des ceintures. Il en a donné des coups et reçu. C'était un *encaisseur*.

Le p'pa me racontait qu'en combat, les boxeurs les plus dangereux étaient les encaisseurs. Pour leurs adversaires, mais surtout pour eux. « C'est comme pour le vin. Ceux qui encaissent le plus se font le plus de mal, et se retrouvent un jour au tapis. »

Qui a tué Davey Moore ? J'entends la chanson de Bob Dylan, que je faisais chanter aux gamins, quand j'étais moniteur de centre aéré à Villeneuve-le-Roi, dans la version française de Graeme Allwright. L'histoire d'un boxeur noir américain, Davey Moore, champion du monde des poids plumes, mort deux jours après son K.-O. en combat. La ballade égrène la chaîne des responsabilités avec cette question : « Qui a tué Davey Moore ? Et pourquoi est-il mort ? » Il interpelle l'arbitre, les spectateurs, le parieur, le boxeur adverse... Qui tous répondent : « C'est pas moi ! »

C'est pas moi ! dit l'auteur. C'est ce à quoi j'ai pensé pendant un déjeuner avec mon éditeur, celui que j'appelle « mon Francis ». Deux petits mots minuscules et cucul la praline pour dire sans digresser ce que je ressens pour lui. On n'a pas à cirer les pompes aux raisons pour lesquelles on aime quelqu'un. C'est personnel, ça brille et c'est tout. Et là, ça brille !

À table, face à lui, j'ai presque honte de ne pas *encaisser.* De ne pas pouvoir l'accompagner. Partager. On dit d'un boxeur en difficulté qu'il est « saoulé de coups ». Moi, au deuxième verre je suis déjà dans les cordes. Le pire, c'est que j'ai peur. Pas pour moi, maintenant au tapis, mais pour mon Francis, pourtant l'œil clair au scanner, le crochet nickelé et le jeu de jambes comme au Bolchoï. C'est *Le Lac des cygnes* et j'ai peur que mon Francis soit un sacré encaisseur. Ça me fout la trouille. Il y a des moments, pour ceux qu'on aime, où on n'a plus que sa peur à offrir. Un peu comme un bouquet tout bête à quatre sous, de la violette de métro à mettre dans un vase, sans oublier d'ajouter une aspirine dans l'eau de sa peur. Ça l'entretient. La m'am était très forte pour l'aspirine. Ça a marché pour moi. Alors, pourquoi pas pour mon Francis ?

Françoise Verny semble allergique au bouquet de violettes.

– De l'aspirine dans l'eau des fleurs ! N'importe quoi. Ça ne marche pas. Ce passage, moi, si j'étais encore ton éditrice, je te le couperais.

Je soupçonne Françoise d'être jalouse.

– Inquiète, tu veux dire. J'espère que ce ne sera pas toi qui parleras sur mon cercueil. Tu vas pleurnicher et il faudra que j'emporte une bouteille de whisky pour me remonter le moral. Prends ta demie de champagne, on aura une dernière discussion. C'est bien toi qui m'as trouvé une *voix de sarcophage* ?

À l'église, j'aurais bien voulu parler de Françoise Verny, mais nous devions être une brandade d'amoureux à le vouloir. Il n'y eut qu'un élu. Et ce fut beau. (Tu avais ta demi-champagne avec toi à l'église ? – Françoise, je ne peux pas écrire ça. – Pourquoi ? J'ai bien aimé le passage où ton parrain maquereau fait gicler le magnum dans le bénitier. – Ça ferait redite, Françoise. – Peut-être bien. Bon, au lieu de m'enterrer, si on se mettait au travail ? – D'accord, mais on en était où ? – Dans tes souvenirs, pardi ! C'est là que tu es le meilleur. (Ça, je le couperai.))

Françoise Verny veut me faire écrire mes souvenirs d'enfance. Je le devais à mes parents. Bien sûr. Mais ils avaient pris mes souvenirs de vitesse, emporté les réponses aux questions que je n'avais jamais posées. Écrire du vivant de la m'am ? Jamais. Si elle avait lu mon premier roman, trop noir pour la Noire, elle aurait pensé que j'étais malheureux et se serait aussitôt demandé : Qu'est-ce que j'ai fait pour que Daniel soit si malheureux ? Rien, m'am. Rien !

C'était décidé, j'allais m'atteler aux souvenirs de la famille, pour la m'am et le p'pa. Je leur avais promis dans ce petit cimetière de Romorantin, où j'allais déposer mes romans à leurs pieds au milieu des plaques et pots de chrysanthèmes. On discutait. Ils réagissaient.

S'enguirlandaient. Pour le p'pa : « C'est pas encore du Chester Himes », son auteur préféré, « Un Noir qui écrit dans la Noire, ça me plaît ! ». Le p'pa lisait des polars à table. Le soir c'était Série noire et petit rouge. Je lui ai dédié mon premier SN : « À mon vieux pour lire à table. » Ça le défatiguait d'une journée à taper sur la tôle. Je le voyais aux rides sur son front. Au fur et à mesure de la lecture, elles disparaissaient. C'était magique. Quelqu'un réussissait ce prodige : « Moi, plus tard, je veux être *déplisseur de fronts* ! »

– Tu l'as déjà raconté mille fois !

– Oui, m'am, mais je ne me lasse pas de voir le front du p'pa se déplisser, quand je le raconte.

– Et moi ? Tu pourrais aussi raconter la promenade avec ton père, un soir, au bord de la mer. Celle que tu as écrite dans *Fort de l'Eau*. On ne l'a jamais faite en vrai, mais à chaque fois que quelqu'un lit ton livre, *hop !* on se retrouve là-bas. J'avoue que parfois, on préférerait rester tranquilles, mais on y va. T'es notre fils quand même ! Ce n'est pas tout le monde qui peut se balader comme ça après sa mort. Ton père me prend la main. Tu te rends compte ! On faisait jamais ça, nous. Tu pourrais en parler.

– Non, m'am, je l'ai déjà raconté mille fois…

– D'accord, mais il y a *un truc* que je sens à chaque fois, et pourtant, tu ne l'as jamais écrit. Tu devrais l'ajouter.

– C'est quoi, m'am ?

– Ce soir, l'air est *particulièrement* doux. Je ne sais pas pourquoi, mais cette phrase me rend *particulièrement* vivante et heureuse.

J'ai dû arrêter mon dépôt de livres au cimetière de Romorantin. « C'est plus une tombe, c'est la Fnac ! » Ma p'tite sœur Martine, la treizième, la *fin de série*, avait raison. « En plus, on leur pique ! » (C'étaient les polars qui partaient le mieux.)

Sans Françoise Verny, j'aurais peut-être continué à écrire des romans policiers. Je serais devenu un maître du genre : « Un maître 85 ! » J'aime le polar et le vin pour ce qu'ils me disent d'autre. Le vin comme le polar apprennent qu'il n'est pas nécessaire d'avoir assassiné pour en écrire, ni d'avoir été ivre-mort pour en parler. Avant Françoise Verny, pour mes souvenirs d'enfance, je faisais ma du Barry : « Encore un polar, monsieur le bourreau ! Encore un polar… » C'était ma minute de sursis avant l'exécution.

Aujourd'hui, *je fais ma du Barry* dans les phrases : j'allonge, je dilue, je retarde, *je digresse*. J'aime ce verbe attendrissant, souffrant de cholestérol. Il contient, à son corps défendant, *la graisse* dont on veut le débarrasser.

La du Barry digressait. Chaque jour, elle se débarrassait d'une cache de bijoux ou d'or pour retarder sa mort. À la fin, elle n'avait plus de cachette à révéler et fut exécutée. La du Barry était une Shéhérazade qui avait du bien. Shéhérazade était une du Barry qui avait des histoires. La morale de cette fable des mille et une guillotines de la vie, c'est qu'il vaut mieux pour digresser avoir des histoires à raconter que des biens à offrir. (Je peux me payer le luxe de cette digression, car je sais qu'elle sera coupée.)

Comme Shéhérazade et la du Barry réunies, pour les romans, je voulais d'abord trousser une bonne douzaine de polars avant de déterrer mon trésor, mes 10 ans, et en faire mon treizième roman.

Ce 13 qui vous touche aux épaules et vous adoube.

Avant l'hypothétique chef-d'œuvre (ce qu'on peut faire de mieux à un moment donné), je voulais m'offrir un tour de France, entrer en compagnonnage, écrire en artisan, du violent, du bousculé, me forger une pogne d'acier, une paluche noueuse, une main calleuse, accéder au bout du bout, au toucher d'échoppe. Rien de mieux que le roman policier pour ça. Je voulais aller à la table comme on va à l'établi.

La faute à un graveur. Pour un prénom sur une médaille de baptême, j'avais accompagné la m'am. Je n'ai vu que ce prénom en or fleurir tout en déliés sous ses doigts de fille, fins à se briser. Translucides. Quand on est partis, le graveur m'a serré la main en souriant et l'a broyée jusqu'à la moelle, avec un p'tit clin d'œil 18 carats.

J'ai compris. En une poignée de main : « Si tu veux, un jour, ciseler fin le bonheur, fais-toi d'abord une paluche d'étrangleur. »

À l'époque, je mc croyais costaud. Je prévoyais d'être champion olympique de décathlon en 1972 à Munich. 8 454 points : record du monde. Mikola Avilov l'a fait à ma place. Un Ukrainien dopé à l'ancienneté : il est né deux mois et demi avant moi.

J'avais renoncé à la médaille d'or à cause des Pétrolettes. Des copains de mon club d'athlétisme. Ils étaient étudiants en médecine, et tout à coup me dépassaient sur la piste comme des Bip Bip, avec ce parfum d'huile de ricin de Mobylette trafiquée. Ils avaient les bons cachets, les bonnes ampoules. Non merci ! Je faisais de la défaite une vertu et je passais à mon cou des médailles d'orgueil en chocolat.

C'est sur la cendrée d'un stade que je me suis dit que le vin était une sorte de pétrolette, que je refusais d'écrire à l'huile de ricin ou autres additifs. Je veux écrire à l'eau claire. Ne devoir qu'à moi-même. Ridicule ! De l'orgueil de petite cylindrée, du 49,9 cm^3, et facile à dire quand on n'est pas menacé de génie ! C'est vrai, je l'admets, mais tant pis. La pétrolette, non, merci !

Non, merci ! La plus belle tirade de Cyrano. Qu'on se le dise. Elle n'a pas de nez, mais de fiers attributs.

J'y pensais devant la demi-champagne. Non, merci ! Je ne voulais pas lui devoir quoi que ce soit à cette demimondaine. Je n'ai pas d'attirance particulière pour ceux dont on aimerait avoir le talent, mais pas le foie. « Tu ne vas quand même pas demander aux artistes de pisser dans une éprouvette avant de les admirer ! » Non ! Et tant pis pour la demi-champagne : je ne la boirais pas. Je serais plus confus, moins flamberge, mais d'instinct je faisais confiance à Françoise Verny, et surtout à ses petits yeux noirs en crochets de bottine plantés dans les miens. Ils sauraient extirper le bigorneau de son colimaçon, un peu trop fier pour une si petite coquille.

Je n'en étais qu'à trois polars sur douze quand le téléphone a sonné : « Chéri-chéri !... » Et la du Barry a cédé ses souvenirs d'enfance au bourreau, pour une demi-champagne.

Avant la demi-champagne, il y avait eu mon occasion manquée d'être édité pour la première fois. Tout ça à cause d'un pourboire, avec pour décor le seul café du quartier Latin que je pratiquais, Le Rostand, en face du jardin du Luxembourg. C'est là que j'ai raté l'occasion d'être un beaujolais primeur en littérature.

Je suis face à un *grand éditeur parisien.* À une table. Signe que ce n'est pas moi qui paye. À l'époque des « boissons pilotes », je restais accroché au comptoir où les prix étaient réglementés. En salle, ils étaient libres et moi en danger. J'ai gardé ce goût pour le *debout au zinc.*

L'éditeur parle de mon premier manuscrit, *Enquête de commodo et incommodo*, devant un ballon de rouge censé faire plus popu. Je viens de banlieue. Il se met à niveau. Je n'aime pas. L'éditeur, lui, aime le texte. Il aime, *mais.* Dans les pages roses on dit : *in coda venenum.* Le venin est dans la queue du serpent et le grand éditeur crotale agite sa sonnette. Le *mais* fait *diling-diling* dans ma tête ! Il voudrait des modifications. Juste au début. Des détails, *mais...*

Non ! J'explique : j'avais voulu écrire une histoire d'amour. Sans ratures. 238 pages. D'un jet *cristallin et pur.* Alors qu'aujourd'hui, je n'ai de plus grand plaisir que de corriger, raturer, réécrire, jusqu'à la trame. J'ai refusé au crotale. Net. Et j'ai gagné vingt ans. C'était trop tôt. L'éditeur était vexé. « Vous laissez passer votre chance. »

Je pouvais encore changer d'avis. De destin. Le rappeler. Mais mon œil de loufiat avait repéré la façon *petite* qu'il avait eue de laisser un demi-pourboire sur la table, après avoir trié les pièces dans la soucoupe.

Le p'pa me donnait du coude quand un avaricieux au zinc farfouillait dans sa mitraille : « Tu vas voir qu'il va piquer la soucoupe. » Mon *œil de loufiat* avait été intraitable : j'avais eu raison de refuser, même si l'éditeur n'avait pas osé empocher la soucoupe. À la mémoire du p'pa et de nos virées de zinc, au Rostand j'ai commandé « Une petite côte sans faux-col ! »

J'ai pensé au demi-pourboire quand, avant de rencontrer Françoise Verny, je suis entré à la Série noire chez Gallimard. Une grande maison d'édition dont le vrai privilège est d'avoir un café en face, pas seulement un café, un bistrot : L'Espérance. C'est là, au zinc, que je vais *faire Mounier*. Une cérémonie personnelle : deux ballons de rouge à boire seul. Le deuxième en souvenir de celui avec qui je le buvais là, Christian Mounier, codirecteur de la Série noire avec Robert Soulat, celui à qui je dois le définitif, « trop noir pour la Noire ». Son verdict après la lecture du manuscrit de *La Lumière des fous*. Ma Légion d'honneur du refus.

Quand je venais chez Gallimard, je descendais directement à « la cave », qui n'est pas seulement une appellation littéraire, mais un vrai sous-sol à soupirail, sombre, bas, avec des chauves-souris plein les cheveux : des milliers de volumes jaune et noir au carré qui d'entrée vous remettent à votre place, là-bas, tout au bout de la chaîne alimentaire.

Christian levait ses petits yeux bleus élégants d'un manuscrit, rajustait la coquetterie de son discret foulard de soie au cou et m'accueillait, sans un mot, d'un geste du pouce qui disait : « On monte ! » Et on montait à L'Espérance. J'étais son prétexte consentant.

Le même geste, bien plus tard, bien trop tôt, dans sa chambre d'hôpital, pour un semblant d'évasion en douce, vers un bistrot, pas vraiment en face, pour *monter à L'Espérance* avec lui, qui avait la politesse de vous donner à croire qu'il en avait encore. Pour sortir de l'hôpital en se faufilant devant la réception, il avait remonté son foulard comme un gamin qui joue à l'attaque de diligence. C'est derrière ce cache-nez de cow-boy qu'on voyait le mieux sa bouille de gosse, les taches de rousseur qu'il n'avait pas et ses yeux bleus, pleines billes.

Je m'en veux d'avoir laissé flotter les rubans et délaissé ce rituel. Il faut que je retourne à L'Espérance boire un Mounier.

– Garçon ! Est-ce que je peux avoir deux ballons de rouge, s'il vous plaît ?

– Et un Mounier au zinc, pour le monsieur : un !

J'adorerais entendre ça, un jour. Tous les bars de France devraient avoir à la carte un Mounier à 1 euro. Ce serait le retour de la boisson pilote et des souvenirs dans la soucoupe.

Le polar avait ses salons. De loin les plus alcoolisés. À la bonne blanquette et au rouge d'office, côté auteurs comme côté lecteurs. Le roman policier n'avait pas encore sa tête de gondole. Il assumait sa sale gueule. C'était avant d'être revigoré par les polars venus du froid et les autrices qui saignent à parité comme tout un chacun. En ces temps-là, le rêve du Noir était la « Blanche ». Le blanchiment de notoriété pour un auteur de polars consistait à *monter* dans une collection *littéraire*. Chez Gallimard, c'était du circuit court. Si vous étiez repéré, on vous sortait de la cave pour vous aérer au grand jour de la collection « Blanche », et peut-être, qui sait, un jour, vous faire accéder, au fond du jardin aux locaux de la « Pléiade », au papier bible.

Sorte de topographie de l'immortalité. Du gros rouge au millésimé. De la cave au caveau.

Mais je n'ai pas été repéré dans la Noire.

Tant pis. Tant mieux, sinon je n'aurais pas connu Françoise Verny, pas reçu son coup de téléphone : « Allô, chéri-chéri ! »

Mais surtout la lecture, par Daniel Pennac, d'un extrait du *Champ de personne* à la télévision, dans l'émission de Jean-Marie Cavada, *La Marche du siècle.* Le lendemain matin, à 11 heures, dans toute la France, il ne restait plus un seul ouvrage disponible en librairie. J'ai bénéficié de la plus extraordinaire des promotions : la rupture de stock. Je suis devenu un *manquant.* Le rêve inavoué de l'auteur. Il n'y a jamais eu si plein que ce manque.

Plein de la m'am et du p'pa.

Je suis allé seul trinquer sur leur tombe.

– Ça ne se fait pas, mon grand.

– Si, m'am, pour vous, ça se fait…

C'est étrange, quand maintenant je parle avec la m'am, elle met des négations qu'elle ne mettait pas de son vivant.

« J'aimerais bien connaître le cinglé qui a écrit ça ! »

Le cinglé, c'est moi. Celui qui aimerait le connaître, c'est Daniel. J'avais donné à lire le manuscrit de *La Lumière des fous* au *surgé* du lycée de Villepinte où j'étais professeur à l'époque. J'ai toujours aimé *faire lire*, surtout en cours d'écriture. Il paraît qu'il ne faut pas. Moi, si. C'est mon côté chaudronnier. J'ai besoin qu'on tape sur ma tôle.

Le surgé connaissait un certain Pennacchioni. Pas moi. Il lui a passé. Et voilà !

Je ne dirai rien de Daniel. C'est privé. Intime. Je préférerais aller boire un coup avec lui. Je ne dirai rien sauf que, il me reste dans mon portefeuille un « Apache », un dessous de bière découpé à la taille d'une carte de crédit : celui d'avoir le droit de payer à la fin du repas. Rituel destiné à empêcher que ne dérape le « C'est à moi ! – Non c'est mon tour ! », et surtout à éviter « la viande collée sur les murs ». Un jour, j'ai perdu cet « Apache », un chagrin à l'égal du jour où j'ai perdu la montre du p'pa. Un chagrin d'école qui m'a appris que j'avais du talent pour perdre ce à quoi je tiens le plus. L'Apache reviendra.

Je ne dirai rien sauf que… Daniel est la seule personne au monde qui m'a fait me demander ce que je serais devenu si je ne l'avais pas rencontré.

Ce lycée de Villepinte (Seine-Saint-Denis) où tout a commencé était une sorte de miracle. Il était tout neuf, à portée de carte Orange de la capitale, semé de jeunes agrégés en transit qui n'avaient pas encore assez de points pour intégrer les grands lycées parisiens. Ça viendra. L'Éducation nationale est une vieille force centripète : l'âge aidant, on se rapproche du centre. En attendant, ça bouillonne et le syndicalisme de notre section y est festif. La moindre réunion est arrosée au parti pris et au vin sympathisant.

Les années 80, c'est du post-68 en queue d'orage. Même les vins sont engagés. Les vignobles œnologiquement corrects, qui méritent d'être soutenus, sont en Amérique du Sud : Chili, Argentine, Venezuela ou Bolivie. Des vins de tracts dont il était impossible de dire du mal auprès d'un copain à poncho et flûte de pan, qui *faisait* l'Amérique latine à chaque vacances. Pour lui, un vin du Chili qui *arrache le palais* est un *vin combatif*, un malbec argentin aux tanins déprimés est d'abord *un vin opprimé*, un vin bolivien de la région de Chuquisaca est un *guérillero d'altitude* qui mérite honneur et respect. Malgré Nelson Mandela, le poncho flûtiste goûtait peu l'humour des vins d'Afrique du Sud : « Tu te rends compte ! Ils font le meilleur vin du monde et c'est un blanc ! »

De Villepinte, une nomination m'a poussé un peu plus loin, à Mitry-Mory, au lycée Honoré-de-Balzac. Moins de politique chaude, plus de calme au milieu des champs. Pas de vignes dans le paysage, mais la découverte d'un vin. Un vin, d'ordinaire paisible à la table des professeurs, mais qui peut s'avérer explosif : le vin d'intendance.

Il tire son nom du privilège dont dispose l'intendant, ordonnateur des paiements, de le choisir, avec un chauvinisme revendiqué, considéré comme une juste réparation à l'exil qu'il subit en région parisienne. Lui, le provincial déporté, est souvent frappé par cette sorte de presbytie nostalgique qui veut que plus on s'éloigne de son pays et plus on s'en veut proche. Il se sent dépositaire d'un terroir qu'il emporte avec lui en exil, « à la semelle de ses souliers », histoire de contredire Danton et d'imposer fièrement sur la table « un p'tit vin de chez lui ».

Grâce à ces vins d'intendance, j'ai découvert le pic-saint-loup d'un expatrié venu de Montpellier, le fitou d'un « fou chantant » de Narbonne, qui entonnait, au premier verre, « Je t'attendrai à la porte du garage » avec l'accent de Charles Trenet. Je pourrais dresser une carte de France des vins d'intendance. Sauf un ! dont je ne localiserai pas le vignoble, de peur d'y devenir tricard à vie. Ce sera le Vin *X*.

À la première gorgée, on frise la mutinerie parmi les enseignants, le cuirassé *Potemkine*, on parle de vin avarié, de boycott et de droit de retrait. La proviseure, amateure de vin revendiquée, vient nous assurer de sa sympathie et de son soutien, mais défend le privilège de l'intendant, et surtout les stocks de Vin *X* déjà commandés. Elle nous engage à abandonner la grève perlée pour la grève sur le tas, qui consistait à augmenter notre consommation et ainsi à écourter notre peine. On vota sur cette proposition d'éclusement syndical des surplus d'intendance. La motion fut adoptée et mise en œuvre.

J'aimais bien cette proviseure. Elle nous racontait sa jeunesse dorée en Porsche Targa et avait l'habitude, le lundi midi, de nous parler de sa cave, des grands vins qu'elle possédait, de ses dégustations du week-end entre amis, dont elle parlait très bien, en ancienne professeure de lettres, précisait-elle avec une certaine coquetterie.

Pendant qu'on éclusait syndicalement le dépuratif Vin *X*, elle nous torturait aux grandes étiquettes de bourgogne, bordeaux et côtes-du-rhône. Mais un lundi à 13 heures le destin frappa. Quand la proviseure entre dans notre réfectoire, chacun comprend qu'il lui est arrivé un malheur. Les grosses pluies de ces derniers jours dans la région avaient fini par inonder sa cave : « Les bouteilles flottaient ! » Pire : « Les étiquettes s'étaient décollées. On ne savait plus à qui on avait affaire. » Un déluge sans Noé pour mettre un nom sur ce qui devait être sauvé. Le dommage était irréparable : « Avant, on lisait l'étiquette pour savoir si le vin était bon, maintenant, il faut le goûter. » Dans un moment d'abattement, l'ancienne prof de lettres avait ajouté avec frayeur : « Vous imaginez si on devait un jour faire pareil avec les livres : il faudrait les lire ! »

Le Champ de personne a été une inondation. Un tsunami de librairie. Avec lui, vient le temps des réceptions, un espace hors-sol où le champagne se déplace tout seul en lévitation, dans des flûtes éthérées qu'on finit par cueillir au vol, avec la dextérité d'un cavalier mongol. On devient un Gengis Khan de cocktail, derrière lequel le petit-four ne repousse pas. Vous bataillez pour un verre de plus au milieu des *hirondelles* qui font le printemps littéraire. Le vertige poétique du verre libre et de la griserie hors taxe m'apprend que ce n'était pas la peur de l'ivresse qui me rendait distant du vin, mais son prix. Je n'étais pas sobre, mais radin. Je n'avais pas de volonté, je manquais de cartons d'invitation.

Le gratuit réveille l'ancien pauvre (pardon, m'am), lui fait baisser la garde. Le genre de légèreté qui pèse. Vous accédez au physique rassurant du hamster jovial, botoxé aux vins d'accueil, verres de l'amitié et dégustations. Le sourire demeure intact. (Vous avez beau répéter que le sourire est la meilleure façon de montrer les dents, il reste rassurant.) Un jour de miroir déformant, une balance électronique vous dira, au gramme près, que ce n'est pas la courbe des ventes qui monte, mais votre poids.

Vous achetez illico un tapis bleu de gymnastique matinale et des haltères nickelés pour accéder au gainage du réel.

Ces moments-cocktails irréels, je les raconte en famille. Je leur dois. C'est tout de même grâce à leur histoire que j'accède à tout ça. J'en retranche pour ne pas faire crâneur et j'en rajoute pour ne pas apparaître blasé. Je reviens d'un monde lointain et j'hésite entre *Le Guide du routard* et « les potins de la commère ». « Et lui, il est comment ?... Elle, elle est vraiment sympa ?... Tu lui as parlé !... C'est vrai pour la Corona ?... On boit quoi, au château, avec nos sous ?... »

Du bon et du trop. J'ai une gentille cuite *made in Élysée*, dont je suis plutôt fier. Pas pour cette élocution quasi giscardienne, que donne la tentative désespérée d'articuler avec le pâteux alcoolisé d'une fondue savoyarde. Mais pour avoir pu la prolonger dans un bistrot d'en face, plutôt décavé, avec un Richard inspiré, qui était parvenu à réveiller chez moi d'improbables racines africaines sur une table en Formica transmutée en gwoka.

Ce que j'aime en Richard (the Bohringer !), c'est qu'il est un formidable entraîneur, un meneur, un maître de cérémonie, un griot blanc, qui vous dit sans un mot, d'une simple moue : « N'y va pas ! »

Il est des rares qui ont fait le voyage jusqu'au bout du bout des affres et merveilles, en reviennent seringués, scarifiés de chair, couturés de peau, le rêve intact, élégants, séduisants, vénéneux, nimbés de mystère, mais qui renoncent à être un évangile d'eux-mêmes et à faire de vous un disciple consentant et vous disent tout net comme seule parole humaine : Ce n'est pas pour toi.

Richard Bohringer, c'est « Le bateau ivre » de Rimbaud lu à l'envers. Il se lit de l'embouchure à la source. Comme sur un mur de la rue Férou à Paris. Pour comprendre, il suffit de la remonter vers le jardin du Luxembourg. (On ne lit pas Rimbaud en dévalant.

C'est lui qui dévale.) Je conseille l'expérience. On redécouvre « Le bateau ivre ». Et les vins bleus.

Me lava, dispersant gouvernail et grappin
Et des taches de vins bleus, et des vomissures
L'eau verte pénétra ma coque de sapin
Plus douce qu'aux enfants, la chair des pommes sures

Par bonheur, il y a des salons pour ce genre d'ivresse. Des salons littéraires faits de livres et de vins. Des salons parmi les vignes, mais surtout au milieu de vignerons. « Je ne sais pas si j'aime le vin, mais j'aime ceux qui aiment le vin même si aimer le vin ne suffit pas à faire de vous quelqu'un d'aimable. »

Au Salon du livre et du vin de Saumur, j'ai rencontré le Grand Nez qui a créé Habit Rouge, mon unique parfum depuis que la m'am me l'a offert pour mes 20 ans. J'étais impressionné. Admiratif. Nous avions partagé un verre de saumur-champigny, du temps où il se buvait glacé. Il parlait du vin de façon élégante et racée. « Vous êtes sépharade ? – Je l'ai été. » Quelqu'un s'est mêlé à la conversation. C'est le privilège que donne un verre à la main. La conversation aime à trinquer. Il parle de Pourim, Haman, Mardochée. « Non ! je ne connais pas le Livre d'Esther. » On me parle d'un festin pour célébrer le miracle qui a empêché le massacre de Juifs. « C'est grâce au vin. » Le saumur est d'accord. Moi, il faut que j'arrête d'être d'accord avec le saumur. Ça se brouille. « Tant mieux. Chez nous on dit qu'à Pourim, il faut se parfumer jusqu'à confondre Maudit soit Haman ! et béni soit Mardochée ! »

Se parfumer ? Ça se brouille encore plus. On m'explique. (On me tient au jus, dit l'argot :) Se parfumer est une manière plus casher de dire s'enivrer. Au banquet de Pourim, se parfumer et s'enivrer sont deux mots pour une même chose. (Ce que je trouve vertigineux.) Il faut que je lise le Livre d'Esther. J'aime les livres qui ont un parfum à deux visages.

En 2010, le Grand Nez se fit moucher. Trop de mots. « … je ne sais pas si les nègres ont tellement beaucoup travaillé, mais enfin… » Il fut appelé au boycott des produits de la marque. J'aurais pu m'indigner, être un des « 4 de Greensboro » du parfum, mais non. Me priver d'Habit Rouge ? Jamais. Plutôt puer. Ce parfum, c'est la m'am et elle seule qui a eu le nez de me l'offrir. C'est elle, en ces temps enrhumés au Mennen et Canoé, qui a eu cette intuition. Elle me sidère encore : pour moi, ce sera Habit Rouge et rien d'autre. Définitivement. On n'abandonne pas le parfum de sa mère.

Quelques années plus tard, en 2017, aux Journées nationales du livre et du vin, à l'occasion du lancement de la nouvelle AOC saumur rosé, pour marquer l'alliance naturelle du vin et de la littérature, on m'offre de jouer mon seul en scène : *La Faute d'orthographe est ma langue maternelle.*

« Vous connaissiez le saumur ? – Seulement le saumur-champigny qu'on sert trop froid. – C'est fini, ça ! C'était une mode. Une manie des restaurateurs. La température de service, c'est 16-18 °C. En dessous, les gens ont fini par croire qu'on avait quelque chose à cacher. C'est comme pour vous dans vos romans, quand c'est *trop froid*, on se demande. On doute. (Je découvre qu'il y aurait en littérature une température de doute. Je n'ai pas le temps d'y réfléchir. On m'attend sur scène.) »

À 20 heures, je suis derrière le rideau. « Un p'tit verre pour décoller ? » Je décline la proposition. Mes origines antillaises font croire que je pratique le « décollage » au rhum. Sur scène, la confrérie des vins de Saumur, en grande tenue chamarrée, donne l'impression qu'on va jouer du Goldoni autour d'un tonneau.

Quand j'entre sur scène, je suis censé avoir 10 ans dans une classe de CM2. Et ça sent ! Pas le roudoudou et la boule de coco, mais le rosé. Je pense au vin de messe picolé en douce au catéchisme. J'ai l'impression que le public me renifle et va me dénoncer au Grand Maître de la confrérie : « C'est lui ! C'est lui le voleur de burettes ! »

Pendant la représentation, pas pompette, mais un brin imprégné de vapeurs de rosé, je cherche dans le noir de la salle le Grand Nez pour lui offrir un passage du texte en l'honneur des nègres, dont il ne sait pas « s'ils ont tellement beaucoup travaillé… ». Je m'avance au bord de la scène, sur le proscenium, juste pour le mot, et je déclame, façon *Les Perses* d'Eschyle à la télévision :

Mon père pour toucher une prime,
il doit faire des heures supplémentaires,
se lever tôt et rentrer tard. Fatigué.
Avec des plis sur le front.
Il n'a même plus la force de lire à table.

La Faute n'avait jamais été aussi aérienne que dans ces vapeurs de saumur rosé. L'ébriété lui allait bien. « Joli boulot ! Beau travail ! – Merci ! » Il faudrait que je la fasse boire plus souvent, cette pièce. Elle s'était donnée. Moi aussi. Au foyer du théâtre, pendant la dégustation du saumur rosé, mon *verre d'après* à la main, j'ai cherché le Grand Nez. J'avais décidé d'être à moi seul « les 4 de Greensboro ». Calme. Serein. Mais il n'était pas là. Ou déjà parti. Dommage. Je voulais lui dire que ce soir-là, pour la première fois, j'avais joué la pièce en Habit Rouge. C'était ma côte de bleu à moi. J'étais sur scène comme à l'atelier : L'Atelier, le plus beau nom de théâtre qui soit. Sur scène, je voulais travailler devant tous, transpirer, ruisseler, briller, en mêlant sur moi mon parfum à ma sueur.

Pour tous ces effluves divers et troubles, ce soir-là, le verre de saumur rosé, après la représentation, était le meilleur vin du monde.

La multiplication de cette ANC (Appellation non

contrôlée) montre seulement qu'il n'y a pas de meilleur vin du monde, et même, qu'il n'y a pas de vin, mais seulement des instants. Des histoires. Si vous ne voulez pas fâcher le vin, évitez de dire, même en manière de compliment : « C'est un vin sans histoires… »

Sinon, il ne vous racontera plus jamais rien.

12° 5

Copeaux d'inox

Ce serait dommage. Le vin est plein d'histoires. Elles écrivent un roman. Un roman personnel. (À chacun de l'écrire.) Mais aussi un roman national. La preuve, à peine franchi une frontière (surtout la frontière italienne), on s'empresse de le défendre contre ceux qui veulent vous faire ravaler cette prétention à venir d'un pays qui croit encore produire le meilleur vin du monde.

Le quidam de France, critique voire dénigrant à l'intérieur, devient chauvin à l'export. Descendant assumé de Nicolas Chauvin, premier du nom et grognard parmi les grognards de l'Empereur, on se surprend à être prêt comme lui à se faire arracher trois doigts et un morceau de crâne pour défendre notre titre.

Le meilleur vin du monde est le point Godwin de toutes les discussions œnologiques qui vaillent. (Je sais, j'ai déjà parlé de Mike Godwin et de sa *loi*, mais il y en a qui ont le cépage têtu et insidieux.)

– Désolé, mais sans parti pris, c'est ici qu'on fait le meilleur vin.

Sous-entendu le meilleur vin du monde. Puis se glissera dans la conversation une formule rouée qui semble dire le contraire :

– Ce n'est peut-être pas le meilleur, mais…

Vous venez de tomber sur un maître grammairien des chais, qui parvient benoîtement, d'un adverbe sournois, à glisser une négation introductive à une affirmation contradictoire, ponctuée d'une conjonction de coordination fielleuse, qui laisse lâchement perler des points de suspension comme trois pets sur la toile cirée d'une table en Formica des années 60.

Bref ! un raisonnement de Shadok. Il ravive mes souvenirs télé, du temps où je quittais brusquement la table du repas aux premières notes du générique, en abandonnant le p'pa à son polar et la m'am au désespoir : « Ça va encore être froid ! »

Je regrette que ces volatiles géniaux, en état d'ébriété naturelle, n'aient pas un vin *qu'à eux*.

Shadoks
Vin foutraque 1er cru
Cuvée Piéplu
1968

Ce serait pour moi le meilleur vin du monde.
Je me suis laissé prendre par Godwin.
Est-ce qu'il existe, au moins, ce vin ?
Et comment le définir ?

Les Shadoks, maîtres en syllogismes bancals, diraient :

Plus un vin est bon, plus il est cher.

Plus un vin est cher, plus il est bon.

Donc le meilleur vin du monde, c'est le plus cher.

J'ai cherché l'heureux élu dans la plus grande cave du monde : Wikipédia !

J'y ai trouvé une bouteille d'Henri Jayer Richebourg Grand Cru. Un vin de Bourgogne qui se négocie en moyenne à 15 465 dollars, soit plus de 13 652 euros : le prix d'une Renault Clio Life, 1,2 litre et 75 chevaux, sans les options.

C'est donc lui le vainqueur !

Non !

Le titre est aussitôt contesté par un jéroboam de romanée-conti de 1999 vendu aux enchères 72 000 euros. C'était de la triche car un jéroboam contient 3 litres en Bourgogne, mais étrangement 5 litres en Bordelais. Ce qui fait de Jéroboam, fondateur du royaume d'Israël du Nord, le premier roi à géographie variable.

Me voilà posé, quand une alerte fait exploser le compteur : 109 610 euros pour une bouteille du domaine de la Romanée-Conti. Ce champion du monde poids lourd détient les trois ceintures : vin de Bourgogne le plus cher, vin rouge le plus cher et la ceinture enfin réunifiée du vin le plus cher du monde.

Le romanée-conti, c'est le Mohamed Ali des vignobles.

J'entends déjà protester Malek Chebel :

– Il s'était converti à l'islam.

– Je sais, Malek, mais je l'ai connu Cassius Clay, c'était son *nom d'esclave*. Combien tu crois qu'il valait, Cassius, si on compte en romanée-conti ?

Je propose une table de conversion en romanée-conti, une cryptomonnaie plus sûre que le Bitcoin, il faudra, pour acquérir une voiture de luxe :

– 4 bouteilles pour une Rolls Royce Phantom Drop-head coupé,

– 5 bouteilles pour une Mercedes-Benz McLaren Roadster 722 S,

– 3 bouteilles pour une Venturi Fetish,

– 1 bouteille à peine pour une Tesla Roadster,

– 1 seul litre pour une Maserati Quatroporte S (qui a pourtant 4,7 litres de cylindrée).

Il est toujours vertigineux de convertir le monde en SMIC, ou en salaire de star du cinéma, du football ou de la finance.

Le vin est un de ces vertiges.

Et le romanée-conti, c'est les Beatles.

Dans les années 60, les Beatles trustaient les premières places du Top 50 des ventes de 45 tours. Aujourd'hui, le romanée-conti l'imite dans le Top 50 des vins les plus chers. Un classement du rouge digne de l'ex-URSS. Le romanée-conti a cependant eu la délicatesse de laisser la première place à une bouteille d'Hermitage La Chapelle Paul Jaboulet Aîné de 1961.

Le marché du vin ressemble de plus en plus au

marché de l'art. Avec le même triangle des Bermudes : le créateur, le critique et le marchand.

Tout finit sous le marteau du commissaire-priseur. Adjugé ? Vendu ! À Drouot ou aux Hospices de Beaune.

Je pense au Picasso de la piquette de mes 12 ans. Lui, déjà, avait fait de sa cave et de ses vins une galerie d'art.

Et le « meilleur vin du monde » ?

J'allais le ranger au rayon mythes et légendes mercantiles, et guerres picrocholines, quand un jour, c'est advenu : je l'ai rencontré !

C'était en Italie au Salon du livre de Cuneo. J'y étais pour présenter la traduction du *Champ de personne* en italien : *Il campo de nessuno.*

Cuneo est une ville du Piémont à 120 km de Nice. On en rapporte des *cuneesi*, ces chocolats généreux dont les meilleurs se vendent (comme chacun sait) chez Arione, sous les arcades de la grande place, et qui protègent de tout, sauf de la gourmandise.

Mais Cuneo est surtout le pays des crus mythiques, du Barolo, du Barbaresco et du Barbera d'Alba. Dites *sublimissime* Barbera d'Alba même si vous n'en avez jamais bu. Le superlatif est une forme de politesse qu'on doit à l'Italien.

Par contre, ne dites jamais en parlant du Piémont « la Bourgogne des vins italiens ». C'est le genre d'expression à robe néocoloniale et nez méprisant, qui fait resurgir la mémoire douloureuse du traité de Turin de 1860. Il rattache la Savoie et le Comté de Nice à la France et celui de Paris en 1947 annexe Tende et La Brigue. (Merci Wiki !)

Bref ! entre la France et l'Italie, au-delà des guerres, des frontières, de Napoléon III, de la Castiglione, de Savorgnan de Brazza, de Garibaldi et ses chemises rouges et du coup de boule de Zidane sur Materazzi, la vraie question est de savoir qui est le premier producteur de vin au monde.

Le titre se joue chaque année autour de 48 millions d'hectolitres. Les Espagnols sont troisièmes et les USA quatrièmes en attendant d'être tous balayés par le Grand Bond en avant des hectolitres chinois : « Un jour, les Chinois mèneront le vin à la baguette ! »

Le vignoble chinois est déjà le deuxième au monde en superficie, 800 000 hectares, derrière l'Espagne. Même si la France reste le premier producteur mondial en quantité. Ouf ! On frisait le déshonneur. Même si notre patriotisme cocardier n'est pas allé jusqu'à priver le Céleste Empire de notre savoir-faire.

Auparavant, le transfuge de l'Est était un dissident, aujourd'hui, le transfuge vers l'Est est un ou une œnologue. La France est devenue un grand exportateur de nez.

Ce généreux transfert de compétences fait penser qu'un jour, pas si lointain, la qualité du vin chinois (il faut dire *le jus* pour avoir l'air de s'y connaître) fera que ses flacons viendront défier nos vins et même les surpasser. Ce sera une maigre consolation à ce moment-là de retrouver quelques gènes d'ici dans ce vin de là-bas et de constater qu'à côté d'un Riou Ding Xiang, cépage natif, on trouve du merlot et du cabernet-sauvignon qui n'ont eu aucun mal à obtenir l'asile œnologique.

La suite logique et inéluctable voudrait que le vin le plus cher du monde soit un jour chinois. Cela pourrait être un Dragon Seal. (*Belle robe rouge profonde, nez de fruits compote, attaque ronde et pleine sur des notes de cuir, finale un peu vive pour une bonne longueur en bouche.*) Le dragon chinois est déjà au fond du verre.

Quand ce temps sera advenu, il faudra cinq bouteilles de Dragon Seal pour acheter une Hongqi L5 (V12, 400 chevaux), ou 1 bouteille pour acheter 5 Brillance Zhonghua (135 chevaux, autoradio, lecteur CD, 8 haut-parleurs). En attendant les voitures électriques chinoises, au prix du vin de table.

Aujourd'hui, on suit la route de la Soie pour comprendre l'évolution du monde, il serait dommage d'oublier la route des Vins. Le vin, c'est de la géopolitique.

Un jour, on comptera en Dragon Seal, et on regrettera le temps où le monde avait pour monnaie le romanée-conti. Le monde change, quand on change de monnaie pour le compter et le raconter.

Comment revenir en Italie à Cuneo après un tel

détour par l'empire du Milieu ? Grâce à une route à travers le parc national du Mercantour. Espérer y apercevoir un aigle royal, un chamois, des marmottes ou un loup gris à défaut de dragon. Je me demande s'il existe un vin de pleine nature. Un vin assez léger pour ne pas alourdir la marche et assez bien planté pour tenir son rang contre cet assaut de sensations brutales ou capiteuses qu'aime glisser le grand air sous nos pas. Pour ne pas raviver la querelle franco-italienne, il me faudrait choisir un vin de chaque bord, ce qui m'éviterait d'être conduit à cette compétition vaine entre la France et l'Italie pour être reconnu comme le premier producteur de vin du monde. Ils feraient mieux ces deux-là de s'honorer d'être producteurs d'un moment unique, quelque part pour quelqu'un. *Producteur de moments* : quel beau métier ! C'est celui du vin.

Le plus frustrant dans cette guéguerre, c'est que la première place doit moins au génie des vignerons qu'à la météo et à ses aléas : pluie, grêle, gel, ensoleillement, qui sont du ressort du ciel, de la Providence, de Dieu et de ses représentants, dont le saint patron en charge de la protection des vignerons : saint Vincent !

Pourquoi lui ? Une explication tirée par l'auréole prétend que c'est à cause de son prénom Vincent, où l'on peut entendre « vin sang ». On ajoute pour faire bonne mesure que son martyre a eu lieu sur la roue d'un pressoir. Beaucoup pensent que l'important n'est pas le saint, mais l'intensité avec laquelle il est vénéré. À cette aune, il semble que la ferveur italienne l'emporte sur la française.

Le million d'hectolitres manquant à la France pour égaler l'Italie, c'est la part des anges (Encore elle !), *cette partie du volume d'un alcool qui s'évapore pendant son vieillissement en fût* : une explication pratique qui met le manque du côté du divin. On pourrait en conclure hâtivement qu'au lieu d'investir dans de coûteux dispositifs techniques et autres *droneries* pour disperser les nuées ravageuses, il vaudrait mieux en revenir aux bonnes vieilles méthodes à base de saints et de reliques. Pour ça, il faudrait importer du saint italien. Sa qualité n'est plus à démontrer. En 1866, quand le phylloxéra a ravagé le vignoble de Roquemaure, c'est aux reliques d'un saint rapportées de Rome que l'on a confié la protection des vignes : saint Valentin. Le pauvre, à peine avait-il franchi la frontière qu'il se retrouvait en charge du phylloxéra et des amoureux. On ne sait lequel est le plus ravageur.

Les amoureux me font revenir à Cuneo et à un patron de restaurant amoureux de sa ville natale, la patrie de Roméo et Juliette : Vérone ! Pour un Italien, la ville d'à côté, c'est déjà l'exil. Le patron est morose. Une histoire de Julieta, lui aussi. Il a envie de parler. C'est le soir, je suis seul dans son établissement, le salon du livre est fermé, les auteurs envolés. J'attends de repartir le lendemain matin pour Rome. Au moins six heures de train ! Le patron n'est pas encourageant mais son risotto est un vrai risotto et le vin dont il ne me dit rien est exactement ce qu'on attend d'un compagnon au soir tombé, dans la douceur d'une place étrangement déserte et d'une fontaine indifférente.

Je paie avec des tickets offerts par le salon. Ils ressemblent à des billets de Monopoly. J'ai l'impression d'avoir braqué la case « Banque » et d'accéder aux délices en monnaie de singe. Je vide mes poches et je laisse sur la table tous les tickets récupérés ici et là auprès des auteurs partis. Il y a de quoi acheter la rue de la Paix et celle de la Félicité, mais je ne le sais pas encore.

Le patron me rattrape. Il porte une bouteille dans les bras, comme un ballon après un but en finale, et parle le français comme on devrait avoir la courtoisie de parler l'italien :

– Tenez ! C'est de l'Amarone, le meilleur vin du monde. Je ne vous dis rien. Goûtez !… Si ! Je vous dis quand même une chose. Quand vous serez à Rome, allez à la fontaine de Trevi. À deux. Buvez votre Amarone devant. Si vous le méritez, mais seulement si vous le méritez vraiment, vous entendrez Anita Ekberg vous appeler… Marcello !… Moi, je l'ai entendue…

Moi aussi.

Mais cela ne se raconte pas.

Le meilleur vin du monde doit rester un secret.

Quelques années plus tard, je suis allé à Rome pour le jour de l'An, et en amoureux à la fontaine de Trevi (La Fontaine des Trois Voies.) J'avais acheté une bouteille d'Amarone en ville. À l'heure dite, dans une foule inspirée qui faisait penser à un baptême chrétien des origines, j'ai partagé l'Amarone comme on rompt le pain et j'ai jeté une pièce de monnaie dans la fontaine de Trevi, comme il se doit par le bras droit, le dos tourné à la fontaine, pour récolter le bonheur d'entendre la voix d'Anita Ekberg m'appeler… Marcello !… À ce moment-là, tous les amoureux du monde s'appellent Marcello.

Le lendemain, la télévision italienne m'apprenait qu'on récolte chaque année près d'un million d'euros dans la fontaine de Trevi.

Une fois la gloire éclusée, Anita Ekberg était tombée dans une misère absolue. Comment l'imaginer alors que l'explosion de « la bombe suédoise » en 1960 avait provoqué une telle déflagration qu'elle avait ébranlé le Vatican ? Le Saint-Siège avait menacé d'excommunication tout homme allant perdre son âme en masturbation dans une salle obscure pour voir le film. On avait frisé la bulle papale. Une Palme d'or plus tard, ce bain de baptême dans la fontaine de Trevi passa de l'excommunication à l'adoration.

Dans le très discret duty-free de spiritueux du Vatican (qui fait de cet État le plus gros consommateur de vin au monde par habitant), on imagine, à côté du *Lacrima Christi*, un *Lacrima Anita*, dont chacun voit d'entrée la robe, imagine le bouquet et rêve déjà de la mise en bouche.

Anita a passé ses derniers temps dans une maison de santé pour personnes âgées, près de Rome. On disait que l'Amarone était son whisky préféré. La Sylvia de

La Dolce Vita, celle dont un humoriste disait que « ses parents auraient mérité le prix Nobel d'architecture », avait dû demander une aide financière à la fondation Federico Fellini. Elle est morte d'un cancer du foie, le 11 janvier 2015 à Rocca di Papa.

La radio annonça : « La fontaine de Trevi pleure Anita Ekberg ». Sûrement des larmes de crocodile ! Ramasser un million d'euros par an dans une fontaine et ne pas être capable d'aider celle qui l'a rendue mondialement célèbre et définitivement mythique, il y a de quoi pleurer de rage et en pisser tout l'Amarone du monde dedans.

Je n'ai pas fait le Manneken-Pis de Trevi. La m'am m'aurait calotté.

Anita Ekberg est entrée dans ce long hiver qu'on appelle l'oubli. Comme la gloire, l'Amarone aime l'oubli. L'Amarone aime l'hiver. Il est de ces exubérants latins que l'on croit condamnés à la fatalité de l'été, alors qu'ils puisent leur énergie dans un soleil d'hiver. L'hiver est le deuxième soleil de l'Amarone. Il sait que le *travail* du raisin n'est pas accompli à l'heure des vendanges, il y a encore loin de la grappe aux lèvres. Mais ce travail continue pendant les mois d'hiver. Les mois d'oubli. Pendant ces mois, les raisins sont plongés dans une léthargie active. La dormance. Une paresse féconde.

L'Amarone, c'est le droit à la paresse.

– Je n'aurais pas dû aller jusque-là, pour l'Amarone. C'est dangereux.

L'Amarone m'avait tout de suite fait penser à l'ouvrage de Paul Lafargue, dans lequel il revendique le « droit à la paresse ». En 1911, il s'est suicidé en compagnie de sa femme Laura, la seconde fille de Karl Marx. Il avait 69 ans et considérait que la vie ne valait plus la peine après 70 ans.

Paul Lafargue avait laissé une lettre : « Sain de corps et d'esprit, je me tue avant que l'impitoyable vieillesse qui m'enlève un à un les plaisirs et les joies de l'existence… »

Je me suis demandé si le vin faisait partie de ces plaisirs et joies *enlevés un à un.* (La vie comme un effeuillage des plaisirs.) Est-ce que sa femme et lui avaient choisi leur dernier vin ? Y aurait-il un vin des suicidés, comme il existe un verre du condamné ? Un dernier plaisir. J'imaginais leur hésitation, là-haut dans la petite chambre de leur pavillon de banlieue à Draveil.

Ma banlieue.

Mes terrains de foot. Le championnat du Val-de-Marne : Orly, Thiais, Choisy, Vitry, Ivry, Créteil, Alfortville… Les villes où le p'pa m'emmenait les jours de match. J'allais oublier Nogent. À cause d'une jolie maison au bord de la Marne. Ma p'tite sœur Martine habitait là. C'était devenu la maison des Noëls en famille.

Il en est un étrange qui me revient en songe.

Il fait nuit, il a neigé, je suis dehors, je n'ai pas froid.

De la terrasse, par la porte-fenêtre donnant sur la salle à manger, je regarde la longue table de fête dressée, la nappe blanche fantôme, les chandeliers, les bouteilles orphelines. Et personne. La famille a disparu. Mauvais rêve. Qu'est-ce qui se passe ? Tout le monde est parti. J'ai dû m'endormir. Tout à coup, la tribu réapparaît. Elle est à quatre pattes et cherche. Mais quoi ? « Il manque une petite cuillère à café en vermeil ! » On replonge. Tout le monde a gardé son verre à la main.

Ma p'tite sœur est contrariée. On ne devrait pas s'embourber la vie pour une petite cuillère manquante. Même en vermeil.

Pas au point d'appeler les pompiers. C'est exagéré. Ils entrent en trombe, harnachés, casqués, des bouteilles à oxygène dans le dos. Le même pompier avec son casque à la Périclès, qui avait sauvé la famille du monoxyde de carbone quand j'étais enfant. Mais là, on sauve la vie de qui ? Écartez-vous ! Laissez-moi voir ! Avec ce masque à oxygène, je ne distingue pas son visage. C'est qui ?

– Je te préviens, Daniel, tu ne vas pas la reconnaître.

C'est sur cette phrase, en général, que je me réveille en sursaut. Gérard se trompe. C'est ma petite sœur Martine, quand même. Bien sûr que je vais la reconnaître.

– Je l'ai !

Maryse brandit la minuscule, vraiment minuscule cuillère en vermeil. Sauvé ! Elle rejoint ses copines dans la ménagère. Martine sourit. C'est vrai qu'elle a de sacrés yeux bleus. Dans mon rêve, elle se sert un verre, le boit, verse la dernière goutte sur l'ongle de son pouce, me la montre et la lèche. C'est comme ça, la vie : ça se paie rubis sur l'ongle. Je lui avais expliqué l'expression. Pas pour qu'elle la prenne au pied de la lettre.

Il faut que je retourne à Draveil. C'est à 22,3 km de Nogent par la N6. Ça fait une trotte. Mais si je me dépêche, je peux peut-être empêcher ça.

Dans le pavillon de Draveil des Lafargue, j'entends la conversation de Laura et Paul. Ils choisissent leur dernier vin :

– Un bordeaux, Paul ?

– Plutôt un bourgogne.

– Et pourquoi pas un côtes-du-rhône ?

Je me demande ce qu'ils auraient fait si leur dernier vin avait été bouchonné.

– On ne peut pas partir là-dessus, Paul !

– C'est vrai, Laura. Alors, ne partons pas.

– Tu as raison. Et si on vivait ?

– Ça s'arrose !

Quel vin serait capable de produire cette merveille : donner envie de vivre ? Un vin vermeil, peut-être. Juste pour la rime.

Comme j'aurais aimé trouver, pour ma petite sœur Martine, ce vin qui rime.

Le vin vermeil existe. C'est un recueil de nouvelles de Robert de Goulaine, où l'on rencontre des vins disparus ou rares, comme le Constance d'Afrique du Sud ou le Vega Sicilia. Mais c'est d'abord le nom donné pendant des siècles au vin de Bourgogne rouge. On y retrouve, aux côtés du romanée-conti, montrachet et autres corton, le clos-vougeot : à l'origine du vin de messe sanctifié par saint Bernard, l'abbé de Clairvaux, et destiné à *irriguer et enjouer ses monastères et églises.* Saint Bernard, par ailleurs opposé à l'Immaculée Conception, introduisit le vin blanc dans la liturgie, surtout pour éviter de tacher les linges pendant l'office.

La tache a chassé le vin vermeil de l'église.

Si on m'avait raconté toutes ces histoires au caté, j'y serais encore.

Sans les lubies réformatrices de saint Bernard, à Mayerling, Rodolphe, l'archiduc héritier d'Autriche, aurait connu les vertus salvatrices du vin vermeil et ne se serait pas donné la mort aux côtés de Marie Vetsera. Le suicide le plus romantique et mystérieux de l'histoire se serait terminé en dégustation d'un pommard de Jean-Marc Boillot ou d'un Grüner Veltliner.

Les historiens avaient perdu un de leurs mystères préférés, les magazines un marronnier florissant et des manchettes ronflantes : « Nouvelles révélations sur le drame de Mayerling ! »

Le 30 janvier 1889, dans le pavillon de chasse de Mayerling, si l'archiduc Rodolphe avait bu avec Marie un de ces vins et avait décidé de vivre, François-Ferdinand ne serait pas devenu l'héritier du trône de l'Empire austro-hongrois, il n'aurait pas été assassiné à

Sarajevo le 28 juin 1914, avec Sophie, son épouse, et la Première Guerre mondiale n'aurait pas eu lieu.

Dix millions de vie épargnées par un verre de pommard !

François-Ferdinand fut un chasseur hors pair, dont le tableau de chasse, au cours de sa vie, compta 274 889 animaux, scrupuleusement recensés dans des cahiers d'écoliers. On y trouva des tigres, des lions, des éléphants, des kangourous et aussi des mouettes. (Pourquoi des mouettes ?)

François-Ferdinand accréditerait l'idée qu'*on meurt comme on vit* : d'une balle pour un chasseur, du foie pour un buveur. Ce n'est pas juste. Je pense à ma p'tite sœur Martine. Cette merveille. À cet éclat vermeil qu'on peut avoir fiché au cœur. Sans trop savoir d'où il vient, sans trop savoir ce que ça veut dire. Sans trop pouvoir.

Il en est ainsi du vin et des histoires qui l'accompagnent, il provoque d'incontrôlables dérives, qui peuvent nous mener de Rome à Sarajevo en passant par Mayerling, Draveil et Nogent, en nous laissant aller à cette griserie troublante et périlleuse qu'est le hasard. Le hasard est un malin. Il nous laisse croire qu'il connaît l'image complète du puzzle dès le début, mais ne nous la révèle que pièce par pièce. Le hasard vous donne la becquée, tant que nous n'avons pas d'estomac pour digérer la vérité.

Je me trouve le vin bien grave, tout à coup. Aigre en bouche. Mais j'ai surtout le vin coupable. Je regrette de ne pas avoir eu un vin à moi. Je l'aurais appelé « vin Vermeil ». Un vin qui rend immortel. Un vin à partager. Un vin pour une petite sœur. J'ai failli. Pas pour l'immortalité, mais pour un lopin de vigne. C'était en Sologne, du côté de Selles-sur-Cher, plutôt réputé pour ses fromages de chèvre. Quelques rangs de vignes arthritiques au détour d'un chemin inondable, dans un contrebas herbeux et discret que même les sangliers dédaignaient. De quoi, après miracles et prières à sainte Rita, faire quelques bouteilles chiches et rares à offrir. Si rares que personne, jamais, n'aurait osé les ouvrir : la seule chance de rester un grand vin.

Le propriétaire du terrain qui avait laissé ces arpents décharnés en déshérence les trouva soudain inestimables, incessibles et patrimoniaux. On était en Sologne, où on chasse le sanglier, le chevreuil et le faisan parisien.

Mon vin d'immortel a rejoint les caves profondes des vignobles mort-nés : les vins rêvés. Qui n'en a pas un au cœur ? Le mien a un nom et déjà une étiquette : blanc et noir, avec un *P* et un *R* amoureusement enlacés. C'est cucul la praline à souhait, et le vin est à l'avenant : robe métissée, nez épaté, goût de brûlé et note de banane.

Paulette et Roger
Le Clos de Closeure
Vin Vermeil

Un vin au nom de ses parents, c'est plus que de la particule, mieux que du terroir, c'est de l'immortalité. Puisque je suis privé de ça pour eux, je vais devoir les raconter jusqu'à plus soif.

De là-haut, dans les vignes du Seigneur, dont on n'est pas pressé de boire le vin, la m'am et le p'pa auraient apprécié cette cuvée à leur nom. La m'am, un peu gênée, et le p'pa, pas peu fier, dès la première gorgée de dégustation, il se serait exclamé :

– C'est un saint-julien, château-léoville-las-cases, 1953 !

Le p'pa se moquait. Il imitait Louis de Funès, dans *L'Aile et la Cuisse* (1976), où de Funès réalise un numéro virtuose, à la fois hommage et parodie magistrale de la dégustation à l'aveugle, en se moquant au passage des « meilleurs sommeliers du monde ».

On s'y croirait. Admirez l'artiste. Il a le verre en main et l'inspecte avec componction :

– Belle robe vermeille, un peu violette, bel éclat : c'est un bordeaux. Un grand. Un peu de pourriture noble en suspension, les impuretés descendent lentement : ce vin a 23 ans, c'est un 53. Une très grande année ! (Songeur, l'air inspiré.) Le vin c'est la terre. Celle-ci est légèrement graveleuse : c'est un médoc. Le vin, c'est aussi le soleil. Ce vin a profité d'une belle exposition sud-ouest sur un coteau de bonne pente. C'est un saint-julien, château-léoville-las-cases de 53 !

(Applaudissements admiratifs de l'assistance.)

Mon nez d'enrhumé et moi étions d'accord avec de Funès. Certaines dégustations s'éloignent de la science œnologique pour rejoindre le numéro de music-hall. Cette façon de lire dans les pensées du vin me semblait inspirée de Myr et Miroska, les maîtres du genre à la télévision, sorte de mentalistes des années 1950-1960. La formule, pour clôturer leur numéro, « S'il n'y a pas de truc c'est formidable, mais s'il y en a un, reconnaissez que c'est encore plus fort », devrait être utilisée à la fin de certaines dégustations. (Elle vaut pour le vin comme pour l'écriture.)

C'est sûr, il y avait un truc.

Je devais le découvrir, pour ne pas rester le benêt des chais. Mais je ne parvenais pas à forcer le mystère. Jusqu'au jour où je me suis retrouvé dans la cave du George-V.

Là, je l'ai découvert, le truc !

13

Un son particulièrement doux

– C'est déjà la fin !

Eymeric, mon chaperon-discours, m'attend, campé devant l'entrée de la cave du George-V. Il me fait l'effet d'un videur de boîte de nuit, décidé à m'interdire l'accès à mon histoire. Ce n'était pas prévu.

– Si ! Relisez le début de votre texte.

– J'avais oublié.

– C'est votre treizième chapitre ? Vraiment ? Le dernier ? (Comme toujours.) Vous voulez dire que vous avez terminé !

– Presque.

– Vous allez ajouter un chapitre, au moins. Un quatorzième !

– Ce serait faire un enfant à ma mère.

– Je comprends, mais ce n'est pas possible.

– Et pourquoi ?

– Il manque des tas de choses. (Il sort son carnet Columbo et le compulse.) Il y a des périodes entières que vous n'abordez pas, et d'autres sur lesquelles vous

vous éternisez. On a l'impression que vous avez 13 ans pendant très longtemps.

– C'est juste.

– Un peu 18-20 ans et tout à coup 50 ans – Ça vient vite, c'est vrai –, et ensuite des petits bouts d'âge par-ci par-là, comme des petits cailloux blancs plutôt destinés à nous perdre qu'à vous retrouver. (Bien vu.) Au final, vous écrivez une sorte de bio à trous.

Toutes les bios sont des bios à trous et les autobiographies des bios à gros trous.

– N'essayez pas encore de vous tirer des flûtes avec une formule. (Se tirer des flûtes ! Il y avait longtemps que je n'avais pas entendu cette expression.) Moi, je vais être plus direct. Vous avez coupé toutes mes interventions gênantes. (C'est vrai.) Résultat : il y a des sujets. Il y a des sujets dont vous ne parlez pas. Soit ! Et d'autres dont vous parlez pour ne pas en parler. (Répétition.) Au moins un : votre petite sœur, Martine. (En effet, c'est du direct au cœur.) On ne sait pas vraiment ce qui s'est passé pour elle avec le vin. (Moi non plus.) Je comprends. (Il se radoucit.) C'est privé. Ça ne vous appartient pas. Votre sœur devait avoir une famille, des enfants. (Une très belle famille, un super mari et deux beaux enfants.) Il faudrait leur demander leur avis, leur autorisation même. (Bien sûr.) Pourtant, il y a des écrivains qui ne se gênent pas. (C'est leur affaire.) En fait, avec vous, il faut être mort pour vous intéresser. (Étrange formule.) Ils vous arrangent les morts. Ils sont plus romanesques. Vous pouvez inventer. (Pas avec Martine.) Au contraire des morts, il y a les fantômes.

– C'est-à-dire ?

– Les thèmes qui reviennent *hanter* votre texte.

– Par exemple ?

– Votre couleur de peau et la religion. (Je ne m'attendais pas à la religion.) Quand je dis *religion*, c'est plutôt le catéchisme, la Bible, les églises, les saints : il y en a partout ! Vous êtes athée, non ? (Je ne vois pas le rapport.)

Des saints partout ! Eymeric exagère. Mais je reconnais que si le père Di Stephano nous avait fait moins de football, de Laurel et Hardy, et plus de paraboles et faux Évangiles (j'aime le mot apocryphe), j'aurais attrapé la vocation comme la coqueluche et je serais devenu archevêque, « primat des goals », comme disait le père Di Stephano. On aurait fêté mon ordination au kir royal. La m'am m'aurait taillé une aube blanche dans la nappe brodée du payeur des allocations familiales et confectionné une douillette molletonnée avec notre dessus-de-lit bicolore. Dans les ateliers d'Air France, le p'pa, athée-fair-play, aurait fait de la perruque pour me fabriquer en Duralumin mon anneau et le bourdon. (« L'apocryphe, la douillette et le bourdon », il est des mots qui mériteraient une fable.)

Par fidélité familiale au prêtre ouvrier de mon enfance, je serais devenu un serviteur de Dieu, P3, promoteur du vin de messe prolétarien, 100 % Gévéor et, pour mon usage privé, 100 % pommard. On peut se le permettre quand on est le « premier archevêque noir de France ».

– Vous n'êtes pas noir, même si j'ai compris ce que vous avez dit à propos de votre grand-père pendu. (Quel raccourci !) Par contre, côté religion, vous n'avez pas très bien expliqué ce que Lucette avait derrière la tête quand elle disait à votre mère (il compulse son carnet Columbo), c'est là ! Je cite (il lit en essayant d'imiter Lucette. Pas facile.) : *Tu vois, Paulette, moi je te le dis, si le Noé, après son déluge, il avait porté une feuille de vigne, il y aurait moins de malheur sur terre, surtout pour ton Roger.* (Et alors ?) Vous pourriez expliquer. Dire qu'il s'agit de l'ivresse de Noé et de la malédiction de Cham, rien moins que l'origine biblique de l'esclavage et du racisme à l'égard des Noirs, comme Roger, votre père, pas vraiment noir, mais déjà plus que vous. (On croirait un décorateur devant un nuancier Pantone.) Et tout ça à cause du vin ! (Il s'échauffe.) Oui, du vin ! (De l'ivresse, pour être plus juste.) Pour moi, cet épisode est encore plus important que la pomme et le serpent pour Adam et Ève !

C'est vrai. Noé est l'inventeur des réseaux sociaux. Son ivresse est découverte par son fils Cham, qui balance les images de sa nudité à ses deux frères, qui les postent à leurs followers. Le scandale se diffuse. Noé est victime de harcèlement familial. Pour punir son fils, il se venge sur son petit-fils Canaan, en lançant une malédiction contre lui. L'injustice flagrante enflamme le Net planétaire avec les ravages que l'on sait.

– Vous tournez la Genèse en dérision. (Tout juste une version 2.0.) Mais la faute de Noé est très grave. C'est un homme mûr et sage. (Il vivra neuf cent cinquante ans.) Un patriarche ! Il n'a pas d'excuse, alors qu'Ève et Adam sont des innocents, des enfants.

Il y a quelque chose de personnel et douloureux dans la vivacité de sa réponse. Je n'insiste pas. Le vin, c'est privé. Souterrain. Ça creuse des galeries et parfois, sur un mot, ça s'effondre.

– Désolé d'avoir été aussi vif sur l'« ivresse de Noé ». Ma femme et moi, nous avons adopté un enfant venu de…

Je raye la suite. Eymeric a droit, lui aussi, aux *trous* dans sa bio. Même s'il n'y a jamais vraiment de trous dans une biographie, mais seulement des *crevés*, ces entailles pratiquées dans l'étoffe d'un vêtement qui en laissent deviner la doublure. Le crevé est une des métaphores tout-terrain les plus vertigineuses de la langue française.

– Vous pensez que le vin fait apparaître la doublure des êtres par endroits ? Intéressant.

Eymeric note sur son carnet Columbo. Sûrement une remarque personnelle. Il devient son propre enquêteur. Comme s'il avait décidé de promener sur lui cette mystérieuse lumière révélatrice qu'est le vin.

Le vin, c'est du luminol, ce produit chimique qui

permet de repérer d'infimes traces de sang sur une scène de crime. Un poncif en série qui fait d'une biographie une scène de crime nimbée à la lumière bleue du poète.

– Vous ne vous refusez rien pour vos digressions. Vous embauchez même Éluard comme complice, *La Terre est bleue comme une orange*, pour faire entendre la suite du poème, *Jamais une erreur les mots ne mentent pas*. Ça vous arrange l'idée que les mots ne mentent pas. (Il s'agit des mots, pas de moi.) Alors, vous abandonnez les fils de Cham à leur malédiction ? Tout ça pour éviter de parler de l'ivresse de Noé.

Je le rassure. Promis, je parlerai de Noé avant la fin. Mais j'ai rendez-vous. Il faut que j'aille rejoindre mes amis dans la cave du George-V. Je ne voudrais pas qu'ils commencent la dégustation sans moi.

Eymeric se fâche :

– Arrêtez de fuir les sujets sensibles ! (Ça y est ! Il recommence.) La couleur de la peau, votre petite sœur. (Ce sont mes affaires.) Alors, gardez-les ! N'écrivez pas. Si vous le faites, commencez par Noé. Sinon… (Sinon quoi ?) Vous serez obligé de parler de Martine. (Obligé !) Oui, sinon, je vous plante là et vous vous débrouillez pour votre discours. (Vous savez comment ça s'appelle ?) Du chantage. J'assume. À votre tour d'assumer : ou c'est Martine, ou c'est Noé. (D'ordinaire, il n'aurait aucune chance le patriarche, mais ma petite sœur, bien élevée, lui cède le pas.)

Commençons par réviser cet épisode fondateur qui inscrit le vin dans la Genèse et l'ébriété littéraire dans une forme de sainteté inspirée : l'ivresse de Noé.

Pour mémoire, après le déluge, à la demande de Dieu, Noé sort de son arche avec ses trois fils, Sem, Japhet et Cham. Il plante de la vigne et produit du vin. La Genèse ne précise pas le cépage. Disons du sézanne, en hommage à la ville du département de la Marne, où on a découvert les restes fossilisés d'une vigne datant de l'ère tertiaire. Un peu aussi pour Paul Cézanne. Il peignit une *Tentation de saint Antoine*, qui aurait pu alerter Noé sur les risques de céder aux démons des voluptés. Trop tard ! Noé boit de son vin avec exagération, s'enivre, s'endort en ronflant et cuve dans son coin, la première cuite répertoriée de l'histoire.

Pas de quoi sortir l'éthylotest et le jeter en cellule de dégrisement, sauf que Noé est nu. *Nu comme un verre.* (Premier mauvais jeu de mots de la Genèse.) C'est dans cette absence de tenue que Cham découvre son père. Outré, le fils pudibond et mouchard court le raconter à ses deux frères, Sem et Japhet. Quand Noé se réveille, il apprend ce qui s'est passé. D'abord un peu honteux, puis furieux d'avoir été dénoncé par son fils. Pour punir Cham, Noé, encore dans ses brumes de vignes, condamne Canaan, le fils de Cham (qui n'y est pour rien), à être l'esclave des esclaves de Sem et Japhet.

Si Noé avait porté une feuille de vigne, cela lui aurait évité, après avoir sauvé les hommes du déluge, de les plonger sous un déluge de haine raciale. (Eh oui ! ce bon Noé à la barbe rassurante de gentil papy un jour de fête des Pères est à l'origine de la fameuse « malédiction des fils de Canaan », qui, d'exégèse avinée en exégèse savante, a servi à justifier l'esclavage et sa cohorte de racisme. Lucette avait raison. On ne soulignera jamais assez l'importance dans l'histoire de l'humanité de la feuille de vigne : Tout ça à cause de la muflée d'un vieillard, et d'une parole d'ivrogne.

– Vous devriez écrire un catéchisme. (Eymeric ne semble même pas plaisanter.) Le catéchisme du vin. (C'est déjà plus dans le thème.) Le vin est présent partout dans la Bible, et dans la liturgie, avec le vin de messe, « le sang du Christ ! ». (Il prend le ton.) La dégustation, par exemple, est une véritable cérémonie religieuse. (Je préfère « sacrée ».) Les amateurs de vin se réunissent dans des caves, comme les premiers chrétiens dans les catacombes à l'époque de la prohibition de leur foi. (Lui aussi a regardé *Les Incorruptibles*.) Moquez-vous de moi, mais qu'est-ce que vous allez faire d'autre, avec vos amis dans la cave du George-V ? (Sans le vouloir, Eymeric m'ouvre la porte. Je me faufile.)

La cave de l'hôtel George-V de Paris est d'abord une cave. Une vraie. Profonde, inquiétante. Mystérieuse. À peine respirée l'odeur distinguée d'un salpêtre cinq étoiles, je sais déjà qu'elle est de la trempe des caves romanesques. Des caves à histoires. Comme la mienne.

La vraie. La cave des origines. Celle de notre HLM d'Orly. Une grotte. Une caverne primitive.

Descendre dans une cave, c'est redevenir un Néandertalien craintif. Sur ses gardes. Je renifle l'air, scrute l'obscurité, dresse l'oreille, palpe les parois. Je m'y retrouve. Ça me rassure. Je craignais d'avoir l'impression d'errer entre deux caves. Entre ma cité et le George-V, avec le risque de perdre une cave en chemin. L'entre-deux-caves, l'entre-deux-mers, l'entre-deux-fleuves, c'est ma Mésopotamie à moi. J'y veille. D'autant qu'en cas de dérive la famille n'est plus là pour me *remettre d'équerre*. C'était inévitable. Une famille nombreuse est un compte à rebours de bonheurs, de chagrins, de baptêmes, mariages, enterrements. À la date où j'écris, nous ne sommes plus que trois enfants. Trois sur treize. Demain, 4 mars, la p'tite treizième aurait dû avoir 70 ans. Aurait dû. C'est cet *aurait dû* que je traîne depuis le début de cette histoire en chassé-croisé avec le vin.

Avoir deux petites sœurs, n° 12 et n° 13, Maryse et Martine, c'était comme promener un petit bout d'éternité derrière soi. Serein. Il me suffisait de me retourner pour être rassuré. Ça durera. Après moi, ça durera. Ça durera. Mais non. Avec Martine, j'ai perdu un gros bout d'éternité. « Gros bout ! » Comme si l'éternité était un gâteau d'anniversaire à partager. L'éternité, c'est comme le bonheur dont parlait la m'am : un gâteau que chacun a entier. (Pas sûr de garder cette formule.)

Le 4 mars, pour Martine, la tribu aurait trinqué à ses

70 ans avec du Moët & Chandon-Brut-Impérial, en un seul mot. En un seul souffle, pour revenir au 29, rue du Docteur-Calmette, chanter en chœur un *Joyeux anniversaire !* éraillé, débraillé, et danser avec mes petites sœurs à en faire trembler l'immeuble sur le rock de ma première mini-cuite. *Proud Mary.*

Mais je ne peux pas remonter au premier étage du 29 et sonner à la porte n° 684. Alors, je microsillonne. (Cette façon singulière qu'a la musique de creuser de profonds sillons dans la mémoire.) J'écoute encore et encore *Proud Mary*. Les paroles du refrain reviennent étrangement, aujourd'hui :

Big wheel keep on turning
Proud Mary keep on burning…
Rolling, rolling, rolling on the river

Je les traduis avec mon niveau d'Assimil :

La grosse roue continue de tourner
Et Marie la Fière n'arrête pas de brûler…
Roule, roule, roule sur la rivière

C'est l'avantage d'avoir un anglais de 3e B, on ne comprend pas combien sont nulles les paroles des chansons qu'on a aimées à cette époque-là. *She loves you, Yeah ! Yeah ! Yeah !* Pas cette fois. Marie la Fière me fait penser à ma petite sœur. Martine la Fière. C'est sûr, elle l'était. Fière et farouche. Exigeante. Intransigeante. Déjà beaucoup trop de mots pour la dire. Mais comment en retirer un sans faire bouger les autres. C'est du Mikado, le souvenir d'une petite sœur. D'un tremblement, il peut être soufflé.

J'ai déjà utilisé l'image du Mikado. Mais au contraire de l'honneur et des allumettes, une image peut s'utiliser plusieurs fois. C'est piqué à Pagnol. (J'admets.)

J'aimerais raconter Martine comme si on était à jamais le jour d'avant son anniversaire. Sinon, ce serait comme lui écourter une vie déjà bien trop brève. Abrégée. C'est sacré et magique l'écriture. Ça peut maintenir en vie.

La m'am intervient. J'aurais dû m'en douter.

– Ah ! tu vas enfin te décider à la raconter, notre promenade avec ton père au bord de la mer à Fort-de-l'Eau ?

– Non, m'am. Je l'ai déjà écrite. Tu peux la relire.

– Ce n'est pas pareil. Nous, avec ton père, on aime bien quand tu nous fais vivre des trucs qu'on n'a pas vécus. À force on s'en souvient.

– Je sais, m'am, mais avec Martine, je ne peux pas.

– C'est à cause de ton histoire de vin ? Tu exagères de la mélanger avec ta sœur, elle ne buvait pas tant que ça. Martine n'était pas alcoolique, quand même ! (Je n'ai jamais dit ça, m'am.) On en a connu autour de nous. Des vrais. C'est bien ce que tu as dit sur Jacques, le mari de Josette. C'était une crème. Je ne me souvenais plus pour les escargots. Moi, pour Martine, je pense que c'est la cigarette et surtout le café. Elle en buvait trop. Je lui disais : « Tu en bois trop. C'est mauvais pour ton cœur. »

La m'am a l'exagération amoindrissante. Elle ressemble à ces miroirs déformants de fête foraine, où on se trouve « pas si mal que ça » !

– C'est quoi, ce miroir ?

– Une image, m'am. J'ai du travail, là. Il faut que je retourne à mon histoire. Tu veux que je retire le miroir ?

– Surtout pas ! Le miroir, c'est sept ans de malheur si tu le brises.

– Je te laisse, m'am, sinon je ne vais jamais arriver dans cette cave pour la dégustation.

– Ah, c'est ça ! Tu préfères aller boire des verres avec tes copains plutôt que de discuter avec ta mère. Alors, je retourne avec ton père en amoureux me promener à Fort-de-l'Eau au bord de la mer. Le fond de l'air est *particulièrement doux*, ce soir.

– Il y a un problème de structure chez vous.

Ce n'est pas la m'am, ni Eymeric, mais mon éditrice qui me signale que *« l'intrusion de la mère à cet endroit du récit en perturbe la fluidité et éloigne encore le moment de résolution où il sera dit clairement comment est morte ta petite sœur. Je résumerais de façon abrupte ce que tu couperas dans le texte : crache-la ta Valda ! »*.

« Il y a un problème de structure chez vous. » C'est un voisin qui me l'apprend. Il ne parle pas de mon dernier roman (est-ce qu'il l'a lu ?), mais de l'immeuble où j'habite. Le ravalement en cours a révélé une *faiblesse inquiétante susceptible d'avoir des conséquences fâcheuses au niveau de la salle d'eau.* Bref ! Ça risque de s'écrouler.

Je le trouve plein d'à-propos ce bâtiment. Avoir un problème de structure au moment où je me demande comment terminer ce texte : quelle intuition ! Je ne suis pas étonné. Un immeuble qui décide de se poser en face d'une école primaire, pour le seul plaisir d'écouter les enfants jouer à la récréation, a l'intuition du bonheur.

– Il faudra engager des travaux supplémentaires. Une expertise est en cours.

Inutile. Je l'ai déjà faite, l'expertise. Le temps presse. Nous sommes encore la veille de l'anniversaire de Martine, et il me reste un jour pour intervenir sur la structure de cette histoire. À commencer par les bases : la cave.

Celle du George-V me donne l'impression troublante de m'être égaré dans un dessin d'Escher. Souvent, la première exploration d'un lieu inconnu a un problème d'architecture. L'endroit ne sait pas trop quoi faire des règles élémentaires de la perspective. Il s'emmêle les pinceaux, points de fuite, plans, trompe-l'œil, illusion d'optique et strabisme personnel. Dans l'escalier fuyant, l'obscurité à la bougie tremblote, le dédale artiste et le déchaussé des marches ne font aucun effort pour me garder en équilibre. Seule l'odeur anonyme du vin, son parfum générique, sait où il va. Il suit son fil d'Ariane jusqu'à l'antre, le cœur de chauffe de la cave : 5 000 bouteilles ! 10 000 ! Je me sermonne : ne te saoule pas de chiffres. C'est de la petite rassurance. Regarde ! Et n'essaie pas de déchiffrer cette envolée de coupole gravée de noms mythiques et de millésimes rares. Accepte d'être écrasé et submergé à la fois. De prendre un ciel de cave sur la tête. D'être déjà grisé avant d'avoir bu.

Et je bois.

Et on me demande :

– Qu'est-ce que vous en dites ? (Je fais semblant de réfléchir, mais je sais exactement ce que je vais répondre pour m'en sortir. Je respire et je souffle ; c'est un saint-julien, Château Léoville Las Cases de 53 !)

Le p'pa aurait souri, là-haut. Mais même pour son fameux *sourire à la barre fixe*, je n'aurais jamais osé une réponse aussi incongrue et irrespectueuse dans un tel moment de grâce. Citer de Funès dans la cave du George-V ! Être jugé hérétique, jeté vif dans un bûcher au bois de chêne, partir en fumée, devenir la part des anges au goût de brûlé. Mais comment peut-on me demander, à moi, l'analphabète du vin : « Qu'est-ce que vous en dites ? », alors que je suis en face du directeur du George-V, du chef caviste, de Jean-Marc, grand nom du pommard, de Véronique, la meilleure œnologue du bourgogne, et de ma Douce, baignée dans la même eau sacrée ?

Comment oser une réponse, un avis ? Imaginez : je viens d'assister, grâce à eux, à une dégustation critique de grands vins, dont je ne vois l'équivalent dans ma mémoire que les échanges lumineux et tanniques entre

Jean-Louis Bory et Georges Charensol, au *Masque et la Plume.*

Dans un entretien, Jean-Louis Bory racontait comment, une nuit qu'il voulait en finir avec la vie, un chagrin, un amour, il avait décidé d'attendre le matin pour être certain. Le jour s'était levé et il avait renoncé. Et bu un verre. Lequel ? Celui de Marienbad ou celui du petit pavillon de Draveil ? Une autre nuit, le petit matin avait eu moins de talent. Il n'avait pas suffi à Jean-Louis Bory. J'aurais aimé offrir à ma petite sœur ce moment magique dans la cave du George-V, comme un petit matin talentueux.

Ma réponse à la question est restée en suspens. On me la pose de nouveau :

– Alors, qu'est-ce que vous en dites, de ce vin ?

– Il a un goût de brûlé !

Et c'est vrai. Le col en fourrure acrylique de ma Douce (en agneau de Mongolie, paraît-il) vient de s'enflammer à une bougie trop indiscrète ou amoureuse de son parfum. Ce n'est pas « le Bal des ardents », mais au moins, ce goût de brûlé rend hommage à la m'am et me sauve du ridicule.

Cette dégustation, dont je n'ai toujours pas les mots, avait eu un prolongement au paradis. Un vrai paradis, fait de terre, d'arbres, d'eau, de lumière, de bleu immobile, de vert tremblé et de vent, chez Véronique et Jean-Marc, au creux des Alpilles, dans une de ces oliveraies restées en enfance pour être sûres de n'attirer à elle que des enfants, dont certains étaient devenus grands pour se conformer à l'illusion madrée des apparences et d'autres étaient des enfants, des vrais, à la bonne taille, jouant très sérieusement leur rôle d'enfant.

Un paradis où les oliviers, plutôt ébouriffés et en désordre, ont des noms, et les sentiers des fourmis dans les jambes, toujours prompts à grimper la rocaille pour se considérer d'en haut, admirer leur monde, les pouces aux entournures, et se dire : « Qu'est-ce qu'on est bien ici ! » Un soupir béat que le vent malin portera aux oreilles des jaloux et leur fera virer l'humeur à la piquette.

Ici, quand le mistral tourne à l'aigre, on dit que c'est pour chasser du paradis les jaloux et les envieux.

Le vin, lui, attend à la maison le retour de balade. Impatient mais respectueux. Il sait qu'il doit, sans y voir d'offense, céder le pas à l'huile d'olive et au pain. De ces pains qui ont *des fournilles dans les jambes*. (Mot d'enfant.)

Dans une simple coupelle, un filet d'huile d'olive pressée maison et un morceau de gros pain se font compagnons pour entretenir l'antique triade méditerranéenne (blé-olive-vin) et préparer l'entrée en scène du troisième larron, le vin, patient et sûr de lui, comme quelqu'un qui a été choisi. C'est simple et franc comme une poignée de main de paysan et vous ouvre à deux battants les portes d'un grand pommard élevé à deux.

(Véronique et Jean-Marc, pardonnez cette impudeur. Je peux l'effacer.)

Ô ! que j'aurais aimé présenter ma petite sœur à la borie cachée parmi les oliviers comme une sauvageonne. Je ne sais pas pourquoi, mais j'aurais eu confiance dans ce refuge bourru, ce sage tout en secrets et éboulis d'enfants, pour lui faire croire au paradis.

J'aurais aimé la voir parmi ces oliviers, ces grillons des quatre jeudis, ces galets à ricochets, et tous ces petits riens restés en CM2 à vie, pour elle, madame l'institutrice : *Maîtresse ! Maîtresse ! Regardez !* Il est étrange comme ces petits mots purs, jappés à l'envi par de la marmaille en sortie nature, donnent l'impression magique d'être suspendus à la vie par des fils au-dessus de tout ce qui guette en bas. Il faut croire que non, pour ma petite sœur. *Maîtresse ! Maîtresse ! Regardez !* Non, maîtresse Martine ne regarde plus.

Je m'inquiète soudain pour elle. Il me vient une question : dans l'autre paradis, le paradis promis, le paradis espéré, le paradis en ciel de lit, est-ce qu'il y a du vin ?

« Au paradis, il y aura des fleuves dont l'eau est incorruptible, des fleuves de lait au goût inaltérable, des fleuves de vin, délices pour ceux qui en boivent, des fleuves de miel purifié. »

Où peut bien être ce paradis où les promesses sont classées par ordre d'intensité croissante ? En élévation.

Le paradis tracé comme un parcours initiatique : cinq fleuves, cinq étapes, cinq épreuves vers la félicité et l'éternité.

On peut s'étonner et même contester que dans ce paradis irrigué de cinq fleuves, l'eau, le lait, le vin et le miel, le plaisir du vin soit devancé par celui du miel. Étrange. Dans quel endroit excentrique du monde peut-on ranger le miel au-dessus du vin ? Au pays des Mille et Une Nuits où le miel est la métaphore à peine voilée de l'amour charnel. Cela posé, qui peut bien être l'auteur de cette définition attrayante du paradis ?

Malek Chebel m'a donné la réponse à la Journée du livre de Sablet, devant sa soupe au pistou, aussi incontournable que son vin rouge ou blanc de Sablet classé (s'il vous plaît !) AOC Villages. C'est autour d'une assiettée sous les pins, au milieu d'une de ces tablées d'été, de discussions, de rires et de petits riens d'amitié que le pistou et le vin de Sablet nous font croire à l'éternité des petits riens.

L'éternité a une date de péremption. Le 16 novembre 2016, Malek a quitté la table. Définitivement. La seule incorrection qu'on n'ait jamais pu lui reprocher.

Pour l'instant, le dos à la pinède, Malek fait ce qu'il fait sacrément bien : il sourit. Se moque gentiment de notre ignorance : « Alors, qui a parlé d'un fleuve de vin ? » Si vous ne savez pas, dites Averroès ! Ça peut marcher. Pas cette fois. Malek s'en amuse : « C'est dans le Coran ! »

Un fleuve de vin dans le Coran ! On se sent soudain autorisé à se servir un verre de sablet, comme si ce côtes-du-rhône était tout à coup recommandé par des instances supérieures et venait de sortir de la prohibition.

Malek était notre université d'été. J'aimais avoir rendez-vous avec lui, là-bas.

Sablet est la dernière étape d'été, juste avant de plonger dans le sixième fleuve du paradis : le théâtre. Le théâtre au Festival d'Avignon. Arrivé au village, je vérifie tout de suite si le stand des vignerons de Sablet est déjà monté. Et si ce sont bien les mêmes qui officient. Ici, le vin, ce sont des femmes et des hommes.

La table habituelle où je dédicace mes livres est juste à côté. Je n'ai qu'à faire un pas d'échappée pour aller boire un verre et trinquer. Surtout trinquer. C'est comme un bruit de conversation, ce tintement cristallin. Par moments, on lui prêterait même l'accent du coin.

Pour descendre à ma table, je passe devant le bar Sans-Nom (il en a peut-être un. Je vérifierai). C'est là où je regarde en douce les arrivées du Tour de France. Surtout en montagne. Un jour, Malek m'accompagne. Plus pour le café que pour les coureurs.

Aujourd'hui, c'est l'étape du Ventoux, à portée de regard de Sablet. Le Ventoux est une AOC de la vallée du Rhône. Avant 2009, il était un côtes-du-ventoux. Je préférais. Cela disait mieux la raideur en bouche de ce chauve lugubre. Le « Géant de Provence », comme on dit quand on n'est pas Blondin, celui qui a donné des lettres et des verres à la chronique cycliste.

Le Ventoux, c'est d'abord un col avant d'être une bouteille. Une étape terrible du Tour de France, une épreuve redoutée : « un juge de paix », comme on dit aussi. L'étape du Ventoux, c'est définitivement la treizième. Celle de Tom Simpson en 1967. Le compte s'est arrêté là. Cet après-midi-là, le soleil cogne. Parole de vigneron : « Après ça, s'il pleut ce qu'il faut, ce sera une belle année ! »

Pour Simpson, ce sera la dernière. Il ne verra pas les vendanges. L'ancien champion du monde zigzague sur son vélo comme un C'est-pas-de-refus !, le facteur de mon enfance. Simpson n'en peut plus. Des spectateurs croient l'aider. Le maintiennent sur son vélo. C'est comme servir un verre à un homme ivre mort. Déjà ivre et bientôt mort.

Dans un bar d'Orly, j'en avais vu un déjà ivre et bientôt mort. Un jeune gars qu'on assassinait à coups de verres gratis. Un Tom Simpson de mastroquet. Deux types l'encadraient. Du charognard. Ils rigolaient. Le relevaient. Pas de son vélo, mais de son tabouret. Une chiffe. « Allez, un dernier ! » Et les deux types le rasseyaient.

Ce genre de tueurs me faisaient peur. Je préférais accompagner le p'pa au café, même sans le foot comme prétexte, plutôt que de risquer de le laisser dans les pattes de ces *criminels bienveillants* qui rendent suspect le moindre verre offert. (Tu exagères ! Ton père n'en était pas là, quand même.) Peut-être, m'am. J'exagère. Sauf que moi, j'étais là. Et que toi aussi, m'am, à la télévision, tu l'as vu Tom Simpson, le vrai, le champion du monde, s'affaler. À portée de vigne. Ne me dis pas que tu n'as eu peur que pour lui. Que tu n'as torturé ton torchon que pour lui. (Laisse-moi, j'ai du travail !) Regarde, m'am, on l'entoure. On l'étouffe. On le relève. Il s'écroule. Inconscient. Un hélicoptère l'enlève. Tom Simpson meurt à l'hôpital d'Avignon. Il est 17 heures. L'heure des *toros* et de la mise à mort. Je pense au poème de Lorca « *A las cinco de la tarde* », à ces mots qui sonnent comme un glas et à ce Ventoux posé là, au milieu des vignes, pour nous rappeler que même au paradis, il y a des Ventoux.

Dans le vin, j'aime tout ce qui me prévient, m'alerte : geste, mot, regard, montagne. Il existe des vins de garde et d'autres qui incitent à prendre garde. Il est des vins qu'il faut prendre au pied de la lettre.

Malek m'a suivi dans le bar Sans-Nom pour la retransmission de l'étape, même s'il ne s'intéresse au vélo qu'*anthropologiquement*. Je commande une bière de soif. (À chaque fois, j'entends le p'pa : « Une p'tite côte sans faux-col ! ») Le garçon cache mon verre derrière une carafe d'eau avec un clin d'œil : « Au cas où un vigneron passerait ! » Sur le téléviseur haut perché, comme il se doit pour communier au prêche, un coureur honore à sa manière la mémoire de Tom Simpson. Il s'offre une défaillance, un coup de bambou ou un coup de buis, ça dépend de la région. « En ce moment avec la pyrale, c'est plutôt le buis qui prend un coup de bambou. »

Un client attablé au rosé résume l'image sur l'écran : « Il a le vélo en caoutchouc, le zig ! » Un autre relance : « Manquerait plus qu'il reparte dans zag, comme Zaaf. » Un troisième les coiffe au poteau. « Ça ferait zig-zag-Zaaf ! » Il recueille les rires de deux ou trois érudits du vélo et un sourcil interrogateur de Malek.

Je lui explique. Pas mécontent d'en apprendre au gamin de Skikda sur un coureur cycliste natif d'Algérie, comme lui. Il entra dans la légende de la Grande Boucle, *comme on dit*, en prenant une cuite mémorable dans la treizième étape du tour de 1950 et en repartant… dans l'autre sens !

Abdelkader Zaaf, c'est lui, il est en tête avec Marcel Molinès de l'équipe d'Afrique du Nord, *comme on dit*. « Peloton à seize minutes ! » inscrit l'ardoisier. C'est gagné !

Le soleil tape comme à la forge. Zaaf a la pépie, il attrape un bidon à la volée. Le descend d'une traite. *Pan* ! Il est cisaillé. Plus de jambes. Il titube, paraît désorienté, cherche son sud, se trompe et… rebrousse chemin !

Pourtant, à cet instant, Zaaf est au bord de réussir un exploit unique pour un coureur nord-africain, *comme on dit*. Mais au bord du précipice, il se rend compte que ce n'est pas ça qu'il veut. La réussite. Il rêve de retourner chez lui. Au bled. Il est là-bas, son paradis, sur la ligne de départ. Pas sur la ligne d'arrivée.

Je pense à ma p'tite sœur. Au bord de quel précipice de réussite s'est-elle retrouvée pour se dire que non ? En définitive, ce n'est pas ça l'arrivée. Où est ma ligne de départ ?

Le contenu du bidon attrapé par Zaaf reste une question. Pour Simpson, bien plus tard, on apprendra par un coéquipier que la bouteille qu'il lui a donnée avant l'ascension était du cognac ! Pour Zaaf, c'en est fini de la victoire. Molinès remportera l'étape avec quatre minutes d'avance. Mais Zaaf a conquis la gloire. Il devient un héros malgré lui. Les reporters se régalent de la cuite de Zaaf. On remplit de la colonne à ras bord. L'histoire l'emporte sur la victoire.

Malek est dubitatif. « Un musulman n'aurait jamais bu une gourde de vin ! » Sûrement, mais peut-être un bidon de cartagène : une boisson de l'Hérault, la régionale de l'étape, à base de liqueur de vin. La traîtresse tire un gros braquet de 18-20 degrés, caché au frais du bidon.

Zaaf devint célèbre et réclamé. On le voit même dans une publicité pour un vélo, « Je monte une Terrot », un verre de saint-raphaël à la main. Zaaf réussit un dernier coup de maître dans le Tour de 1951 en finissant… dernier ! Il eut le privilège, lors de l'ultime étape, de porter au cul de sa selle la lanterne rouge ! La plus haute distinction dans le vélo, après le maillot jaune.

Ça lui a réussi la cuite, à Zaaf, comme à Bukowski ivre mort sur le plateau d'*Apostrophes*. Ma mémoire s'amuse à mettre Zaaf et Bukowski zigzaguant sur un tandem. Je la vois venir. C'est une cancanière. Elle aimerait d'autres histoires d'alcooliques géniaux. Que je laisse tomber quelques noms et quelques noms de lieux, pour fins de soirée de salons littéraires, où l'on danse et contredanse. Il m'en vient un, en contrepied musical.

– Vous avez lu Kant ?

– Non, mais j'ai lu Brahms…

Décor pour un petit échange irréel : un salon de province à la fermeture. (Peut-être à Besançon.) Ce moment délicieux après la clôture des portes, quand les bâches de la grande tente sont fermées, les livres recouverts, les stands rangés, la recette comptée, le public parti : l'impression d'être dans le ventre d'une montgolfière. C'est l'heure des libraires. L'apéro-roi. Grâce à un mécanisme à secrets, de trappe d'apparition-disparition digne d'Houdini, surgissent de sous les tables des glacières et paniers campagnards chargés de la farandole des spécialités locales, vins du cru, et vocabulaire de rien : saucissonnaille, fromagelle, tartineries et douceureuses mielleries, le tout arrosé au clos-gentil, domaine à tu et à toi, et château pas bégueule. Un moment de grâce avant le repas officiel. Un dîner placé : « Comme à la DDASS ! »

Et soudain, sous la toile, quelque part, un violoncelle. Une montée de Brahms. «*Sonate n° 1 opus 38*», me souffle ma voisine musicologue et philosophe. (C'est elle, Kant.) Elle me sent perdu dans ce loto. Ça tétanise, Brahms. Vers les 18 ans, en petit sauvage, j'allais chaque semaine au kiosque de la cité acheter *Les Grands Musiciens*, une collection de livrets-disques, qu'on essayait, avec mon copain Mich', de reconnaître à l'oreille, avec le fascicule pour antisèche. C'était la dégustation de musique à l'aveugle.

Avec le *Trio n° 2 opus 100* de Schubert, j'avais une infime chance. Vin plutôt facile, ce Schubert, avec sa petite trottinette vite en bouche. Mais ce soir-là, sous la tente, un verre de vin de Saxe opportun à la main, au milieu de ce parterre de livres attentifs, *j'ai lu Brahms.*

Bravo à ma mémoire ! Relier Brahms, la saucissonnaille, Schubert et le vin de Saxe : belle contorsion. Je lui tire mon chapeau !

Je lui tire mon chapeau, c'est une phrase de Malek, dans le train, vers un salon sur «l'ivresse littéraire». Elle me revient en flash brutal. Dans le wagon, je demande à Malek : «Comment ça va ?», petite phrase de rien, pour parler d'Elle, sa maladie. «Je lui tire mon chapeau !» Il soulève le sien. Il est chauve : «La chimio. Tu me reconnais quand même.» Il sourit : «Viens, on va boire un caoua !»

Devant le funérarium, où je viens voir ma p'tite sœur Martine, ce qui reste de la tribu est là. On ira boire un verre de vin ensemble. Après. Il y en a eu, dans la famille, de ces vins de retours d'enterrement. Discrets. Silencieux. Des vins d'ordonnateurs. On devrait penser à la liste de ceux qu'on aimerait que les autres boivent après. Leur réserver une place à part dans sa cave. « Tiens, je n'aurais jamais pensé qu'il aime ce vin-là. » Ce serait comme une dernière confidence.

Gérard, le mari de ma p'tite sœur, me prévient : « Tu ne vas pas la reconnaître. Les pompiers… Ils ont dû… La réanimation… Les somnifères… Si tu préfères… » Je souris. Non. Je veux la voir. Bien sûr. Qu'est-ce qui pourrait être plus violent qu'un coup de téléphone ? Un soir ordinaire. De ces soirs qui ne préviennent pas. « Martine nous a quittés… » Même si on craignait de le recevoir sans jamais vraiment y croire. La même trouille que pour la m'am, je l'ai appris pendant que je faisais cours au lycée et pour le p'pa, pendant mes années de fac. Lui, c'était le cœur. Que le cœur.

Martine, elle, est étendue là, les paupières closes sur le bleu irréel de ses yeux. Elle n'a jamais autant ressemblé à notre père. Martine a son visage d'après-combat. À peine marqué. « À la boxe, il esquivait bien ton père. » Pas trop tuméfié. Le nez un peu plus épaté. Paisible. La peau plus sombre. Son café au lait léger se rapproche du mien. On vient du même bol. Une histoire de peau. La m'am disait : « Après un combat de boxe, votre père avait la peau plus douce. » Ma petite sœur s'est bien battue. Sa peau doit être douce. Je ne veux pas vérifier. Pour le p'pa, je l'ai fait. Je n'aurais pas dû. Je garde aux lèvres le givre d'un dernier baiser sur le front ou la joue. Au moment où le tiroir métallique en inox se referme. Il glisse trop bien. J'y pense à chaque fois que j'actionne un tiroir de cuisine. C'est clinique ce glissement d'inox. Après, je ne sais plus. Ne reste de ce baiser que ce souvenir glacé, collé aux lèvres.

Les lèvres collées ! Je me souviens d'un matin d'hiver de retraite de Russie, et d'enfance, avenue Meissonier. La neige, le verglas. Un voisin (réputé pour *ne pas sucer de la glace*) était resté la bouche collée à la serrure de la poignée de porte de sa voiture, une Dauphine. Il avait voulu dégeler la serrure en soufflant dessus. Trop près. Le métal le guettait. Il lui avait aspiré la bouche. Un baiser de glace. Sa femme horrifiée l'avait retrouvé dans cette position scabreuse. Incapable de se libérer sauf à s'arracher les lèvres. Elle l'avait décollé à l'eau chaude comme chien et chienne en chaleur dans la rue. Après ça, la femme avait longtemps refusé d'embrasser son mari comme s'il l'avait trompée avec une serrure de Dauphine. Lui avait gagné un surnom dans le quartier : *penis captivus*. Je ne savais pas ce que ça voulait dire à l'époque.

Martine rouspète :

– Tu charries, Pycoul' ! (Mes petites sœurs m'appellent comme ça.) Je suis là, allongée morte à côté de toi, et c'est à ça que tu penses ?

– Tu avais rigolé, Martine, quand je t'avais raconté cette histoire. C'est mieux que de pleurer, non ?

– On ne pleure pas chez nous, c'est ça ?

– On ne se parle pas, non plus.

– Je sais ce que tu te dis : Si j'avais parlé à Martine… Si j'avais… Et, comme par hasard, tu te demandes ça le jour où tu écris sur le vin. Tu crois que c'est à cause de lui que je suis là ? Ce serait plus simple, hein ? On aurait enfin trouvé *la* maladie dont souffrait la petite sœur. Tout serait devenu simple. Tu aurais pu faire le grand frère *qui-connaît-des-gens-maintenant*. Tu m'aurais donné l'adresse du meilleur spécialiste. Si les parents étaient encore vivants, pour notre mère, tu aurais dégoté le meilleur spécialiste du cancer du sein, et pour papa, le n° 1 du *pneumothorax suffocant*. Même si tu ne sais pas ce que c'est. Grâce à tes adresses, ils seraient peut-être encore là. Mais il fallait écrire plus tôt, si tu voulais sauver les parents. Tu aurais pu, si tu n'avais pas fait le fier avec ce *grand éditeur parisien*. Tout ça à cause d'un demi-pourboire. Tu trouves que ça en valait la peine ?

Elle ne me fait de cadeau, la petite sœur. Mais elle a raison. Ils me restent dans le cœur et me resteront à jamais, les deux cadeaux que j'aurais faits aux parents, si j'avais *écrit plus tôt*. Pour le p'pa : une DS 23 injection électronique noire, intérieur cuir. Je l'aurais garée devant chez nous, avec un mot sur le pare-brise. À la m'am : deux billets d'avion et réservations d'hôtel au

Negresco, pour aller assister au carnaval de Nice avec une copine.

– Pour moi, Pycoul', il n'y avait pas de cadeau à m'offrir. J'avais tout. Ni d'adresse à trouver. Sinon, ça aurait été pire, tu m'aurais peut-être donné celle du chanteur que tu avais reçu dans ton émission. Celui qui avait suivi une cure de désintoxication à l'alcool. Merci pour le cadeau !

Je vois de quoi Martine veut parler. C'est vrai, ça aurait été pire. Je suis sur le tournage de *Café Picouly* juste avant la séquence « Débat ». Le thème : « Les cures chic de détox pour people ». Il manque un participant. On le cherche. Il ne parvient pas à entrer dans le café. Le lieu. Le monde. Il reste prostré sur le trottoir d'en face. Il fait sombre. L'invité est accompagné. Entouré. On sent qu'il en a besoin. Je lui explique : « On ne parle pas d'alcoolisme, mais de votre démarche pour en sortir. » Son visage est doux. Il a les cheveux blancs. On me rassure : « Il vous connaît. Ce n'est pas vous. Il a confiance, sinon il ne serait pas venu. » Je le regarde. On fait ça avec les yeux. Il s'apaise. Quelqu'un met sa main sur son bras et tout à coup, il tremble. Pas lui, son corps. Jusqu'aux yeux. Il sent qu'on veut lui faire faire ce dont il ne veut pas. Et il démarre. D'un bloc. D'un trait. Comme je ne l'ai vu faire qu'en Sologne par un chevreuil, que j'avais surpris de près dans un bois. L'œil rond.

L'homme court dans la nuit, sur le trottoir. Plus lapin que chevreuil. Il est pris dans les phares des voitures.

Il est absorbé par la nuit. C'est fini ! Inutile de courir. Il ne reviendra pas. Il n'est pas revenu.

C'est vrai, j'ai pensé à ma p'tite sœur et je suis resté là, comme le *Gilles* de Watteau, cette image que j'aime tant pour dire mes bras ballants. Il est bien pratique et accommodant, le Gilles, il ne vous en veut même pas d'utiliser son désarroi comme excuse.

C'est vrai, je savais que je ne pouvais rien pour cet homme au visage doux, rien pour lui et son mal. Une certitude qui me vient d'une conviction : celle qu'on ne pourrait rien pour moi si je me retrouvais dans cette situation. Rien ! Rien, comme je ne pouvais rien pour le Grand Jeannot, rien pour Jacques, le mari de ma sœur Josette, rien pour Ludo, mon copain de foot, Mon-Jumeau, Françoise, Martine…

– Tu vois Pycoul', tu le reconnais. Tu n'aurais rien pu faire pour moi. Et je suis en bonne compagnie. Je ne te dis pas que je n'aurais pas aimé que tu essaies, au moins. D'autres l'ont fait. J'avais une famille, des enfants, des amis, des collègues. Pourtant, je suis allongée à côté de toi, morte, et on parle. Les autres doivent se demander de quoi. Il faut que tu les rejoignes. Tu me traînes comme un boulet depuis le début de cette histoire. Si tu as écrit ce texte à cause de moi, j'espère au moins que tu me le dédicaceras.

– Promis.

– J'ai une autre demande. Plus embêtante pour toi.

– Dis toujours.

– C'est une coquetterie.

– Un caprice.

– Si tu veux. Quand tu parleras de moi à la cérémonie, je t'autorise à dire que j'étais *chiante*.

– C'était prévu. Alors, cette dernière coquetterie ?

– J'aimerais rester un mystère.

– Pas facile, mais je vais essayer.

– Une dernière, dernière chose.

– Ça fait déjà beaucoup de dernière.

– J'ai droit à 13, pour tenir mon rang !

– Pas mal !

– N'essaie pas de me flatter pour te débarrasser de moi. Pour une fois que je te tiens, j'en profite. J'ai des questions. Sur ton texte.

– Holà !

– D'abord, ton titre : *In bio veritas*. Je le trouve mauvais.

– Merci sœurette.

– Aujourd'hui, avec tout ce qu'on dit sur le bio, on va confondre.

– Possible.

– Mais ce n'est pas le plus important.

– Si, quand même !

– Il y a le passage à Orly, où un type me suit dans la cité jusque dans l'escalier.

– Je vois lequel.

– C'est vrai, j'ai dit : « Il sentait. » Mais toi, tu écris : « Il sentait le vin. »

– Détail.

– Au contraire, ça me donne l'impression que tu as ajouté du vin dans tes souvenirs, comme pour faire du vin rougi… Pour faire semblant.

– Monsieur !

Quelqu'un tente de me sortir du crématorium.

– Monsieur, vous m'entendez ? Ça va être à vous, pour le discours.

Martine ne le laisse pas faire :

– Ne te défile pas ! C'est trop facile. Tu restes avec ta sœur ! Je termine avec le type *qui sent*. À la maison, si je n'ai pas dit tout de suite que j'étais suivie, c'était pour lui laisser le temps de se sauver – Quoi ? –, Sinon papa serait sorti et lui aurait fait un mauvais sort. Toucher à sa fille ! Tu imagines les conséquences ?

– Trop bien, oui.

– Autre truc qui me chiffonne : au début du texte, tu parles d'un dragon qui ne se nourrit que de harengs rouges. Tu insistes. Ça a l'air important. Mais tu n'expliques pas ce que c'est après. Alors ?

– Je suis coincé, là.

– Je le vois bien, mais pourquoi ?

Quelqu'un tente de nouveau sa chance.

– On vous attend, monsieur. La Confrérie des chevaliers du Tastevin est déjà sur l'estrade. Le Grand Maître est prêt pour votre intronisation. Il y a trois cents personnes dans la salle.

– Pas question !

– Martine a braillé si fort que je suis étonné que personne n'ait réagi dans le crématorium.

– Pas question de tenter un *marabout-bout-de-ficelle.*

– C'est quoi, ça ?

– Ne fais pas l'innocent. C'est ta technique préférée pour t'échapper : ricocher sur un mot pour sauter ailleurs.

– J'admets.

– Alors maintenant, explique-moi ce qu'est un « hareng rouge ».

Je préfère que ce soit le dictionnaire : « Le hareng rouge est un procédé narratif qui consiste à diriger le lecteur ou le spectateur vers une fausse piste. » (Hitchcock en était le maître.)

Martine rugit. Elle va finir par nous faire expulser du crématorium.

– Quoi ! Tu veux dire que, dans cette histoire, je suis ton hareng rouge ! Un *procédé narratif*, une sorte d'appât pour inciter les gens à continuer à lire en se demandant : Est-ce qu'elle était *vraiment* alcoolique ? La pauvre, est-ce qu'elle s'est *vraiment* suicidée à cause de ça ? Est-ce que c'est *juste* un accident ? Elle avait vraiment les yeux bleus, le hareng rouge ? Tu n'as *vraiment* pas honte ! J'espère que les parents n'écoutent pas.

Martine se tait. Je m'inquiète. Ce n'est pas son genre, le silence. Je ne voudrais pas qu'elle parte fâchée. Je la regarde. Son visage ne semble pas contrarié. Le nez reste, comme toujours, épaté par lui-même. (J'ai voulu la faire sourire. C'est raté !) – Sous ses paupières, son bleu hésite. Il sait qu'on aimerait le voir laisser couler une de ces larmes défuntes qui font s'agenouiller et crier au miracle. Rien. Son bleu ne croit pas aux miracles.

Reste la couleur de sa peau sans rancune pour Noé. Elle est douce de tout ce pardon. Encore tiède peut-être. Je veux savoir. Je vais l'embrasser. Juste un baiser. (Non ! Je te l'interdis !) Miracle ! Martine rouspète. Que c'est bon. J'avais craint de l'avoir perdue. (Écoute-moi : je n'ai pas aimé être un hareng rouge.) Ce n'est pas du tout ça. (Arrête ! On n'a plus le temps pour une dispute de poissonniers.) De chiffonniers. (Tu pinailles encore. Les croque-morts arrivent. Mon temps est à eux, maintenant.) Pourquoi les croque-morts s'appliquent-ils autant à ressembler à des croque-morts ? (Toi, tu ne peux vraiment pas t'empêcher de faire des phrases. Tu m'écoutes ?) Je me tais. (Je voudrais que tu me ramènes au temps où j'étais encore en équilibre, pour le vin. Comme ton Pierrot sur un fil, avec son balancier qui hésite au-dessus du vide.) Du gouffre. (Si tu veux, mais ramène-moi à un moment où j'étais bien. Fais comme pour papa et maman, à Fort-de-l'Eau. C'est vrai qu'avec Maryse, on était chiantes avec les parents. Je n'avais que 9 ans. Je ne me rendais pas compte. Tu raconteras tout ce qu'on s'est dit à Maryse. Quand elle est passée, elle n'a rien pu me dire tellement… Tu la connais… Ça a été dur pour elle. On était comme deux sœurs. C'est idiot ce que je dis.) Non, au contraire. (Alors, tu me l'offres ce moment ? C'est ton boulot. Qu'est-ce que tu peux faire de mieux pour moi, maintenant ? Je ne te demande pas grand-chose. Fais-moi vivre. Juste un peu. Quelque chose de simple. Sans tralala. Un jour quelqu'un retrouvera ton bouquin dans un bac à 2 euros.) Plutôt 1 euro. L'éternité devient plus abordable. (En le lisant, la personne me fera vivre. Où que je sois, je le sentirai. Juste un souffle sur la peau. Un frisson. Je sais que tu ne crois pas à tout ça.) Tu te trompes. Moi aussi, je suis fils de sorcier nègre. (Alors fais-le ! Même si ça t'embête. C'est quand même moi la morte. J'ai le droit d'être chiante !) Promis, je vais essayer. (À la fin, quand tu partiras, surtout ne me dis pas adieu, j'aurais trop peur d'y croire. Et évite de pleurer, pour une fois.) Je ne te promets rien. (Je voulais te dire un dernier truc : j'ai aimé être entre parenthèses avec toi. Je me sentais bien.)

– Monsieur, c'est l'heure !

J'ai l'impression qu'on vient me chercher pour une exécution.

– J'ai droit au verre du condamné ?

– On est prêts pour votre intronisation.

Il me montre le Grand Maître et la Confrérie, au complet sur la scène. Ils patientent joyeusement dans les saintes vapeurs de bourgogne. Dans mon smoking-patate, mes souliers métis aux pieds, je vais au pupitre. Je fais face à la salle. Ils sont bien trois cents comme promis. Mais je ne vois que la petite tache claire, à gauche, au deuxième rang dans l'amphithéâtre bondé.

Je suis au Congrès national des institutrices et instituteurs spécialisés. On a demandé à Martine si son frère, *l'ancien prof*, accepterait d'intervenir en plénière de clôture pour *parler école*. Bien sûr qu'il accepte, le frère.

Et je *parle école*, famille, parents, transmission, éducation, ascenseur social et monte-charge, égalité des chances, pudeur et amour, transmission familiale. Sans trop regarder la petite tache blanche, le bleu inquiet de ses yeux. Qu'est-ce que j'allais bien pouvoir raconter ? « Ne me fais pas honte devant tout le monde. » C'est ce que disait la m'am dans des circonstances où je ne voyais pas très bien où était le monde et encore moins la honte.

Je confie à la salle que chez nous on ne parle pas de ces choses-là. Sans trop bien savoir ce que sont ces *choses-là*. On ne se plaint pas, ne se confie pas, ne se mêle pas, ne demande pas d'aide, on se débrouille seul : on s'aime. Ça doit suffire. Non, ça ne suffit pas toujours.

– Mesdames, mesdemoiselles, messieurs, pour conclure, je voudrais vous remercier de m'avoir invité, et de me donner l'occasion unique de réaliser un rêve secret. Sachez que c'est ainsi, dans notre famille nombreuse, on s'aime mais on ne sait pas se le dire. Plus exactement, on ne sait pas se le dire à moins de trois cents personnes dans la salle. Vous êtes trois cents, alors, grâce à vous, je peux dire à ma petite sœur : « Martine… je t'aime ! »

Après, tout s'embrouille et s'embue. Je suis bêtement ému, ballotté sur la tribune dans un ressac de remerciements et sollicitations. Je cherche dans la salle la petite tache blanche à gauche. Elle n'y est plus. Martine a disparu. Je comprends. Je voulais juste qu'on s'accroche des yeux. De loin. Pas plus. « Oui-oui, je viens au pot. Je vous suis. » Martine apparaît en bas, dans la coulée qui vide l'amphithéâtre. Elle descend les marches à contre-courant. Lentement. Songeuse. Des collègues l'abordent. Elle semble ailleurs. Elle pense à la m'am et au p'pa à Fort-de-l'Eau. C'est sûr. Moi aussi. Mais laissez-la ! Laissez-la donc. Vous êtes chiants ! Elle s'échappe. Seule. Quelques marches encore. Une lueur rouge « Exit ». Une porte. La nuit derrière. Une étrange odeur d'embruns. Mon téléphone sonne. Martine : « Je suis sortie prendre l'air. Je te rejoins tout à l'heure au pot. Il y aura du kir. J'ai demandé. (Je l'entends sourire.) Je descends marcher au bord de la mer. Ne t'inquiète plus pour moi. Je croiserai sûrement le p'pa et la m'am. Ils se tiendront par la main. Je veux voir ça. Ce soir, l'air est *particulièrement* doux. »

DU MÊME AUTEUR

Aux Éditions Albin Michel

LA NUIT DE LAMPEDUSA, 2011.

LA FAUTE D'ORTHOGRAPHE EST MA LANGUE MATERNELLE (théâtre), 2012.

LE CRI MUET DE L'IGUANE, 2015.

QUATRE-VINGT-DIX SECONDES, 2018 (prix Nice-Baie-des-Anges 2019).

LONGTEMPS JE ME SUIS COUCHÉ DE BONHEUR, 2020.

Chez d'autres éditeurs

LA LUMIÈRE DES FOUS, Le Rocher, 1992 – J'ai Lu.

NEC, Gallimard, « Série noire », 1993.

LES LARMES DU CHEF, Gallimard, « Série noire », 1994.

LE CHAMP DE PERSONNE, Flammarion, 1995 (prix des lectrices de *Elle*) – J'ai Lu.

FORT DE L'EAU, Flammarion, 1997 – J'ai Lu.

L'ENFANT LÉOPARD, Grasset, 1999 (prix Renaudot) – Le Livre de Poche.

PAULETTE ET ROGER, Grasset, 2001 (prix Populiste) – Le Livre de Poche.

LA TREIZIÈME MORT DU CHEVALIER, Grasset, 2003 – Le Livre de Poche.

LA DONZELLE, Le Rocher, 2004.

LE CŒUR À LA CRAIE, Grasset, 2005 (prix des Romancières) – Le Livre de Poche.

UN BEAU JEUDI POUR TUER KENNEDY, Grasset, 2007 – Le Livre de Poche.

68, MON AMOUR, Grasset, 2008 – Le Livre de Poche, sous le titre LE GÉNÉRAL ET MOI.

LA VICTOIRE DU NÈGRE, Steinkis, 2017.

Composition IGS-CP
Impression CPI Bussière en décembre 2021
Éditions Albin Michel
22, rue Huyghens, 75014 Paris
www.albin-michel.fr
ISBN : 978-2-226-46147-6
N° d'édition : 24483/01 – N° d'impression : 2059866
Dépôt légal : janvier 2022
Imprimé en France